KB196417

별들이 세상에 외치다

별들이 세상에 외치다

초판 1쇄 인쇄_2025년 2월 10일 | **초판 1쇄 발행**_2025년 2월 15일
지은이_김지훈 · 김우준 · 이동준 · 설새찬 · 최무환 · 김승원 · 신혁주
엮은이_하다정
펴낸이_진성옥 외 1인 | **펴낸곳**_꿈과희망
주소_서울시 용산구 한강대로 76길 11-12 5층 501호
전화_02)2681-2832 | **팩스**_02)943-0935 | **출판등록**_제 2016-000036호.
e-mail_jinsungok@empal.com
ISBN_979-11-6186-167-8 43810
※ 책 값은 뒤표지에 있습니다.
※ 새론북스는 도서출판 꿈과희망의 계열사입니다.
©printed in Korea. | ※ 잘못된 책은 바꾸어 드립니다.

삶에 대한 통찰과 세심한 감정,
그리고 묵직한 울림이 담긴 작품들

별들이
세상에 외치다

지음
김지훈
김우준
이동준
설새찬
최무환
김승원
신혁주

엮음
하다정

꿈과희망

 모든 교사가 한 번쯤은 '나는 행복한 교사일까?'라는 질문을 던져보
았을 것입니다. 가르침과 배움 속에서 의미를 찾으려 애쓰지만, 때
로는 업무와 일상에 치여 마음이 지칠 때도 있습니다. 저 또한 그랬
습니다. 해야 할 일들이 산처럼 쌓여 아무것도 하고 싶지 않았던 어
느 날, 아이들이 찾아왔습니다. 소설을 써 보고 싶다고 말하는 아이
들이었습니다. 여느 때처럼 가벼운 격려와 응원의 말을 건넸습니다.
얼마 지나지 않아 아이들이 수줍게 내민 글을 받아들었을 때, 저는
깜짝 놀랐습니다. 삶에 대한 통찰과 섬세한 감정, 그리고 묵직한 울
림이 담긴 작품들이었습니다. '이 글을 더 많은 사람과 나누고 싶다'
라는 생각이 머릿속을 떠나지 않았고, 마침내 교육청 공모에 지원하
게 되었습니다. 그리고 운명처럼 선정되었습니다. 진짜 여정은 그때
부터였습니다. 더 나은 작품을 만들기 위해 소설가 차무진 작가님의
도움을 받아 컨설팅을 진행했습니다. (작가님의 노고에 진심으로 감
사드립니다!) 무수한 수정과 보완을 거치며 아이들은 한층 단단해졌
고 글은 더욱 빛을 발하게 되었습니다.

조사 하나도 허투루 쓰지 않는 신중 대마왕 지훈이, 아름다운 로맨스를 그려내는 데 탁월한 글솜씨를 가진 우준이, 언어를 자유자재로 활용하는 천재적 감각을 가진 동준이, 섬세하고 다정한 어휘로 우리의 마음을 어루만지는 새찬이, 높은 공감 능력을 바탕으로 마음 깊숙이 스며드는 글을 쓰는 무환이, 굳센 마음과 단단한 의지가 글에서도 드러나는 승원이, 외로운 이들에게 따뜻한 위로를 건네는 혁주까지. 이들의 글은 저를 울고, 웃게 했습니다.

방학 동안 학교를 맴돌며 아이들과 함께했던 시간은 제게 큰 기쁨이었습니다. 글을 통해 아이들 각자의 목소리가 드러났고, 그 목소리는 세상에 울려 퍼질 힘을 품게 되었습니다. 이 책은 아이들이 더 큰 세계로 나아가기 위한 첫걸음입니다. 앞으로 아이들이 만들어갈 무한한 가능성과 그 여정을 지켜볼 생각에 벌써 가슴이 설렙니다.

당신의 손에 닿은 이 책이 작은 울림을 전할 수 있기를 소망합니다. 감사합니다.

-행복한 교사 하다정

동경과 이해

김지훈

내리쬐는 햇살을 받으며 자동차들로 북적이는 출근길 도로를 지나고 또 지나, 인적 드문 교외지로 달리다 보면 나타나는 거대한 양회색 건물. 상권은 들어서다 만 듯하고, 골목골목 우중충한 이곳. 이곳은 어릴 적부터 줄곧 정의를 좇아온 나의 첫 직장인 범어 교도소다.

오늘, 나는 정식으로 우리 사회의 얼룩을 지워내는 집행관이 된다. 지난달은 권선징악에서 징악을 담당하는 사람이 바로 '나'라는 사실에 설레하며, 합격을 축하하는 사람들 앞에서 매일매일 멋쩍은 웃음을 짓느라 시간을 다 보내버렸지만, 오늘부터는 다시 성실한 나날을 보낼 생각이다. 순식간에 사라진 한 달 동안 몸소 느꼈던, 사회가 내게 보내는 가득한 신망이 앞으로의 내 근무를 도와줄 것이라고 굳게 생각하며 속도를 줄인 뒤 교도소 안으로 향한다.

'여기가 입구인가보다'

아마 이 주차장 출입구 너머에는 다양한 사형수가 머무르고 있을 것이다. 나는 인간의 도리를 저버린 이들에게 죄의 무거움을 일깨워주며, 나의 정의에 믿음을 보내준 사회에 보답하고자 한다.

반듯하게 차를 세워놓은 뒤, 커다란 유리문을 열고 들어가 재빨리 보안검색을 받는다. 그렇게 소지품에 아무 문제가 없음을 확인받은 나는 곧바로 집행관의 거처가 있는 3층으로 올라갔다. 폭 넓은 계단을 오르니 넓은 공간이 나타났고, 그곳에선 마침 집행관 복장을 한 여러 사람이 함께 대화를 나누고 있었다. 사람들과 마주치기 직전 나는 계단 아래로 숨어 잠시 숨을 골랐고, 호흡이 가다듬어진 뒤, 남은 계단을 올라가 큰 소리로 인사하며 자기소개를 했다.

"안녕하십니까. 범어 교도소로 발령받은 25기 김수일입니다. 열심히 하겠습니다."

"어, 네가 오늘 온다는 신입이구나. 반가워."

"이야, 기백 넘치네."

대뜸 다가가 인사를 하니, 모두가 살갑게 나를 맞이해 주었고, 그렇게 범어 교도소에서의 일과가 시작되었다. 이후 배정받은 숙직실을 찾으러 돌아다니던 내게 아까 인사했던 선배 집행관이 말을 건네왔다.

"어, 그래. 수일이라고 했지? 앞으로 함 잘 지내보자. 여기 오기 전에 교육은 잘 받았을 테고. 아무튼 네 숙직실은 3층 맨 끝방이니깐 거기 가서 책상에 놓인 매뉴얼 한 번 읽어봐. 잘 알아들었지? 그럼, 얼른 가봐."

"넵, 감사합니다. 잘 부탁드립니다!"

평화로운 분위기 속에서, 나는 나쁘지 않은 첫인상을 남긴 것 같았다.

'음, 저 방인가'

열린 문 너머로는 깨끗한 유리판이 놓인 책상과 텅 빈 책장, 그리고 푹신해 보이는 침대로 이루어진 꽤나 안락한 방이 나를 기다리고 있었다. 나는 먼저 메뉴얼을 꼼꼼히 읽어본 뒤, 가져온 짐들을 하나씩 풀어내기 시작했다. 평소에 자주 쓰는 물건 위주로 챙겨왔는데도 막상 풀어놓고 보니 무언가 빠진 것만 같았다. 이건 뭐 나중에 차차 채워 넣기로 하고, 오늘은 이 교도소를 둘러보며 이런저런 시설들을 눈에 익혀 두어야겠다. 걸어 오면서 느낀 거지만, 이곳 범어 교도소는 복도가 정말 긴 것 같다. 방과 방 사이로 소리가 전달될 일은 없어 보인다. 조용한 공간을 좋아하는 나에게는 안성맞춤인 듯하다. 그렇게 짧은 짐정리를 마치고, 나는 메뉴얼에 실린 범어 교도소의 약도를 참고하며 교도소를 둘러보기 시작했다. 5층은 일반 죄수들이 생활하는 감방, 4층은 교도관들이 머무르는 사무실, 3층은 집행관들의 거처, 2층은 사형수들이 사용하는 독방, 1층은 운동장과 노역장. 그 끝에는….

'보자…. 1층 복도 끝에 사형 집행실이 있다는데…. 음! 저건가 보네'

사형 집행실. 사형수에 대한 집행이 이루어지는 공간이다. 겉으로는 평범한 사무실처럼 보이지만, 그 속엔 사무와는 전혀 어울리지 않는 장치들이 자리 잡고 있다. 안에 인기척이 느껴지는 걸로 봐서는 다른 집행관이 아마 사형을 집행하고 있는 모양이다.

"야, 네가 오늘 온 신입이지? 마침 잘 왔네. 온 김에 들어와서 좀 보고 가. 집행은 실제로 처음 볼 거 아니야?"

문 안 쪽에 있던 선배 집행관이 열린 문 사이로 서성이던 나를 발견하고는 안으로 들어오라고 말했다. 안에 두 명의 집행관이 더 있는 것으로 보아, 사형은 셋이 한 조를 이루어 진행하는 건가 보다. 약간의 미동도 없이 밧줄 끝에 매달려 있는 사형수는 이미 죗값을 치른

듯하였고, 선배 집행관은 의무관으로부터 사형수의 생명이 꺼졌음을 확인받은 뒤 시체를 내려 이를 특수 제작된 일회용 가방에 집어넣었다. 그러고는 사형 설비와 바닥이 본래의 색을 되찾을 때까지 걸레질을 하기 시작했다.

"체액이 진득해지기 전에 이렇게 빡빡 문질러야 돼. 구석구석 알겠지?"

선배는 어떻게 사형을 집행하는지 친절하게 알려주면서, 동시에 아무렇지 않게 밧줄을 새 것으로 교체한 뒤 바닥을 쓸고 닦았다.

"옙…!"

나는 대답과 동시에 청소를 도우려 걸레를 집어 들었지만, 무슨 영문인지 손에 힘이 들어가지 않아 걸레를 쥐어짤 수가 없었다. 덜 짜인 걸레의 물은 뚝뚝 떨어져 바닥을 메우기 시작했고, 이를 본 선배가 내게 말했다.

"음, 걸레는 일단 내려놓고 이번엔 지켜보기만 해. 조금 놀란 모양인데, 곧 익숙해질 거야. 원래 처음에는 다 그래."

얼마 안 가 뒷정리가 마무리되었고, 일과를 끝마친 집행관들은 어두침침한 방에서 빠져나와 각자의 숙직실로 향했다.

이것이 내 일이었다. 사람을 올리고 정리하는 일.

'뭐지?'

실제로 집행을 보고 나니 많이 당황스러웠다. 눈 앞에 매달려 있던 사람이 그냥 '슥' 하고 치워졌다. 순식간에 사라졌다. 분명 살 가치가 없는 사람이 죽었을 뿐인데, 이 사람을 동정하고 싶은 마음은 추호도 없는데…. 집행은 틀림없이 엄숙하고 경건한 분위기 속에서 전혀 장난스럽지 않게 이루어졌는데. 절차상 아무 문제는 없었는데. 그런데! 방금 본 집행에는 분명 내가 상상해오던 이상과 다소 거리감이 느껴졌다. 버리고 청소하기. 이건 단순 처리에 불과하지 않은가. 사람 시체를 매달 봐야 한다고 생각하니 머리가 지끈 아파왔다. 어쩌면 이 일이 내 적성에 맞지 않을 수도 있겠다는 생각을 하며 나는 선배 집행관들을 뒤따라 내 방으로 돌아갔다.

이상한 냄새가 자꾸만 콧속을 맴돈다. 숙직실로 돌아간 뒤에도, 머릿속에는 축 늘어져 매달린, 그 불쾌한 장면이 가시질 않았다. 이미 죗값을 치르고 떠나버린 그가 느껴오던 고통과 죄책감이 내게로 넘어온 듯했다.

'괜찮아질 거야. 집행이 뭔지도 제대로 배웠잖아'
죽음을 보는 건 곧 익숙해질 테니 당분간은 두려움을 참고 업무에 집중해야겠다.

사형수의 집행은 보통 한 달에 한 번꼴이다. 그럼 나는 정해진 날짜에 맞춰, 밧줄을 걸고 또 풀어낸다. 처음 세 달 간은 이 기계 같은 일상이 참 괴로웠으나, 시간이 지나자 마음 속 꺼림칙함이 점차 사라지기 시작했고 정신을 차리고 보니 어느새 집행은 나름 견딜 만해져 있었다. 그래서 다른 집행관들처럼 익숙해져버린 집행에 징악 이상의 의미를 찾아보고자 나 또한 사형수와의 면담을 시도했다. 하지만 아직 적극적으로 대화에 참여한 이를 보진 못했다. 이런 상황 속에서 오늘 새로운 사형수가 들어왔다. 그는 여러 차례의 강도 살인을 저질러 사형을 선고받았다고 한다. 나는 그에게 앞으로 있을 생활에 대해 간략히 설명해 준 뒤 사무실로 돌아왔다.

'또 살인이네'

잔혹한 살인, 사형을 선고받은 사람들의 공통점이다. 이들은 모두 잔혹한 범행을 저질러 사회로부터의 영구 격리를 선고받은 흉악범이다. 첫날에는 익숙지 않았던 죽음에 많이 놀랐지만, 정신을 차리고 나니 머릿속에는 다시 이 사람들이 흉악범이라는 사실이 떠오르기 시작했다. 덕분에 나는 그들의 과거를 면죄부 삼아 보다 편안하게 집행을 이어나간다.

다음날, 나는 어제 못다 한 교도소 내 생활 수칙을 전달하며 독방에 앉아 있는 그와 조금의 대화를 나누었다.
"교도관님, 아니 집행관이라고 불러드려야 하나?"
그는 에둘러 인사말을 하였다,
"날도 좋은데, 수고가 많으십니다. 시설 정비하랴, 죄수 관리하랴 고생이 이만저만이 아니겠어요."
"아, 아닙니다. 생각보다 여유가 많아요."
"허허…. 그런가요?"
이제까지의 사형수들과는 달리 그에게는 인정이 느껴진다. 하지만 인간은 마음만 먹으면 얼마든지 자신의 본성을 숨길 수 있고, 더군다나 이 자는 사형 판결을 받은 흉악범이기에 나는 방심하지 않고 당분간 철저히 지켜보기로 했다. 사람은 언제, 어떻게 돌변할지 모르는 존재니깐. 특히 저들은 더더욱.

"오고 보육원이라고 들어보셨습니꺼."

다음날, 그는 내게 이런저런 이야기를 하며 말을 걸다, 갑자기 자신의 어린 시절을 꺼내기 시작했다.

"이뇨."

"집행관님같이 누군가 관리해 주는 시설 속에서 생활하다 보니, 오랜만에 보육원 생각이 나더라지 뭡니꺼. 아, 참고로 저는 보육원에서 나고 자랐습니더."

교도소에서도 옛 추억을 떠올리는 것으로 보아, 그에게도 그리운 과거가 있는가 보다.

"참 힘든 시기였죠. 보시다시피 제가 몸이 이래가…. 사회에 나가서도 그때 같이 자랐던 애들을 마주치면 아주 치를 떨었는데, 막상 죽을 무렵이 되니 신기하게도 그때 생각이 떠오르네예."

작은 키와 얇은 팔 다리. 그는 어린 시절 왜소한 체구로 숱한 놀림을 받은 듯하였다. 보육원이면 최소 중학생 때까지는 머물렀을 텐데…. 나는 이런 그가 순간 안타깝게 느껴졌다.

"근데 내가 보육원에 갈 게 아니었는데 말이재. 아버지는 나 배 속에 있을 때 암에 걸려 돌아가시고, 어머니는 내 돌 무렵에 재혼함서 사라져삐고……."

"그렇게 살다가 살다가 도저히 이렇게는 못 살겠다 싶어서 보육원을 나갈래니깐, 돈이 없더라고예."

"결국 그때… 해서는 안 될 짓을 해버리고 만 거지예."

그는 어느새 담담히 옛이야기를 풀어내고 있었다. 생각에 잠겨 있는 그의 진중한 태도로 보아 거짓말을 하는 것 같진 않았다. 허나, 그가 얼마나 슬픈 사연을 지녔든 아무리 억울함을 토로하든 그의 가슴팍에 달린 빨간 명찰의 색이 지워지지는 않는다. 그도 이 점을 잘 알고 있을 것이다.

띠리리링~. 띠리리링~. 띠리~.

뒷이야기가 궁금하였지만, 18시를 알리는 전자시계의 알람에 나는 대화를 중단하고, 숙직실로 돌아갔다. 전부터 느끼는 거지만 범행 사실을 글로 받아보는 것과 말로 전해 듣는 것 사이에는 분명 큰 차이가 존재한다. 글은 범죄 사실에 집중해 쓰인다면, 말은 그렇게 될 수밖에 없었던 이유에 집중해 나온다. 흔히, 변명이나 범행동기라고 축약되는 것들 말이다.

원활한 사형을 위해 신체를 측정하고 사형 시설을 점검하며 일주일이 지났을 즈음, 마침내 나는 그로부터 나머지 이야기를 들을 수 있었다. 청소년기에 복역하면서 검정고시에 합격했던 이야기, 출소하자마자 재범을 저질렀던 이야기, 마지막으로 사랑에 빠진 이야기까지 말이다.

어쩌다 보니 그는 자신이 사랑했던 여자 이야기까지 했다.

"한희…. 참 고마운 여자지예. 든 것도, 가진 것도 없는 내한테는 참 과분한 여자였지예. 걜 두고 지금 여기 있는 게 너무 후회스럽습니더…. 한희 때문만은 아니지만 모든 게 정말로 죄송스럽고예.

이제는 아무것도 되돌릴 수 없다는 것이 참으로, 참으로……."

그는 말을 하다 말고 훌쩍이기 시작했다. 한희라는 여성을 진심으로 사랑했나 보다. 그리워할 이가 한 명뿐이니 얼마나 더 애틋하겠는 가. 다시는 보지 못 할 연인이 그리워서인지는 몰라도, 그는 분명 자신의 범행을 후회하며 반성하고 있었다.

"만나지는 못해도, 한희라는 분 역시 같은 마음일 거예요."

그렇게 그에게 진정하라는 위로의 말을 몇 마디 건넨 뒤 나는 다시 숙직실로 돌아왔다. '내연녀와의 행복한 가정을 위해서 10억 원을 탈취한다라…' 그녀에 대한 그의 사랑이라면 왠지 가능할 법도 했다. 그의 불행한 이야기를 듣고 나니, 나는 이런저런 고민에 잠기게 되었다.

'그냥 살았으면 안 됐을까? 왜 욕심을 부리며 무리했던 걸까'
'……'
'진정으로 뉘우친 사람의 마음은 과연 고쳐 쓸 수 있을까?'

문득, 머릿속에 의문이 떠올라 침대에 누운 채로 학교에서 조각조각 배웠던, 인간의 성품을 논하는 철학관들을 하나씩 떠올려보았다.

'우우웅-우우웅-'

아침 일찍 알람 소리에 깬 나는 달력을 확인하고 서둘러 세수를 하였다. 11월 14일. 오늘은 여타 사형수들과 같이 그에게 사회로부터의 영구적인 추방을, 남아 있는 생명의 박탈을 집행하는 날이다. 공포 어린 몸부림을 방지하기 위해 나는 거짓 건강검진을 주선하고 사형 집행실로 그를 데려간다. 그는 시간이 얼마 남지 않은 사실을 아는지 모르는지 그저 조용히 뒤를 따라서 오기만 하였다. 복도 끝 문을 열자 익숙한 시설이 시야에 펼쳐졌고, 나는 그에게 오늘이 마지막이라는 사실을 말해 주었다.

"아."라는 짧은 탄성을 내뱉은 그의 목에는 이제 밧줄이 걸려 있다. 보통이면 이 상황을 어떻게든 모면하기 위해 온갖 난동을 피워, 나와 다른 집행관들이 힘을 쓰게 만들었을 텐데, 그는 조금도 움직이지 않았다.

"짧은 편지나 유언을 남기시겠습니까?"
"….."
그는 마지막으로 남길 말이 없어 보였고, 나는 침묵을 유지하는 그에게 짧은 묵념을 남기고선 사형을 집행하였다.

정영두. 그는 그리움을 품은 채, 결국 형장의 이슬로 사라졌다.

사형을 집행한 날의 밤은 생각이 많아지는 밤이다.
'내게도 비운이 찾아왔다면, 나도 정영두와 똑같은 행동을 하지 않았을까?'
… 아마 그렇지는 않을 것이다. 세상이 나를 등졌다고 해서 나도 세상을 등져야 한다는 법은 없다. 또한 비운의 불가피성이 비운에 처한 사람의 행실을 정당화해 주지는 못한다. 그런데도 계속 이런 자질구레한 생각을 끊어낼 수가 없다. 죽음이 안타까워서인지, 아니면 온통 잿빛인 그의 삶이 안타까워서인지.

정영두가 죽은 날로부터 2주가 지나고, 새로운 사형수가 들어왔다. 그는 세 명의 여성을 성폭행한 뒤 살해한 강간 살인범으로, 이곳으로 호송될 때마저 난동을 피웠다고 한다.

"아! 이거 좀 풀라고! 몇 번을 말해!"

교도소 안으로 들어온 그는 수갑에 묶인 양손을 이리저리 휘둘러대며 계속 고함을 질러댔다.

"앞으로 이러시면 안 되고요. 이따가 독방에 도착하면 풀어드릴 테니 진정하세요."

독방에 그를 넣고, 나는 등 뒤에 묶인 수갑을 풀어주었다.

"자, 풀어드렸어요. 됐죠? 옆에 거울 아래에 있는 게 세면대고…."

그렇게 독방의 문이 단단히 잠긴 것을 확인한 뒤, 나는 그에게 앞으로 있을 생활과 시설에 대해 간략히 설명해 주었다.

"수일아, 이번에 들어온 놈도 아주 악질이던데, 지금 보고 오는 길이야?"

복도에서 마주친 동료 집행관이 그에 대한 이야기를 꺼냈다.

"CCTV에 떡하니 찍힌 놈이 왜 자꾸 결백하다고 거품을 무는지. 저런 놈들은 자꾸 어디서 튀어나오는 거야."

동료 교도관이 한숨을 내쉬며 업무를 보러 가자, 나 역시 독방 앞에 놓인 책상으로 돌아갔다. 책상에 앉은 나는 방금 전달받아 아직 빳빳한 파일을 꺼내들어 그의 정보를 자세히 들여다보기 시작했다.

'1970년 12월 11일생, 경기도 수원시 거주…'

그는 주말마다 택시 운전사로 위장해 경기도 일대를 돌아다니며 2년간 범행을 저지르다 현장에서 체포되었다고 한다. 그 뒤, 철저한 조사를 거쳐 수면 위로 드러나지 않았던 그간의 범죄들이 함께 터져 나오며 최종적으로 사형을 선고받게 된 모양이었다.

'1994년 범어대학교 화학공학과 졸업'
'1997년 범어대학교 공학대학원 수료'
'1999 ~ 2003년 OS연구소 선임연구원'
'   …   '

이외에 내 눈에 띈 것은 그가 사회의 톱니바퀴로서 그 역할을 다하고 있었다는 사실이다. 그는 4년제 대학을 나와 인정받는 직장을 다니며 성실히 일반적인 삶을 살고 있었다. 사회로부터 소외되어, 톱니바퀴조차 돌리지 못하는 보통의 범죄자와는 제법 다른 삶이었다. 추악한 욕망은 사람을 가리지 않고 찾아오는가 보다.

"야, 심심한데 뭐 읽을 거 없냐. 여긴으니까 아주 돌아버리겠어."
그가 들어오고 한 삼 일쯤 지났을 때, 그는 내게 읽을 책 한 권을 요청하였다. 반성의 시간을 가져야 할 사형수에게 책이라니, 나는 그의 부탁을 단호히 거절하면서 생각이나 정리하라는 뜻으로 그에게 쓰지 않는 노트 한 권과 검은 볼펜 한 자루를 건네주었다. 글을 쓰는 동안은 관리하기도 편할 것이고, 무엇보다 잃을 것 없는 사형수를 자극하지 않기 위함이었다.
그는 군말 없이 노트와 펜을 받아들고는 그날부터 틈틈이 무언가를 써대기 시작했다. 사형을 앞둔 사람들은 보통 전 생애에 걸친 경험과 생각을 정리하곤 한다. 아마 그도 앞선 이들의 길을 걸어가고 있을 테였다.

　어느 날, 빼곡히 채워진 노트 속 내용이 궁금했던 나는 그에게 노트에 무엇을 쓰고 있는지 물었다.
　"뭘 그렇게 쓰십니까?"
　"탄원서."
　"탄원서요?"
　이미 판결이 다 난 마당에 탄원서라니. 그는 진짜 억울해서 결백을 외쳤던 것일까.
　"그래, 씨발 나한테 이런 말도 안 되는 형량을 때린 판사한테 쓰는 탄원서다. 고작 매스컴 좀 탄 거에 쫄아가지고 허둥지둥 검사 말만 듣기는."
　그는 자신의 형량에 잔뜩 화가 나 보였다.
　"판사면 판사답게 법전이랑 판례를 가지고 재판을 해야지. 왜 하등 쓸모없는 언론의 눈치를 보냔 말이야!"
　그는 치밀어 오르는 분노를 참지 못하고 바닥에 펜을 집어 던지며 소리쳤다.
　"내가 나가면 일단 판사랑 변호사부터 찢어 죽일 거야. 초범인 척하고 모르쇠 하면 무슨무슨 법으로 뺄 수 있다면서 이 지경을 만들어놔? 이럴 줄 알았으면 처음부터 비싼 변호사를 쓰는 건데. 1심부터 망쳐놨으니 2심, 3심이 잘 될 리가 있나…. 답답해 뒤지겠네. 아오!"
　"그리고 이게 얼마나 큰 잘못이라고…. 남들도 다 몰래몰래 하는 건데 말이야. 안 그래?"

그가 방금 던진 말 몇 마디에 나는 그가 어떤 삶을 살아왔는지 대충 짐작할 수 있었다. 그는 뻔뻔한 태도로 자신의 잘못을 절대 인정하지 않고, 문제의 원인을 늘 밖에서 찾으려고 노력했을 것이다.

그러던 중, 분개하던 그가 갑자기 나를 노려보며 다그치기 시작했다.
"야, 임마. 말 좀 해봐. 하긴, 너도 그 자식들이랑 다를 바가 없는 놈이긴 하지. 하필이면 재미도 없는 새끼랑 걸려가지고, 쯧…. 뭐, 됐고. 이 탄원서들 잘 정리해서 보내놓으쇼."
그는 노트에서 종이 몇 장을 뜯어내 땅바닥에 탁탁 친 뒤, 가지런히 정리한 종이 더미를 내게 건네주었다.
나는 의자에 걸터앉아 그가 탄원서라고 써놓은 글을 읽어 보았는데, 그 글은 참으로 가관이었다.

'저는 어릴 적부터 종교 활동을 통해 이웃 사랑을 실천해 온 독실한 기독교 신자입니다'

'마음 깊이 반성하고 있습니다'
'피해자들에게 사죄할 기회를 딱 한 번만 주십시오'
'피해자 분에게 최대한 사죄드리는 바입니다'

사형 선고가 내려진 마당에 탄원서가 통할 리 만무했지만, 나는 그의 바람을 들어주고자 막 휘갈겨진 글을 서류로 정리해 바로 재판부에 부치었다. 탄원서를 제출한 후부터, 그는 심심했는지 시간이 날 때마다 내게 말을 걸어오곤 했다.
"얼굴이 좀 젊어 보이는데, 너 몇 살이냐?"

"26살이요."

"넌 그 나이에 왜 여기 앉아 있냐. 대학을 안 간 거야, 군대를 안 간 거야. 여기서 하루 종일 나 같은 사람이나 보고 있으면 안 지루한 가? 하아암−."

그는 기지개를 폄과 동시에 자연스레 앉아 있던 자세를 고쳐 바닥에 등을 눕혔다.

"딱히 지루하지는 않고요. 이 일은 대체복무로 인정돼서 군 입대를 하지 않아도 됩니다. 그리고 일어나세요. 일과 시간에 누우시면 안 됩니다."

"어휴…. 나이도 어린 게 뭘…."

그는 궁시렁대며 몸을 들어 올렸다. 깊은 한숨과 함께 억지로 끌어 내린 그의 구부정한 어깨는 나름의 불만을 드러내는 듯하였다.

"크으, 돈도 더 벌고 군대도 안 가고 어린 나이에 꿀만 빠는구나."

"나는 25살, 딱 네 나이 때 말이야…. 하하."

"으아아아아아!"

옥살이에 어느 정도 익숙해진 그는 혼잣말과 함께 하루하루 시간을 흘려보내기 시작했다. 나는 아침엔 우울해하다가 점심엔 웃고 저녁에 화를 내는 독방 속 그의 스핑크스 같은 모습이 가끔 섬뜩하게 느껴지기도 하였다.

"아, 족발 먹고 싶네. 미국은 죽기 전에 최후의 만찬인가 뭔가로 스테이크며 온갖 걸 내온다던데. 여긴 그런 거 없냐? 나도 얼마 전까지는 세금 꼬박꼬박 내던 사람이었어. 솔직히 족발 정도는 괜찮잖

아. 인정하지?"

"……."

"아, 대답 좀 해라. 거기 앉아서 계속 듣고 있는 거 뻔히 보이는데. 대답 좀 해주면 어디 덧나나? 사람이 말을 하잖아, 임마."

그를 관리한 지 며칠 째가 되니, 이런 불필요한 이야기에 일일이 맞장구쳐주기가 싫어져서 지금은 묵묵히 내 할 일만 하고 있는 중이다. 연차가 쌓인 선배들이 왜 사형수를 대충 내버려둔 채 밖에서 하루를 보내는지 점점 알 것만 같았다.

"너 내가 여기 어떻게 들어왔는지 안 궁금하냐? 족발 가져다주면 진짜 재밌는 거 말해 줄게. 재미 봤던 애들이 6명이었나, 8명이었나? 그럼 하루에 한 명 치 이야기만 풀어도 일주일은 거뜬하겠네. 으헤헤."

"안 궁금합니다. 조금만 조용히 하세요."

"싫은데. 어차피 너밖에 없잖아."

어느새 그의 무례함은 극치를 달리고 있었다. 사형수들은 어차피 죽을 운명이기에 일반 죄수와는 달리 무언가 통제할 수단이 없다. 그들은 그저 내버려진다. 나 역시 곧 죽을 그에게 무거운 제재를 가할 생각이 없었고, 그는 이를 아주 잘 이해하고 있는 듯하였다.

'우우웅–우우웅–'

그렇게 별다른 일 없이 시간을 더 보내고 나니, 어느새 그의 집행일이 찾아와 있었다. 아침 알람 소리에 맞춰 일어난 나는 옷을 갖추

어 입고 그의 방으로 찾아가 깨어 있는 그에게 아침에 곧바로 건강검
진이 있으니 준비하라는 말을 하였다. 의무관 면담이 있다는 내 말을
들은 그는 이부자리를 대충 정리한 뒤 방을 나섰다. 나는 그를 데리
고 길고 긴 회색 복도와 계단을 지나 침침한 집행실의 문을 열었다.
그리고 문이 열리자, 그 안에서 미리 대기하고 있던 다른 집행관들이
일제이 그를 세압하기 시작했다. 갑삭스레 달려오는 집행관들에 건
강검진이 거짓임을 알아챈 그는 통제를 벗어나기 위해 온 힘을 다해
팔다리를 휘저었으나, 기본적인 식단만을 제공받는 사형수인 그에게
는 장정 세 명을 당해내는 것이 아마 불가능할 터였다.

"잠깐만, 다짜고짜 이러는 게 어딨어!"
"이거 놔. 이 새끼들아."
그의 두 팔을 꼭 붙잡고 있는 내 손 끝에선 필사적인 꿈틀거림이 느
껴졌다.
"왜 이래, 이것 좀 놓고 얘기하자! 제발."
정신없이 발버둥치던 그는 어느새 집행실의 맨 가장자리에 이끌려
와 있었고, 그곳에는 밧줄이 걸린 장치 하나만이 덩그러니 놓인 채로
그를 맞이해 주고 있었다.
"내가 너무 시끄럽게 떠들었지? 친해지고 싶어서 무리수를 좀 뒀던
건데, 이해 좀 해주라. 이 밧줄 내가 생각하는 그런 거 아니지?"
나는 아무 말 없이 꼭 잡혀 있는 그의 머리에 용수를 씌우고, 목에
는 밧줄을 걸었다.
"아니 솔직히 이건 너무 이르잖아. 우리 본 지 한 달은 됐나? 편할
대로 막 냅두다가, 이렇게 막 어? 막 속여서 데리고 가도 돼? 이거
불법 아니야?"

"그만, 그만, 숨 못 쉬어 이러면."

밧줄이 단단히 매여진 것을 느낀 그는 더 이상 몸부림치지 않고, 꼿꼿이 선 채로 말을 이어나가기 시작했다.

" …. 아, 그래. 내가 내라고 했던 탄원서는? 답장이 아직 안 왔을 텐데. 나 아직 재심 못 받은 거 남은 거 알지? 거기서 감형 받는 순간 지금 여기 있는 너네들 모가지 싹 다 날아가는 거야. 어!?"

"그건 어제 기각되었다고 연락이 왔습니다."

"…

　….."

"지금, 짧은 편지나 유언을 남기실 수는 있습니다."

이 말을 들은 그는 잠시 고민하는 모습을 보이다, 끝내 남기지 않겠다고 답변하였다.

"그래. 니들 마음대로 해라. 하아…. 좆같은 새끼들."

모든 걸 포기한 사람의 나지막한 유언이었다. 끝까지 반성하는 말 한마디 남기지 않는 그를 뒤로한 채 나는 집행을 시작했다. 덜커덩 하는 기계 소리와 함께 그의 발끝이 서서히 떠올랐고, 나는 숨이 멎어가는 소리를 듣지 않기 위해 귀에 이어폰을 꽂고 시끄러운 음악을 들었다.

김기환. 그의 본능적인 인생은 이렇게 끝이 났다.

다음에 들어올 사형수를 위해 지금부터 김기환의 흔적을 깨끗하게 비워내야만 한다. 독방 문을 열고 침구류부터 그가 구겨놓은 탄원서 뭉치, 이리저리 던져놓은 속옷들을 전부 수거해 모은다. 빠진 머리카락과 휴지가 버려져 있는 이 쓰레기통을 비우는 순간, 그는 이 세상에서 진정으로 잊히기 시작할 것이다. 인간 중에는 분명 죽는 게 더 나은 인간이 존재한다. 특히 법의 높은 허들을 뛰어넘어 사형 판결까지 받은 이들은 더더욱 그렇다.

　그렇게 김기환을 집행하며 집행관으로서의 마음을 다지게 된 지 며칠이 더 흐르고, 나는 새로운 시형수를 받게 되었다. 좋은 건지 나쁜 건지, 요즘 점차 사형 판결의 빈도가 잦아지는 것 같다.
　이번에도 역시나 살인이었다. 묻지마 방화 살인이라. 작년 7월 20일 새벽 무렵, 대구광역시의 한 고시원에 불을 질러 12명에게 중상을 입히고 10명을 숨지게 해 언론을 떠들썩하게 만든 장본인이 사형 확정판결을 받고 내게로 왔다. 그가 악질적인 범죄를 저질렀다고 해서 더 가혹한 집행을 행하는 것은 아니지만, 그는 여기서 반드시 죗값을 치르게 될 것이다.

　"아침 6시에 맞춰 일어나시게 될 거고요, …기타 시설은 일일이 허락을 맡고 사용하시면 됩니다."
　"저기요, 듣고 계십니까? ○○○씨."
　'○○○…?'
　내 말에 귀를 기울이지 않아 부른 이름에서 왠지 모를 익숙함이 느껴졌다.
　"아, 예. 죄송합니다. 혹시 처음부터 다시 들을 수 있을까요?"
　"기상은 아침 6시에 맞춰서 하면 되고요…."
　우선 여타 사형수들과 같이 교도소 내에서의 삶과 규칙을 간략히 소개해 주었는데, 그가 간단한 설명에도 집중하지 못하고 자꾸 멍 때리는 바람에 시간이 배로 들었다. 하지만 여기선 남는 게 시간이고 그만큼 또 아쉬운 게 시간이다.

　그렇게 힘들었던 설명을 끝마치고 잠시 스마트폰에 집중했던 그 순간, 쿵 하고 넘어지는 소리가 들려왔다. 고개를 돌려 확인해 본 곳에는 그가 정신을 잃은 채로 쓰러져 있었다.

　"정신 차려보세요. ○○○씨, ○○○씨!"
　"커헉, 컥, 허억, 허어억, 헉."

　교도소에 온 지 하루 만에 그가 자살을 시도했다. 이는 스스로 제 목을 조르는 것으로, 숨이 넘어가려 할 때쯤 본능적으로 손이 떼어지는 소심하고도 어설픈 자액(스스로 목을 매어 죽는 행위)이었다. 나는 죽음마저 스스로 선택할 수 없는 그가 조금 딱해 보였다.

　수감자에 관한 정보를 파악하는 것이 집행관의 업무이진 않으나, 나는 한 명 한 명의 기록을 모조리 열람하는 편이다. 이는 위에서 넘겨주는 대로 레버를 당기며 살고 싶지는 않았기 때문이다. 더군다나, 난 레버를 당길 때마다 약간씩 쌓이는 죄책감과 찝찝한 마음을 적어도 어딘가에 떠넘긴 채 외면하고 싶지도 않았다. 이런 마음은 국가의 이름 아래 쌓여 나간 죽음들이 언젠가 죄책감으로 되돌아와 나를 집어삼킬지도 모른다는 두려움에서 비롯된 걸지도 모르겠다. 판결문 다섯 장과 간단한 인적 사항을 적은 페이지 한 장으로 이루어진 깨끗한 파일 하나. 이는 사회가 그의 인생보다 그의 수치스러운 범죄를 최소한 배는 더 눈여겨보았다는 뜻이다. 이런 생각과 함께, 나는 그가 어떤 심정으로 자살을 시도했는지 알 것만도 같았다. 주마등은 죽기 직전에만 지나가는 것이 아니다. 주마등은 인생이 끝이 났음을 인정하는 순간부터 죽음을 맞이할 때까지 끝없이 머릿속을 떠다니는 존재이다. 묻지마 방화 살인으로 법정 최고형에 처한다는 판결문 5장에 그는 결국 주마등을 받아들이게 된 것일지도 모른다.

나는 파일을 펼쳐 그의 인적 사항을 찬찬히 읽어보기 시작했다.

'성명 류해찬, 성별: 남성'
'2000년 12월 11일, 대구광역시 출생'
'   ...   '
'2017년 3월 4일 시면고등학교 제1학년 입학'
'2019년 2월 7일 시면고등학교 제3학년 졸업'
'   ...   '
'2024년 1월 8일 범어교도소 입감'

'시면고등학교…?'

그의 이름이 익숙했던 데에는 이유가 있었다. 변해버린 얼굴에 순간 알아보지 못했지만, 그는 고1 한 해를 나와 같이 보낸 고등학교 동창이었다. 그러나 그는 시간이 흘러 철창 안에 쪼그려 앉아 있는 사형수 류해찬이 되어 있었다. 그가 누구인지 깨닫자마자, 내 머릿속에는 쉬는 시간마다 함께 게임을 하며 즐겁게 대화를 나누던, 독서실에서 밤을 새며 함께 공부하던, 그런 옛 추억 속에서 활짝 웃고 있던 어린 류해찬이 하나둘씩 떠오르기 시작했다. 또한 즐거웠던 추억과 동시에 과거의 그와 사형수 류해찬이 한데 만나 내 머릿속을 마구 어지럽혔다. 내 기억 속 그는 절대로 범죄를 저지를 만한 사람이 아니었다. 악한 사람과 선한 사람이 어디 있겠냐만, 과거의 그는 분명 선한 사람에 훨씬 더 가까웠다. 나는 무슨 일이든 참고 기다리던 그가 도대체 왜 악의를 품고 묻지마 방화를 저질렀는지 도통 이해가 가질 않았다.

　그는 다음날부터 자살하길 포기한 채 허공을 바라보며 가만히 시간을 흘려보냈다. 나는 그가 어쩌다 사형수가 되었는지, 왜 방화를 하게 되었는지가 무척 궁금했지만, 성급히 추궁하지 않고 그에 대해 모르는 척 넌지시 말을 건네었다.
　"저기, 류해찬 씨. 밥은 입에 좀 맞습니까?"
　"아, 네. 뭐 먹을 만해요. 제가 평소에 인스턴트만 먹어서 그런지 조금 싱겁게 느껴지기는 한데….'
　"음, 먹을 만하다니 다행이네요.'
　"…
　　…
　　….'

　어색하다. 사형수와 집행관이라는 각자의 처지 때문인지 이 분위기가 더더욱 어색하게 느껴졌다. 여기엔 나의 사교성이 그리 좋은 편이 아니라는 사실도 한몫하고 있는 것 같았다. 그래도 물어보고 싶은 게 많으니 조심히 말을 걸어보아야겠다. 나와의 대화가 취조로 느껴지지 않도록 아주 조심스레 말이다.
　"여기 복도가 좀 길죠?"
　"아, 네. 입구에서 여기까지 오는데 조금 멀긴 하더라고요.'
　"….'
　"아직 운동장에는 안 가 보셨죠? 하루에 1시간씩은 사형수들이 거닐 수 있도록 운동장이 개방될 겁니다. 시간은 저녁 먹기 전 시간인 5시예요.'

"아…. 전용…. 운동장도 일종의 격리 시설인가 보네요."
"…
  …
    …."

이후에도 그는 집중하지 못한 채, 내 말을 계속 되풀이하였다. 그리고 자꾸 아무 질문이나 던지니 쓸데없는 교도소 이야기로 대화가 이상하게 흘러가는 것 같았다.

'에라, 모르겠다'
나는 고민 끝에 서류를 뒤적이다 우연히 알게 된 척하며 고등학교 이야기를 꺼냈다.
"류해찬 씨. 시면고등학교 나오셨네요. 대구에 있는 그 시면고 맞죠? 저도 거기 나왔는데."
"네, 맞아요. 그리 유명한 고등학교는 아니긴 한데…, 어?"
그가 대답을 하다 고개를 들었고, 바로 나와 눈이 마주쳤다. 그는 나를 단번에 알아본 듯하였다. 늘 숙이고만 있던 그의 얼굴을 제대로 바라본 것은 처음이었다.
"내가 아는 해찬이 맞지?"
"김수일? 아, 수일이구나. 오랜만이네…."
그는 간단한 인사와 함께 고개를 푹 숙였다. 이곳에서 아는 사람을 만난 게 창피한 듯하였다. 나는 다시 어색한 분위기로 돌아가고 싶지 않아 그에게 졸업 이후 내가 살아왔던 이야기를 해주었다.
대학 시절의 일화나 그간의 소소한 일상 같은 것들 말이다.
1년, 1년의 이야기가 지나갔지만, 그는 그저 묵묵히 듣기만 하였다.

시간이 좀 지나자 내가 쌓아놓은 이야기는 결국 바닥이 나버렸고, 다시 어색한 공기가 방을 메우기 시작했다.

"…

　…

　….."

학교 이야기를 꺼낸 걸 한창 후회하고 있을 때, 그가 입을 떼었다.

"너는 너답게 잘 살아왔구나. 옛날이랑 크게 달라진 게 없어서 딱히 해줄 얘기가 없어. … 졸업 이후 나는 바뀐 게 없거든. 어디서 들었을지는 모르겠는데, 난 대학에 안 갔어. 아니 못 갔다고 해야 하나?"

이 말을 듣는 순간, 나는 옛날에 다른 친구가 누군가 재수를 한다고 말했던 기억이 어렴풋이 떠올랐다. 당시에는 귀담아듣지 않고 그저 흘려 넘겼지만, 그건 아마 류해찬 이야기였을 테다.

"학교 앞에 있던 그 커다란 재수학원 기억나지? 나는 졸업하고 바로 거기에 들어갔어. 3년이나 더 수능을 쳤는데, 내 성적이 그렇게 바뀌지는 않더라고. 마지막 두 해는 진짜 열심히 했는데, 탐구에서 날려 먹어가지고. … 열심히 노력한 시간은 분명 배신하지 않는다고 했는데. 겪어보니 아닌 것 같더라고. 지금 돌이켜봤을 때, 수험 생활이 인생에서도 그렇게 의미 있는 시간이었는지는 잘 모르겠어."

그가 졸업 이후에 연락이 되지 않았던 이유를 알게 되었다. 해찬이는 그 시간 동안 더 좋은 학벌을 가지기 위해 노력했었다.

"처음 재수를 했을 때, 성적은 거의 제자리였어. 사수를 거쳐도 갈 수 있는 대학에는 큰 변화가 없었고, 노력하고 또 노력했는데도 나는 좋은 결과를 얻을 수가 없더라고. 같이 재수에 뛰어든 친구들은 하나둘씩 합격해 수능 판을 떠나는데도 말이야. 그렇게 사수마저 실패로 돌아갔을 때는 인생이 제대로 꼬여버린 게 느껴지더라고⋯."

해찬이는 이 말을 끝으로 다시 허공을 바라보았다. 그의 초점 없는 눈에서는 기나긴 무력감이 느껴졌다. 사람들은 종종 학벌이 인생의 다가 아니라고 하지만 갓 스무 살에게 인생의 설반과 함께 달려온 입시를 두고, 과연 누가 대수롭지 않게 여기라고 할 수 있을까. 조금만 더. 그도 아마 이런 마음으로 입시 생활을 계속했던 것 같다. 근데 해찬이의 성격상 그래도 무기력한 생활을 쭉 이어 나가지는 않았을 텐데, 그럼 입시를 포기한 순간부터 범죄를 저지르기까지 4년간의 시간 동안 해찬이에게 무슨 일이 일어났었던 걸까.

나는 4년간의 공백에 대해 자세히 알아보고자 사무실로 돌아가 7월 20일의 범행 상황이 상세히 작성된 파일을 다시 펼쳐 보았다.

「새벽 1시 05분, 범인이 평소와 같이 고시원 앞에서 담배를 피우고 있었음이 확인됨.
　새벽 01시 09분, 범인이 자신과 소음으로 인한 갈등 관계에 놓여 있는 남성에게 조용히 생활해 줄 것을 요청함.
　새벽 01시 17분, 범인이 남성과 말을 하다 약간의 몸싸움을 벌였고, 한 차례의 소동이 끝난 뒤 남성이 고시원 안으로 들어가 버린 것으로 보아 대화가 잘 풀리지 않은 것으로 보임. 이후 범인은 담배를 한 차례 더 피우고서는 남성을 따라 건물에 들어감.
　새벽 01시 25분, 범인이 무언가를 찾으려는 듯 1층 우편함 주위를 두리번거리고 있었음이 확인됨. 이후 누전 차단기 앞에 선 범인은 약 6분간 가만히 서 고민을 하다 몇 개의 스위치를 내린 뒤, 피고 있던 담배를 스위치 옆에 던지고서는 집 앞 편의점으로 이동함.」

그로부터 30분 뒤, 1층에서 큰 폭발이 일어나면서 고시원은 불에 타기 시작했고 노후화된 건물 일부가 무너져 내리며, 여러 사람이 다치고 죽게 되었다고 한다. 이후 류해찬이 자백하고 CCTV를 비롯해 여러 정황들이 발견되며 수사가 종결되었고, 이 사건은 사회에 불만을 가진 20대 청년의 묻지마 방화로 언론에 보도되며 한동안 세상을 떠들썩하게 만들었다.

'22명 사상, 이렇게 사람이 많은 곳에 해찬이가 무턱대고 불을 질렀다고? 그리고 그게 저만한 폭발을 일으킬 수 있나…'

나는 그가 홧김에 건물을 불태웠다는 사실을 믿을 수가 없었다. 층간 소음에 사람이 미친다고는 하지만 소음이라는 원인에 비해 방화는 너무 과한 처사였기 때문이다. 사건에 얽힌 당시 그의 심리를 조사해 놓은 문서를 보려고 하였으나, 그런 문서는 파일 속에 존재하지 않았다. 나에게는 이 사건이 온통 의문투성이로 느껴졌다. 아직 시간이 많이 남았으니 의문점들을 그에게 차차 물어보아야겠다.

의문을 풀 기회는 내 생각보다 비교적 빠르게 찾아왔다. 그날도 여느 때처럼 멍하게 앉아 있는 그를 감시할 때였다.
"수일아, 혹시 담배 한 대만 줄 수 있니?"
사형수에게 기호품을 제공하는 행위는 교정 원칙에 위배되지만, 나는 다른 집행관으로부터 담배 한 갑과 라이터를 구해 그에게 건네주었다. 집행관들 대부분이 흡연자였기에 담배를 구하는 것은 그리 어려운 일이 아니었다. 그렇게 그는 고맙다는 인사 한 마디와 함께 담배를 피우기 시작했다. 말없이 연기를 내뱉는 그의 얼굴에 조금씩 생기가 돌아오는 게 느껴졌다. 나는 그의 정신이 어느 정도 돌아온 이 순간을 놓치지 않기로 하였다.

"너 그긴 언제 시작한 거야? 담배는 절대 안 피울 사라고 했었잖아."

"… 재수할 때, 친구들이 피니깐 어느새 나도 점점 눈이 가더라고. 그러다 정신 차리고 보니 이미 내 손에 이 담배 한 개비가 끼워져 있더라. …푸우-.

담배를 피운다고 해서 내 기분이 딱히 나아지는 건 아니었는데, 이 한 개비를 피우려고 어딘가로 나가는 그 기분이 상쾌해서 이걸 못 끊었던 것 같아. 아무 생각 없이 연기를 내뿜으며 시원한 바람을 맞는 그런 순간들 말이야."

그에게는 담배가 일종의 해방감을 주었던 것 같다.

"근데 또 보람찬 하루를 보내지 않은 날에는 아무리 담배를 피워도 기분이 나아지질 않더라고. 분명 같은 바다를 건너 온 바람일 텐데, 이상하게 말이야."

그는 다시 담배 한 모금을 빨아들이고 긴 호흡을 내뱉으며 말했다.

"지금 피우는 이 담배도 딱 그래. 뇌는 아직도 이 하얀 연기만 맡으면 정신을 못 차리는데, 내 마음은 더 이상 아닌 것 같아."

곧 있으면 그가 다시 무기력해질 것 같아 나는 담뱃재를 털어낼 종이컵 하나를 건네주며 말했다.

"솔직히 말하자면, 나는 아직도 네가 여기 앉아 있는 게 믿기지 않아. 사건에 석연치 않은 부분도 많았는데, 도대체 왜 다 인정해버린 거야? 고작 스위치 몇 개랑 담배 한 개비 때문에 건물에 불이 난 것도 이상하고, 네가 고작 이웃이랑 다툰 걸로 앙갚음하려 했다는 사실도 너무 이상해. 말해 줘. 도대체 무슨 일이 있었던 거야?"

그는 잠시 놀란 기색을 보였으나, 이내 침착함을 유지하고는 담배 한 개비를 더 꺼내 불을 붙이며 대답하기 시작했다.

"… 사수까지 실패했을 때, 난 그 누구도 마주할 용기가 안 났어. 내가 받은 응원과 위로에 대답할 자신이 없더라고. 그래서 그냥 아무 말 없이 학원을 나와 이곳저곳을 떠돌아다니며 생활했어. 하루 종일 인터넷 커뮤니티만 보면서 시간을 죽여 나갔지. 부모님의 걱정이 담긴 문자에는 건성으로 대답하면서 말이야."

말이 끝남과 동시에 그는 구석에서 몸을 일으켜 철창 가까이로 다가와 앉았다.

"당시에는 내가 이러고 있는 순간에도 감이 떨어지고 있지는 않을까. 그게 너무 두렵더라고. 그래서 계속 자극을 줄 영상, 글, 사람을 찾아다녔어….

근데 한 가지 흥미로운 게, 현실에 설 자리가 없는 사람은 인터넷에서도 설 자리가 없다는 거야. 그런 사람들은 티가 나는 법이거든. 거기서도 나는 제법 티가 났던 모양이야."

하얗게 피어오르는 연기 너머에 있는 그의 눈에 또 한 번 무기력함이 묻어나오기 시작했다.

"그걸 깨달은 뒤로는 인터넷도 재미가 없더라고. 그래서 진짜 마지막으로 한 번 뒤집어 보겠다는 심정으로 공무원 시험에 도전했어. 수능은 그 시험에 떨어지면 치기로 했지. 둘 사이에 한, 반년 정도 텀이 있었거든….

아무튼, 그 후에는 고시원에 들어가 다시 공부하기 시작했어. 오랜만에 한 공부는 생각보다 손에 잘 잡혔고 하루하루가 다시 이전처럼 순조롭게 흘러갔어. 옆방이 조금 시끄러웠던 것만 빼면 말이야.”

“내가 불을 지른 그날은 3일 뒤에 있을 면접을 준비하던 날이었어. 나는 오랜만에 만나는 사람한테, 그것도 면접관에게 뭐라고 말해야 할지 갈피를 못 잡은 상태였지. 필기시험에 겨우 합격했기 때문인지 내 머릿속은 면접에 대한 불안감으로 가득차기 시작했어.”

그는 어느새 손에 들고 있던 담배를 놓은 채로 말을 이어 나가고 있었다. 나 또한 물 한 잔을 빠르게 들이키고선 그에게 집중하기 위해 자세를 고쳐 잡았다.

“그날도 어김없이 옆방 사람의 시끄러운 대화 소리가 벽을 타고 내 방으로 넘어온 밤이었어. 그 사람은 그때 게임을 하고 있던 것 같아. 계속 소리를 질러대니깐 공부에 집중이 안 되더라고. 그래서 잠시 담배를 피우러 밖에 나갔지. 담배를 다 피우고 집에 돌아가려 하니까, 그 사람이 나오더라고. 그래서 마주친 김에 당분간만 좀 조용히 해달라고 부탁했는데 내 말을 무시하지 뭐야. 고시원에 사는 주제에 남의 일에 상관하지 말라더라고. 그 당당한 태도를 보니깐 살짝 짜증이 나더라고, 그래서 나도 똑같이 ‘매일 시끄럽게 게임이나 하고 있는 걸 보니 네 인생도 뻔하다’ 뭐 이런 식으로 비아냥댔어.”

“그 사람도 그 말을 듣고선 화가 났나 봐. ‘지금 이 새벽까지 공부하고 있는 거면 너는 답이 없다. 낮에 그렇게 했어봐라’라고 씩씩대며 말을 하는 거야. 그렇게 서로 감정이 상한 채로 몇 마디 말을 더 주고받다가 드잡이질을 시작했어. 그 사람도 나도 싸움은 처음 해봤는지 서로 멱살만 잡고 주먹 몇 번 휘두르다가 싸움은 싱겁게 끝이 났고, 옆 방 사람은 그대로 방에 올라갔지.”

그는 손가락 관절을 마디마디 뚝뚝 꺾으며 계속 말을 이어나갔다.

"순간 화가 나면서 그가 새벽까지 게임을 하고 있었다는 사실이 생각났어. 손에 쥔 담배는 대충 땅바닥에 던져놓고, 그렇게 두꺼비집을 찾아, 옆방인 304호의 것으로 보이는 차단기를 몇 개 내리고는 도망치듯 그 자리를 떴지. 나름의 소심한 복수였어. 근데 나중에 알았던 건데 두꺼비집은 원래 집 안에 있는 거라더라. 내가 내린 게 뭔지는 잘 모르겠지만, 그 사람은 아마 별 문제없이 계속 게임을 했을 거야⋯. 그 이후는 뭐, 네가 아는 그대로야. 편의점에서 시간을 보내고 있다가 펑 하는 소리가 들려 가보니 고시원이 불에 타고 있더라고. 그 화재의 원인이 나인 것 같아 바로 119를 부르고 경찰에 자백했어."

"그래서. 그래서 진짜로 네가 그 불을 일으킨 게 맞다는 거야?"

"어, 나 맞아. 조사 결과, 나 때문 맞대. 내가 문제였대."

"...
　...
　....."

"그래⋯. 말해 줘서 고맙다. 많이 힘들었을 텐데."

그는 이야기를 끝마치곤 뒤로 돌아 벽을 마주해 앉았고, 나 또한 내 마음 속 느껴지는 이 꺼림칙함이 뭔지 벽을 바라보며 계속, 골똘히 생각했다. 그가 방금 말해 준 것들만 조사관에게 제대로 전달했더라면 꽤 많은 사람이 피해를 입었음에도 과실이 인정되어 사형은 면했을지도 모르는데, 해찬이는 아마 더 이상 변명하기가 싫었던 것 같다. 그래서 다 인정해버린 것이다.

시간이 흐르고 또 흘러, 결국 오지 않았으면 하는 날이 와버리고 말았다. 오늘은 그에게 사회로부터의 영구적인 추방을, 남아 있는 생명의 박탈을 집행하는 날이다. 내가 그를 데리러 갔을 때, 그는 여느 아침들처럼 이미 모든 준비를 마친 상태였다. 나는 그를 데리고 집행실로 천천히 걸음을 옮겼다.

"⋯⋯⋯."

첫날과 같이 어색한 분위기가 이어졌다.

"⋯, 억울하지 않아?"

"전혀. 난 지금 내가 저지른 잘못에 대한 죗값을 치르러 가고 있을 뿐이야."

"잘못된 사실을 바로잡기에 아직 늦지 않았어. 난 아직도 너무 찝찝해. 넌 여기서 죽기에 너무 아까워 해찬아."

"나 때문에 너무 많은 사람이 고통을 겪었어. 그리고 무엇보다도 이젠 지치기도 했고. 좀 쉬고 싶어."

"⋯

⋯

⋯."

그에게는 순간의 고통보다 나중에 찾아올 미래가 더욱 두려웠던 모양이다. 앞서 말했다시피 주마등은 죽기 직전에만 지나가는 것이 아니다. 주마등은 인생이 끝이 났음을 인정하는 순간부터 죽음을 맞이할 때까지 끝없이 머릿속을 떠다니는 존재이다. 그는 담배를 피우며 이미 수만 번의 주마등과 맞이하였을 것이다. 그런데도 난 죽음을 받아들인 그를 도저히 보내줄 자신이 없었다. 아무리 봐도 이건 정의가 아닌 것 같았다. 하나, 내가 할 수 있는 일은 아무것도 없었다.

어느새 우리는 햇살을 맞아 은빛으로 빛나는 집행실 문 앞에 다다

랐고, 나는 힘겹게 그 문을 열었다. 그리고 다른 집행관이 지켜보는 앞에서 그의 목에 밧줄을 걸어 매었다.

"너무 미안하게 생각하지는 마. 이건 당연한 일이니깐."
이라며 눈을 감는 그에게, 나는 나직이 마지막 인사를 건네고 집행을 시작하였다.

그의 호흡은 점점 가빠져 갔고, 그 소리는 이어폰을 뚫고 내 귀에 들어왔다. 죽음을 향해 달려 나간 건 호흡뿐만이 아니었다. 그의 온 몸에서는 순간적으로 수축한 근육들이 다시 이완하며 남아 있던 생명력을 빨아들이고 있었다.

류해찬. 그는 결국 고단한 세상에 작별을 고했다.

아는 이의 죽음을 목격한 뒤의 후유증은 그리 가볍지 않았다. 나는 매일 같이 후회에 시달렸다. 해찬이를 조금 더 적극적으로 막아서지 않았다는 사실이 끊임없이 내 마음에 걸려 왔다. 참으로 무력했다. 나는 이때까지, 죽음이 불러올 결과를 깊이 생각해 보지 않고 죽음의 옳고 그름만을 따지고 있었다. 마음 한편에서 미안한 마음이 계속해서 밀려왔다.

정영두, 그에게도 교화의 여지는 있었다. 그러나 우리는 손을 내밀기도 전에 그를 내리밟기만 하였다. 나의 발길질이 그를 끝내 죽음에 이르게 한 것이었다.

김기환, 그는 죽음을 눈앞에 두고도 전혀 반성하지 않았다. 우리가 내린 죽음은 그에게 아무런 의미가 없었다. 그럼 내가 매달은 죽음은 무엇을 위한 죽음이었단 말인가.

류해찬, 그는 우리의 지나친 질타를 받고 세상을 떠나보내었다.
그중에서도 나는 사회에 난 균열을 메우기 위해 앞장서 그를 조각
내었다. 그 균열이 어디서 생겼는지는 아직 아무도 알아내지 못했는
데 말이다.

고민 끝에 나는 그를 무겁게 짓누르고 있을 사형을 치워보기로 하
였다. 그러기 위해서는 기억 속에서 그와 내가 나누었던 대화들을 끄
집어내야만 했다.
그날부로 나는 시간이 남을 때마다 틈틈이 일기를 쓰기 시작했고,
내가 교도소에 온 첫날부터 그가 세상을 떠난 날까지의 이야기들은
한 자 한 자 기록되어 갔다. 그렇게 약 반년 간의 시간을 모조리 기록
하는 걸 끝마친 나는 그의 범행 사실이 담긴 서류와 그가 내게 토로한
심경을 바탕으로 현장의 진실을 새롭게 재구성해나가기 시작하였다.

'7월 20일 새벽 01시 05분, 류해찬은 면접으로 인한 답답한 심정을
해소하려 담배를 들고 고시원 정문으로 향하였음'
'   …   '
'7월 20일 새벽 01시 18분, 류해찬은 평소 소음으로 인한 갈등 관
계에 놓여 있던 남성과의 대화가 원만히 풀리지 않자, 평소 게임을
즐겨하는 남성에게 주의를 주기 위해 그의 집으로 공급되는 전기를
차단하려 누전 차단기를 찾아다니기 시작하였음'
'   …   '

그렇게 나는 그에게 고의성이 없었다는 사실을 입증할 만한 면담 자료를 모아 경찰에 재수사를 요청하였다.

사건이 종결된 지 그리 오랜 시간이 지나지 않았던 터라, 당시 현장은 그대로 보존되어 있었고 경찰은 내가 보낸 자료와 사건 현장을 토대로 재조사를 시작하였다. 평소 남을 함부로 대하지 않았던 그라면 주변 인물에 대한 경찰의 전수 조사를 충분히 통과해낼 수 있을 것이다. 나는 올곧음을 추구해왔던 그의 인생이, 방화에 고의성이 없었음을 입증해 주길 간절히 바랐다.

그리고 2주 뒤, 재수사의 결과가 언론을 통해 세상에 공개되었다. 나는 끊임없이 쏟아지는 보도들이 전부 류해찬 사형 판결의 무효를 담고 있기를 바랐다. 그러나 이런 내 생각과는 달리, 텔레비전 속 아나운서는 훨씬 더 충격적인 내용을 전달하고 있었다.

　- '방화 누명 사형' 故 류해찬 씨, 재수사 끝에 무죄.
　- 얼마 전 대구의 한 교도소에서 사형을 집행 받은 故 류해찬 씨는 담당 집행관의 재수사 요청으로 결국 무죄 판결을 받아 그 명예를 회복하게 되었습니다. 사건에 의문점이 많았던 집행관 K씨는 여러 증거를 모아 경찰에 재수사를 요청하였고, 경찰의 재수사 끝에 결국 류씨가 최종적으로 무혐의임이 드러났습니다. 어처구니없게도, 대구 고시원 방화 사건의 진범은 존재하지 않았는데요. 재수사 결과, 화재의 원인은 여름철 습한 날씨로 인한 전기 합선이었으며, 화재는 노후화된 고시원 건물 안전선의 피복이 손상된 탓에 발생한 절연불량 때문이었습니다. 또한 당시 수사에 도움을 주고자 선한 의도로 자백을 한 류씨를 섣불리 건물의 방화범으로 단정지은 조사관 A씨에게는 징계가 내려질 것이라고 경찰

당국은 밝혔습니다.

이 사건에 행정안전부는 노후화된 건물의 …….

생각지도 못 한 결과였다. 그는 진짜로 누명을 썼던 것이었다.

고작 못 다한 진술을 대신 해주려는 게 다였던 나의 행동은 사회에 큰 혼란을 야기했다. 사형제에 대한 갑론을박과 함께, 세상이 또다시 시끄러워졌다. 어쩌다 보니 진실을 바로 잡게 되었지만, 나에게는 또 다른 문제가 생겨버렸다. 언제부터인가 내 앞에는 '나'라는 사형수가 서 있었다.

하늘 아래, 그의 사형 판결을 뒷받침해 줄 근거는 더 이상 존재하지 않았다. 직업을 떠나, 나는 결국 무고한 사람을 죽여버린 것이었다. 죄책감을 떨치기 위해 한 행동은 어쩌다 보니 더 큰 죄책감을 불러 일으켰고, 나는 내가 감당할 수 없을 정도로 커져버린 죄에 결국 파묻히고야 말았다.

혼란스러웠다. 정신을 차리고 본 지금의 나는 집행관이 아니라 정의에 휘둘리는 하나의 부속품이었다. 동경은 이해로부터 가장 동떨어진 감정이라고 하였나. 나는 줄곧 정의에 대해 막연한 동경을 품어왔었던 것 같다. 그리고 지금, 내가 믿어온 것이 허상일지도 모르겠다는 생각이 강하게 들었다.

주인공의 가치관이 흔들리는 과정을 묘사하고 싶었고, 치열하게 고민했습니다. 그렇게 문장을 직접 엮어본 뒤로는 모의고사에 수록된 문학 작품 하나하나마저 예전과는 다르게 느껴지더라고요. 이야기의 값어치를 느끼게 해준 활동이었던 것 같습니다.

　아 그리고 '동경과 이해'라는 제목은 현실과 이상관이 맞물려 혼란스러워진다는 작품 주제를 나타내기 위해 제가 좋아하는 만화 블리치 속 대사를 따와 지었는데요. 저도 언젠가는 저런 말을 남기고 싶네요.

　마지막으로 읽어주셔서 감사드리고요, 다른 이야기들도 재밌게 읽어주세요.

영원을 거슬러,
사랑을 쓰다

김우준

나는 죽고 싶다, 그것도 아주 미치도록

눈을 제대로 뜰 수 없을 만큼의 강한 빛과 곧이어 펼쳐진 푸른 하늘이 보였다. 나는 그곳에 누워 있었다. 내 옆에는 하얗게 물든 수많은 꽃이 놓여 있었다. 나는 한참 동안 그 자리에 머물렀다. 시간이 얼마나 흘렀을까 주변에서 부스럭거리는 소리가 들려왔다. 한 여자가 사뿐히 꽃밭을 밟으며 천천히 나에게 걸어왔다. 그 여자는 내 앞에 멈춰 서선 날 멀뚱멀뚱 쳐다만 보다가 입을 열었다.

"괜찮으세요?"

내가 대답이 없자 여자는 또 한참 동안 나를 멀뚱히 바라보았다. 그러고선 무언가 결심한 듯 나에게 따라오라는 손짓을 했다. 나는 순순히 그 여자를 따라갔다. 무슨 생각이었는지는 모르겠지만 왠지 그래야만 할 거 같다는 느낌이 들었다. 우리는 길게 이어진 꽃밭을 따라 천천히 걷기 시작했다. 그 여자는 내 손을 꼭 쥐고 앞으로 걸음을 내디뎠다. 한참을 걸어 멈춰서자, 내 눈앞에는 커다란 기와집이 있었다. 그 여자는 익숙한 듯 기와집의 대문을 열고 들어갔다.

거기서 나는 눈을 떴다.

꿈이었다.

　나는 이불을 걷고 자리에서 일어났다. 화장실로 가서 거울을 보니 그곳에는 나름 훤칠하다고 말할 수 있는 남성의 모습이 있었다. 역시나 변함이 없는 외모였다. 언제쯤 깨달았는지는 모르겠지만 나는 비정상적으로 오래 산다. 그리고 나의 모습은 늙지도 않는다. 아마 20대 후반에서 30대 초반의 모습이지 싶다. 나는 아무런 목적 없이 세월을 보내왔다. 내가 처음으로 죽고 싶다고 생각한 건 아마 200년 전이었을 것이다. 나는 수백 년의 삶을 살며 수없이 많은 인연을 만들어왔다. 그리고 수없이 많은 인연을 잃어왔다. 어느샌가 난, 지독한 무상감에 빠졌다. 나의 무상감은 나 아닌 다른 존재한테서 오는 무상감이었다. 그렇게 인연을 만들고 잃어가며 내가 생각한 것은 나는 왜 살아 있을까 하는 근본적인 질문이었다. 가장 근본적이지만 아무리 생각하고 머리를 굴려봐도 답은 떠오르지 않았다. 그렇게 내가 결론지은 것은 죽음이었다. 죽음만이 나에게 답을 해줄 것으로 생각했다. 처음에는 단순 호기심이었던 죽음이, 이제는 나의 삶의 유일한 목표가 되었다. 그래서 나는 지금도 나를 죽일 방법을 찾고 있다.

　내가 처음 시도한 방법은 원초적이고 물리적인 방법이었다. 나는 온갖 잔인한 방법을 동원해서 나를 죽이려고 했다. 하지만 난 죽지 않았다. 나의 몸은 상처가 났지만 10분이면 피는 멈추고 살이 붙었으며 다음 날이 되면 흉터까지 사라진 채 모두 제자리로 돌아와 있었다. 아마 내 몸의 본체는 머리인 것 같다, 머리와 몸을 분리해 보기도 했는데 다음날이 되었을 땐 잘린 몸은 사라지고 머리에서 새로운 몸이 자라나 있었다.

두 번째로 내가 시도한 방법은 아무것도 먹지 않는 것이었다. 이 방법도 당연히 통하지 않았다. 세 번째로 시도해 본 방법은 퇴마사를 찾아가는 것이었다. 나는 다짜고짜 퇴마사에게 찾아가 나를 퇴마해 달라 했다. 물론 당연히 통하지 않았지만 말이다. 내가 시도하는 모든 방법이 통하지 않자, 나는 책들을 읽기 시작했다. 처음에는 살인에 관한 책과 귀신을 다루는 책들을 읽어보았다. 책을 읽는 것이 재미있었다. 내가 읽는 책의 분야는 점점 늘어났고 난 매일 밤 책을 읽으며 사고의 폭을 넓혀갔다.

오늘은 한번 익사를 시도해 볼까 한다. 이미 여러 번 시도해 본 방법이지만, 주기적으로 하면 언젠간 될 수도 있으니. 나는 한강대교 위에서 뛰어내릴 준비를 하고 있었다. 난간에 올라타 넘어가려는 순간, 누군가가 나를 붙잡아 밑으로 끌었다. 나는 난간 바로 옆에 '쿵' 하며 자빠졌다. 나는 재빨리 나의 죽음을 방해하려는 자의 얼굴을 확인했다. 처음 보는 한 여자였다.

"괜찮으세요?"

그 여자는 뛰어온 듯 붉게 상기된 얼굴로 호흡을 가삐 하며 나에게 물었다. 물론 나는 괜찮았다. 너무나도 괜찮아서 미칠 지경이지만. 안 그래도 죽지 못하는 나를 더 죽지 못하게 방해하는 여자가 조금은 날 화나게 했다.

"신경 쓰지 말고 가세요."

나는 빠르게 상황을 정리하고자 여자에게 말했다.

여자는 걱정하는 듯한 표정을 지었다.

"가시라고요."

나도 모르게 말이 조금 거칠게 나왔다.

"괜찮으신 거 맞냐구요."

여자는 나의 말투를 곧바로 따라 하며 되물었다.

"괜찮다고요. 이제 정말 가요."

"뭔가 힘든 일 있는 거 아녜요?"

"아뇨, 없어요."

"그럼, 왜 한강에서 뛰어내리려고 하시는데요."

"죽고 싶어서요."

그녀의 표정이 일그러졌다. 그녀는 고개를 숙이고 한참 동안 말이 없었다. 머리카락이 긴 탓에 고개를 숙이자, 얼굴이 전부 가려졌다. 나는 그녀를 바라봤다. 세상에 아직도 이렇게 오지랖이 넓은 사람이 있다니…. 한창 그런 생각에 집중하던 찰나 바닥에 물방울이 조금씩 떨어졌다. 나는 당황하여 몸을 일으키며 말했다.

"혹시 울어요…?"

그녀는 말이 없었다. 단지 계속 고개를 숙인 채 가만히 있기만 하였다.

"네가 뭔데."

그녀는 들릴까 말까 한 작은 목소리로 속삭이듯 말했다. 그러고선 돌아서서 자신이 왔던 방향으로 뚜벅뚜벅 걸어갔다. 나는 당황한 나머지 그녀를 붙잡지 못했다. 그 여자가 상상도 못 할 만큼 오랜 세월을 살았지만 이런 일은 처음이라 황당했다. 죽고 싶었다는 말에 우는 여자라니….

집에 돌아와 소파에 누워 책을 읽기 시작했다. 그 여자가 울던 모습이 생각이 났다, 내가 무엇을 잘못했는지는 모르겠지만 머리카락 틈

새로 보인 얼굴은, 너무나도 슬픈 표정이었다. 다음에 마주하게 된다면 사과하고 싶다는 생각을 했다. 여자에 관한 생각은 오래 이어지지는 않았다. 나는 또다시 죽을 방법에 대해 생각하며 잠에 들었다.

다음 날 아침에 일어났을 땐, 잡생각이 모두 사라진 상태였다. 평소와 같이 죽고 싶다는 생각이 휘몰아치듯 몰려왔다. 발끝으로 비치는 따사로운 햇살은 나를 더더욱 기분 나쁘게 했다. 참 좋은 날씨였다. 나는 침대에 걸터앉았다.

도대체 죽음이란 무엇일까. 죽는다는 것은 모든 게 끝나는 것을 의미하는 것일까? 어쩌면 새로운 시작일지도 모르겠다. 도대체 이 지겹고도 고통스러운 삶을, 어떻게 하면 끝낼 수 있을까. 모든 인간에게는 그렇게도 불가피한 죽음이라는 것이, 나에게는 가장 외면하기 쉬운 것이었다. 혹시 나는 이미 죽은 게 아닐까 하는 멍청한 생각이 들었다. 이 개 같은 기분은 죽지 않는 이상 사라지지 않겠지. 나는 잠시 생각을 멈춘 채 옷을 갈아입었다. 이 무료함을 달래려면 뭐라도 해야 할 거 같았다.

나는 검은색 추리닝을 걸치고 집 밖을 나왔다. 바람이 얼굴을 덮쳤다. 찬 바람인지 따뜻한 바람인지 구별하지 못할 만큼 모호한 날씨였다. 나는 새로운 책이나 읽어볼까 하며 집 근처 도서관으로 향했다. 도서관이라는 것이 생긴 이후로 나는 거의 사흘에 한 번꼴로 도서관에 가서 책을 빌렸다. 웬만한 책은 거의 다 읽어보았지만, 평소 철학 분야에는 관심이 적었기에 오늘은 철학 책을 빌리러 철학 코너로 발길을 향했다. 아리스토텔레스, 데카르트, 스피노자, 홉스 등등 내가 아는 유명한 철학가의 이름들이 눈에 밟혔다. 조금 특이한 책이 없나 탐색을 계속하던 중 책장 제일 아래쪽에 위치한 '영원회귀'라는 제목을 갖고 있는 책을 발견했다.

영원회귀라….

관심을 갖게 하는 제목이었다. 작가는 적혀 있지 않았다. 무슨 내용일지 궁금해하던 찰나, 누군가 내 바로 옆에 쪼그리고 앉았다. 나는 신경 쓰지 않고 궁금해 하던 책을 펴 천천히 훑기 시작했다. 나는 조금 훑어보다 책을 덮었다. 집중이 되지 않았다. 그 사람은 계속 내 옆에서 책장을 쳐다보고 있었다. 뒷모습으로 보아 키는 160대 초중반의 여성으로 보였다. 그녀는 전형적인 회사인의 모습을 하고 있었다. 여자는 책을 찾고 있는 것 같았다. 나는 조금 호기심이 생겨 말을 걸었다.

"무슨 책 찾는데요?"

여자는 나를 쳐다보았다.

다리에서 만난, 그 여자였다.

"왜 궁금하신데요?"

여자는 차가운 어조로 답했다.

"저도 철학을 좋아해서 어떤 책 찾는지 궁금했어요."

사실 좋아하지 않았지만, 상황을 모면하기 위해 좋아하는 척을 했다. 예상과는 다른 차가운 반응에 조금 당황한 것도 있었다. 그 말에 여자의 얼굴에 화색이 돌았다. 정말 빠른 태세 전환이었다. 그날 일은 기억하지 못하는 걸까 하는 생각이 들었다.

"아, 철학 좋아하시는구나 저도 좋아해요…. 혹시 무슨 철학가 좋아해요? 그냥 철학을 좋아하는 건가? 좋아하는 철학 이론 있어요? 아님 생각해놓은…."

그녀는 질문들을 쉴 새 없이 쏟아내었다.

나는 흥미로운 듯 그녀를 계속해서 쳐다보았다. 나는 아무 말도 하지 않았다.

"아, 제가 너무 신났네요. 죄송해요."

그녀는 발그레하게 변한 얼굴을 돌리며 말했다. 나는 그런 그녀가 귀엽게 느껴졌다.

잠깐만, 귀엽다고? 내가 언제 귀엽다고 느낀 적이 있었던가? 갑자기 머릿속이 복잡해지기 시작했다. 그녀는 내가 말하지 않아 당황한 듯 보였다.

"화났어요…?"

"아니에요, 저 갑자기 집에 일이 생겨서 저 가봐야 할 거 같아요."

"네?"

난 당황해하는 그녀를 뒤로하고 책을 빌린 뒤 도서관을 빠져나갔다. 나는 빠르게 뛰는 심장을 무시한 채 집으로 이동했다. 귀엽다고? 내가? 누군가를? 혼란스럽기 시작했다. 한 번도 느낀 적 없는 감정이었다. 말로만 들어봤지 그렇게 생각해 본 것은 이번이 처음이었다. 귀엽게 느껴졌기에 귀엽다고 생각했는데, 한 번도 생각하지 않았던 표현이었다. 오묘한 감정이 덮쳐 오기 시작했다. 나는 복잡한 마음을 진정시키기 위해 도서관에서 빌렸던 책인 '영원회귀'를 꺼내 들었다.

책을 펼치자 첫 번째 장에는 이러한 구절이 적혀 있었다.

"The eternal Recurrence of the same."
"동일한 것은, 영원히 반복된다."

무슨 말인지 전혀 이해되지 않았다. 난 천천히 책을 정독하기 시작했다. 내용을 정리해 보자면, 세상이 일정한 크기의 힘과 일정한 수의 힘의 중심이라고 생각한다면, 존재의 거대한 주사위 놀이 속에서 계산 가능한 수의 조합들을 계속 되풀이하는 수밖에 없다는 것이었다. 무한의 시간 속에서는 가능한 모든 경우의 조합이 빠짐없이 한 번씩은 나타나게 될 것이고, 더 나아가 무한히 여러 차례 나타날 것이다. 그리고 각각의 조합과 다음번에 그것이 회귀하는 것 사이에는 끊을 수 없는 연결고리가 있다는 것이었다. 연결고리….

그렇다는 것은 같은 사건이 무한히 반복되는 것이려나…. 책을 다 읽고 나자 강력한 여운이 남았다. 영원이라는 단어 때문일까. 아니면 아까 느꼈던 그 감정 때문일까. 뭐가 어떻게 되었든 확실한 건 무언가 바뀌어 가고 있다는 것이다. 이런 생각을 해봤자 나의 삶은 부질 없지만 말이다. 영원하다는 것이 얼마나 불행한 것인지, 얼마나 참혹하고도 비참한 몰락인지 아무도, 이 세상 누구도 이해할 수 없다. 그렇기에 난 어떻게든 죽을 것이다. 무슨 수를 쓰든.

그 여자에겐 관심이 생겼다. 내가 왜 그런 감정을 느꼈는지 알고 싶어졌다. 어쩌면 죽음의 힌트가 될 수 있으니. 난 여자를 찾아다니기 시작했다. 처음에는 도서관, 처음 만났던 다리. 며칠 동안 이곳들을 돌아다니며 그 여자를 찾았지만, 그 여자는 어디에도 나타나지 않았다. 나는 어떻게 할지 생각하다 그 여자가 도서관에서 입고 있었던 정장을 떠올리며 도서관 근처에 있는 회사로 향했다. 회사 앞에 도착하자 회사 건물로 이어지는 계단과 그 끝에 있는 명패가 보였다. 명패에는 큰 글씨로 '아이즈 출판사'라고 적혀 있었다. 그것을 구경하고 있던 찰나 계단 끝에서 여자 한 명이 걸어오기 시작했다. 검은색 양

복바지, 검은색 재킷, 흰색 무지 티셔츠를 입은 여자. 내가 찾고 있던 그녀였다.

그녀는 구두를 또각대며 천천히 나와 가까워졌다. 나는 그녀를 똑바로 바라보았다. 그녀는 넘어질까 자신의 조그마한 발을 바라보며 한 발자국씩 내디뎠다. 내가 서 있다는 것을 깨달았는지 그녀의 눈이 동그랗게 변하며 나를 바라보았다. 나는 그녀의 얼굴을 관찰했다. 날카로운 턱선과는 다르게 눈은 동그란 편이었다. 전부터 피부가 하얗다고 느꼈는데, 오늘은 그녀가 입고 있는 검은색의 옷들과 대조되어 더더욱 하얗게 보였다. 예쁘다고 말할 수 있는 외모라 생각했다. 내가 얼굴을 계속하여 빤히 쳐다보자, 그녀는 시선을 피하며 말을 걸었다.

"저번에 도서관에서 만났던 그 분… 맞죠?"

"맞아요."

"그때는 제가 죄송해요. 자꾸 정신없게 굴어서요."

그녀의 말을 무시한 건 난데 도리어 사과하는 그녀를 보자, 옅은 웃음이 나왔다. 나는 미안한 듯한 표정을 짓는 그녀에게 답했다.

"사과 안 하셔도 됩니다. 오히려 제가 죄송하죠. 대답도 못 해 드리고. 혹시 성함이 어떻게 되시는지 여쭤봐도 될까요?"

"제 이름은 한서하에요. 성함이 어떻게 되세요?"

"어… ."

"왜요? 혹시 알려주기 싫으세요…?"

그녀는 언짢은 듯 눈살을 조금 찌푸렸다. 사실 이름을 알려주는 것은 쉬웠다. 단지 그 이름이 100년 전에 만든 이름이었을 뿐. 나에게는 김석봉이라는 아주 토속적인 이름이 있다. 난 조금 고민하다 답했다.

"그건 아닌데… . 제 이름은 김지환입니다."

나는 떠오르는 아무 이름을 말했다. 생각해 보니 잘 지었다는 느낌이 들었다.

"그렇구나 지환 씨구나. 그런데 저희 회사에는 어떻게 오셨어요?"

당신을 찾으러 왔다고 그러면 여자가 어떤 표정을 지을지 궁금했다. 하지만 그러면 안 되겠지. 나는 결심했다. 이 여자를 더 알아보기로.

"저 여기서 일하고 싶습니다."
"네?"
-
-
-

서하를 회사 앞에서 만난 이후로 일주일 정도가 흘렀다. 계속 죽을 수 있는 방법을 연구하고 있었지만, 발전이 없는 지는 오래였다. 난 아이즈 출판사에 입사했다. 평소에 책을 많이 읽어두어서 출판 일은 잘 해낼 수 있을 거라는 확신이 있었다. 첫 출근 날 일어나자마자 드는 죽고 싶다는 더러운 기분을 제쳐두고 식빵과 함께 커피를 마셨다. 전날에 사놓은 맞춤형 정장을 입고 거울을 보니 꽤 괜찮은 기분이 들었다. 난 집을 나와 바깥 공기를 마시며 회사로 출발했다. 오늘따라 좋은 날씨였다. 나는 회사에서 책 표지 관련 부서에 들어가게 되었다. 서하는 어디 부서이려나. 팀장님께 업무 관련 설명을 듣고 난 뒤 난 내 자리에 앉아 일을 하기 시작했다. 점심시간이 되었을 때 직원들이 움직이는 길을 따라 회사 내 식당으로 향했다. 점심 시간이 막 시작되어서 그런지 식당 안은 사람들로 북적거렸다. 난 음식을 주문한 후 앉을 자리를 찾았다. 한참을 둘러보던 중 구석 테이블에서 혼자 식사를 하고 있는 서하를 발견했다. 나는 그녀를 보자마자 그쪽으로 걸어가기 시작했다. 서하는 작은 입을 열심히 움직이며 식사에 집중하고 있었다. 테이블 앞에 멈춰서자, 인기척을 느꼈는지 서하가 시선을 돌리며 나에게 맞췄다. 나는 그녀의 동그란 눈을 바라보며 말을 걸었다.

"여기 앉아도 되죠?"

서하는 한참 동안 말이 없었다.

내가 자신의 회사에서 일하게 된 것에 몹시 놀라는 눈치였다.

"진짜 여기 다녀요…?"

서하는 입을 오물거리는 것을 멈추고 나에게 질문했다. 입에 음식물이 남았는지 발음이 살짝 무디게 들렸다.

"네, 진짜 다닙니다. 전 표지 부서에서 일하게 됐는데 서하 씨는 어디 부서에요?"

"저는 마케팅 부서예요. 여기 앉아도 돼요. 빨리 앉아요."

앉으려 하던 찰나 가지고 온 진동벨이 몇 번의 '지잉'거리는 소리를 내며 울렸다.

"아, 저 음식 좀 가지고 다시 오겠습니다."

나는 주문해 놓은 음식을 가지고 자리로 돌아와 서하의 앞자리에 앉았다.

"여기는 언제부터 다녔어요?"

난 열심히 밥을 먹고 있는 서하에게 질문했다.

"저 한 3년 전부터 여기 다니고 있어요."

"나이가 어떻게 되시는데요?"

"스물아홉이에요."

생각보단 나이가 많다는 생각을 했다. 그때 그렇게 우는 모습을 보곤 나이가 어릴 거 같았는데. 서하는 대답을 착실히 해주는 와중에도 밥을 쉬지 않고 먹었다. 얼마나 열심히 먹었는지 그녀의 오른쪽 입술 옆에 조그마한 김 가루 하나가 달라붙어 있었다.

"여기, 뭐 묻었어요."

나는 손으로 내 입술의 오른쪽을 가리키며 말을 건넸다. 그녀는 재빠르게 손을 올려 확인했다.

"여기요?"

"아뇨. 거기 말고 여기…."

나는 몸을 조금 앞으로 기울여 손을 뻗어 그녀의 오른쪽 입술을 가리켰다. 재빠르게 손으로 김 가루를 털어낸 그녀는 조금 부끄러웠는지 얼굴이 불그스름해졌다.

"잘 먹네요."

나는 슬쩍 웃음을 흘리며 말했다.

"아침을 못 먹고 나와서…."

그녀는 마치 변명을 하는 듯 둘러댔다. 또 한 번 귀엽다는 생각이 들었다. 나는 자꾸만 떠오르는 혼란스러운 감정을 뒤로한 채 식사를 시작했다. 내가 식사를 거의 다 마무리할 때쯤 그녀는 자신의 빈 식판을 앞에 두고, 식사를 하는 나를 빤히 쳐다보고 있었다.

"그렇게 쳐다보면 부담스러운데."

시선을 의식한 나는 그녀에게 눈치를 주었다.

"앗, 죄송해요. 그런데 혹시 저희 도서관에서 말고 본 적 있나요? 그전에도 한번 뵌 거 같은 기억이…."

"아니에요. 없어요."

나는 단호하게 말했다. 한강대교에서 비참하게 울던 그녀의 모습이 생각이 났다. 가는 물줄기가 그녀의 얼굴을 타고 흐르던 그 기억. 나에게 있어서도 상당히 불쾌한 기억이었기에 숨기기로 하였다. 나는 식사를 마치고 서하와 인사를 나눈 후 자리로 돌아가 일을 했다. 나는 서하가 계속 머릿속에 남아 도통 일에 집중할 수 없었다.

"내일부터 이번에 나오는 권상필 작가의 신작. '사랑하기 때문에'와 관련하여 마케팅 부서와의 협력이 들어갈 예정이니 참고해 두시길 바랍니다."

집중이 안 되던 참 팀장님이 아주 흥미로운 소식을 전했다. 회사 생활이 재밌어질 거만 같은 생각이 들었다.

다음날 회사로 출근하자, 팀장님의 회의 지시가 내려졌다. 마케팅 부서와의 회의였다. 회의실을 열고 들어가자 길쭉한 타원형 테이블과 의자들, 그리고 자리마다 놓인 커피 한잔이 날 마주했다. 대충 자리를 찾아 앉고 유인물을 천천히 훑었다. 첫 번째 장을 다 볼 무렵, 회의실의 문이 열리며 사람들이 쏟아져 들어왔다. 그중에서는 당연하게도 서하가 있었다. 난 가볍게 서하에게 눈 인사하며 그녀를 맞이했다. 서하는 미소를 띤 얼굴로 고개를 살짝 숙이며 내 인사를 받아 주었다. 사람들이 자리에 다 착석하자 우리 부서의 팀장이 회의를 시작했다.

"오늘 회의 내용은 다들 알고 계셨다시피 이번 권상필 작가의 신작 표지 관련 회의를 진행하려고 합니다. 마케팅 부서의 협력을 요청한 이유는 이번 신작이 중요한 만큼 홍보가 지대한 영향을 미칠 것으로 예상되어 요청했습니다. 홍보와 관련해서 아이디어가 있으신 분은 편안히 말씀해 주시길 바랍니다."

그 뒤로는 형식적인 절차들이 반복되었다. 뻔하고 재미없는 소리들이 회의실을 가득 채웠다. 지겹다는 생각이 들 무렵, 서하가 조심스레 손을 들었다.

"저는 이번 책의 주제가 사랑이라고 생각해요. 제목에서 알 수 있다시피 사랑하기 때문에 사랑하는 이에게 어떤 것을 해줄 수 있는지에 대해 다루는 게 책의 기본 틀이구요. 그러면 표지에 여성이든 남성이든 서로를 사랑하는 것을 표현해 줄 수 있는 그런 표지가 나와야 한다고 생각해요. 홍보로는 간단한 광고 영상을 만들어도 되고요. 광고 영상은 짧은 뮤직비디오 형식으로 만드는 것도 괜찮은 거 같아요."

서하가 아이디어를 제시하자 모두 그 의견에 동의하는 듯 고개를 끄덕였다.

"뮤직비디오의 노래는 동명의 노래인 유재하의 '사랑하기 때문에'를 추천하고 싶습니다. 가사가 이번 신작의 주제와도 맞는 거 같고 무엇보다 책의 이름과 같다는 것이 저한테는 매력적으로 다가오는데 다른 분들은 어떤지 모르겠네요."

나는 그녀의 의견에 힘을 실어주기 위해 말을 했다. 나의 말까지 들은 팀장은 만족스러운 듯 웃으며 호응했다.

"좋은 거 같네요. 이걸로 하죠. 그럼, 이번 프로젝트의 담당은 의견을 제시해 주신 한서하 씨와 김지환 씨가 맡는 거. 다들 동의하시죠?"

여러 곳에서 "네." 하는 소리가 들렸다.

"그럼, 둘은 따로 얘기하시고, 이번 회의는 여기까지 진행하겠습니다. 다들 나가보셔도 됩니다."

나는 사람들이 나가는 사이를 비집고 들어가 서하에게 말했다.

"서하 씨, 저희는 여기 남죠."

서하는 고개를 끄덕이며 동의의 표시를 했다. 사람들이 나가고 나자, 서하가 내 옆에 조심스레 앉았다. 무언가 어색한 기류가 느껴졌다. 먼저 입을 뗀건 서하였다.

"뮤직비디오 노래 아이디어 진짜 감사해요. 덕분에 프로젝트를 맡게 돼서…."

"이네요. 지도 같이 맡게 되있는걸요. 그보나 우리 프로섹트 순비하려면 자주 만나야 하지 않을까요?"

"좋아요! 전 시간 될 때 언제나 괜찮아요. 편한 시간 말씀해 주시면 제가 최대한 맞출게요."

"그럼 일주일에 3번 정도 날짜는 주마다 다르게. 괜찮아요?"

"네! 전 괜찮아요."

"그럼 각 부서에서 2명 정도 더 뽑아서 같이 프로젝트 진행하는 걸로 하죠. 아, 전화번호 가르쳐줄래요?"

프로젝트를 준비하려면 당연히 필요한 정보였다. 사심이 아예 없다고는 말할 수 없지만.

"휴대폰 주시면 제가 입력해 드릴게요."

그녀는 그렇게 말하고 손을 내밀었다. 가지런하게 깎인 손톱과 하얀 살결이 눈에 들어왔다. 나는 주머니에 들어 있던 휴대폰을 꺼내 비밀 번호를 입력한 후 그녀의 손으로 가져다 놓았다. 휴대폰이 넘어갈 때 닿은 손가락들이 동시에 움츠러들었다. 나는 빠르게 손을 뗐다. 그녀는 잠시 멈칫하더니 왼손으로는 휴대폰을 잡고 한 손가락으로 숫자 하나 하나 번호를 입력했다. 휴대폰을 떨어트리지 않으려고 꼭 잡은 작은 손이 자꾸만 시야에 들어왔다. 또다시 그 감정이다. 너한테만 드는 이 감정. 그녀는 전화번호를 다 입력하곤 만족한 듯 휴대폰을 바라보며 미소를 지으며 나에게 건넸다.

"연락할게요."

휴대폰을 다시 받은 나는 회의실을 다급히 빠져나가며 그렇게 말했다. 심장이, 빨리 뛰고 있었다.

우리는 다음 주 월요일부터 만나기로 약속했다. 우리는 메신저로 꽤 많은 대화를 주고받았다. 좋아하는 음식은 무엇인지 취미는 무엇인지 등등 얘기를 나누었다. 참 좋은 세상이다. 월요일이 되었을 때 나는 빠르게 6시까지 일을 마치고 서하를 만나기로 한 카페로 향했다. 도착하자 서하의 실루엣이 큰 유리창을 통해 보였다. 서하는 어딘가 인기척이 느껴졌는지 고개를 돌려 창밖을 봤다. 그녀는 밖에 서 있는 나를 발견한 듯 함박웃음을 지으며 손을 흔들었다. 참 맑은 웃음이다. 난 그녀에게 가볍게 손을 흔들었다. 카페 안으로 들어가자, 우리가 뮤직비디오로 만들고자 하였던 노래인 유재하의 '사랑하기 때문에'가 흘러나오고 있었다.

내가 자리에 앉자, 그녀가 신난 듯 말했다.

"진짜 신기하지 않아요? 이거 저희가 하려던 노래잖아요. 사랑하기 때문에."

"그렇네요. 진짜 신기하다."

나는 그녀의 눈을 지긋이 바라보며 말했다.

"이 노래는 가사가 너무 예쁜 거 같아요."

그녀가 그렇게 말하자 난 그제야 전주가 끝나가는 노래에 귀를 기울여 보았다.

처음 느낀 그대 눈빛은

혼자만의 오해였던가요

해맑은 미소로 나를

바보로 만들었소

"그렇네. 예쁘네."

"그쵸그쵸. 이 노래로 하길 잘한 거 같아요. 그런데 저희 뮤직비디오 배우는 어떻게 할까요?"

"음…. 다른 사람들이 공감하기 쉽게 조금 현실적인 느낌이었으면 좋겠는데…. 배우 섭외는 나중에 하고 일단 스토리를 짜볼까요?"

"좋아요!"

우리는 뮤직비디오 스토리 구성을 각자 짠 다음 무엇이 더 적합한지 판단해 결정하기로 했다. 한 시간 반 정도 지났을 때 내 스토리 구성은 마무리된 지 오래였다. 서하는 노트북에 시선을 집중하며 작업을 계속하는 중이었다. 그녀의 얼굴을 구경하다가 조금 피곤하다고 느낀 나는 서하에게 잠깐 눈을 붙이겠다고 말한 뒤 의자에 등을 기대었다. 막상 잠을 청하려 하니 잠이 오지 않았다. 죽음에 관한 생각이 다시 떠오르기 시작했다. 이 무의미한 삶을 끝낼 수 있는 유일한 방법. 내 앞에 있는 여자도 나를 버려두고 언젠가 죽겠지. 그렇게 생각하니 기분이 정말, 미치도록 더러워졌다. 인간은 끝이 있기에 현재가 아름다운 것이라고 얘기한다. 그걸 듣고 다른 누군가는 죽음을 미화한다고 한다. 막상 죽지 못하게 되면 죽음이 얼마나 축복받은 것인지 알게 될 사람들이 말이다.

한창 기분 나쁜 생각을 하던 중 감고 있던 눈 위로 느껴지던 빛이 사라졌다. 곧이어 다시 생겼다가 다시 사라지기를 반복했다. 서하인가. 실눈을 뜨자 바로 앞에서 서하가 내 얼굴을 좌우로 천천히 왔다 갔다 하며 쳐다보고 있었다. 그녀가 움직일 때마다 길고 가는 머리카락이 내 얼굴을 스치며 날 간지럽혔다. 달콤하면서 상큼한 향이 후각을 자극했다. 심장이 조금씩, 조금씩 박동을 빨리하기 시작했다. 더 이상 이 상황을 그대로 두면 안 될 것 같았다. 나는 두 눈을 치켜떴다. 그녀는 놀랐는지 뒤로 몸이 기울며 균형을 잃었다. 나는 균형을 잃어 제 쪽으로 뻗은 손목을 낚아채며 말했다.

"뭐해요. 지금?"

그녀는 당황한 듯 주절대며 변명하려 했다. 나는 당황한 그녀를 놀리고 싶어졌다. 나는 그녀의 말을 끊으며 다시 말했다.

"제 얼굴이 그렇게 궁금했어요?"

"아 아니 그게 아니라 그냥 뭐가 묻어서."

"뭐가 묻었는데요. 보통 그렇게 뭐가 묻었을 때 그렇게 자세히 관찰하나요? 이상하네."

"…미안해요 그러니까 놀리지 말아요."

서하는 이미 붉어질 대로 붉어진 얼굴을 손으로 가리며 조용히 말했다. 나도 모르게 손목을 잡은 손에 힘이 들어갔다는 걸 인지했다. 나는 손목에 힘을 살짝 빼 공간을 만들었다. 흰 손목에 옅게 자국이 남은 것이 눈에 들어왔다. 나는 잡은 손으로 그 자국을 부드럽게 문질렀다.

"되게 귀여운 거 알아요?"

생각할 틈도 없이 나온 말이었다. 순간 그녀가 너무 귀여워 보여서 본능적으로 그렇게 말했다.

"… 네? 그게 무슨."

더 이상 붉어질 수 없다고 생각했던 그녀의 얼굴은 그 예상을 완전히 뛰어넘으며 빠르게 색이 짙게 변했다. 어색한 침묵이 이어졌다. 불편했던 침묵은 곧 실렘으로 바뀌었나. 이제는 가슴 속에서 정신없이 쿵쿵대는 이 소리가 귀에도 들리는 것만 같았다. 그때 서하의 핸드폰이 울렸다. 서하는 재빨리 휴대폰을 들고 전화를 받으러 갔다. 잦아들지 않는 떨림의 소리는 서하가 떠난 와중에도 계속해서 그 박자를 유지하였다. 서하가 왔을 땐 어색해진 분위기를 이겨내고 스토리 선정을 계속하였다. 최종적으로는 서하의 스토리 구성으로 결정되었다.

·
·
·

표지 작업은 이미 완료되었고 남은 건 뮤직비디오였다. 가장 중요한 배우 섭외 문제가 잘 이루어지지 않았다.

"아니면 아예 배우 섭외 생각 자체를 버리는 건 어때요?"

회의 중 프로젝트를 같이 담당하고 있던 직원 한 명이 아이디어를 제시했다.

"리스크가 너무 크지 않을까요? 아무래도 큰 홍보 효과가 필요한데."

서하가 그 의견에 반박하였다.

"리스크가 있더라도 이번 작품의 홍보 취지는 일반인들도 공감할 수 있게 하는 거잖아요? 꼭 배우를 쓸 필요는 없다고 생각해요."

아이디어를 제시한 직원이 다시 얘기하였다. 일리 있는 의견이라고 생각하고 있었다. 다른 팀원들도 이 아이디어에 동의하는 듯 보였다. 그러던 와중 마케팅 부서의 팀원 한 명이 또 다른 아이디어를 제시하였다.

"조금 조심스러울 수도 있긴 한데…. 혹시 김지환 씨랑 한서하 씨를 배우로 쓰는 거 다들 어떻게 생각하세요? 이 프로젝트를 담당하시기도 하고 저는 두 분 다 일반인이지만 선남선녀라고 생각하거든요. 그러면서도 시청자들한테 공감을 이끌어낼 수 있지 않을까요?"

"그건 좀 무리일 거 같은데요. 아무래도 리스크가…."

서하가 반박하려던 참 회의실 문이 열리며 팀장이 들어왔다. 순식간에 침묵이 찾아왔다. 팀장은 그런 직원들을 둘러보며 입을 열었다.

"잘 되고 있나요. 여러분? 표정들을 보아하니 잘 안 풀리고 있는 문제가 있는 거 같은데 한 번 들어봐도 될까요?"

"뮤직비디오 배우에 김지환 씨와 한서하 씨를 쓰는 것에 관해 얘기를 나누고 있었습니다. …."

한 직원이 이 아이디어에 대한 홍보 효과를 팀장에게 설명했다.

"저는 좋은 거 같네요. 앞에 얘기했던 공감을 이끌어낼 수도 있을 거 같고. 그렇게 하시죠."

팀장은 그렇게 말하곤 유유히 자리를 떠났다. 그렇게 뮤직비디오의 주연은 나와 서하로 결정되었다. 회의가 끝나고 우리 둘은 회의실에 잠깐 남았다. 나는 당황한 기색이 역력한 그녀에게 먼저 말을 꺼냈다.

"괜찮겠어요? 저랑 연기하는 거."

"조금 부담스럽긴 한데 방법이 없으니…. 프로젝트 성공하려면 해야죠!"

"연기 잘해요?"

"저요? 음…. 해본 적 없긴 한데…."

"아 근데 저번에 카페에서 변명하는 거 보니까 못 할 거 같기도 하고."

"으으 진짜 그만 놀려요."

서히는 그렇게 말하며 책상에 놓인 유리컵을 집어 들었다. 서하가 커피를 크게 한 모금 마셨다. 컵을 테이블 위에 놓으려던 와중 컵이 그녀의 손에서 미끄러졌다. 떨어진 유리컵은 산산조각 나며 유리 조각들이 바닥에 흩뿌려졌다.

"괜찮아?"

나는 깜짝 놀라 그녀의 손을 잡으며 말했다.

"저는 괜찮은데…. 컵이 깨져버려서."

"지금 컵을 걱정할 때에요? 컵은 치우면 되잖아요. 제가 치울 테니까 서하 씨는 다친 데 없는지 확인해 봐요. 금방 올 테니까 아무것도 하지 말고 있어요, 알겠죠?"

난 그렇게 말하곤 청소도구함에 가 빗자루와 쓰레받기를 가져왔다.

"진짜 안 해주셔도 되는데… 제가 치울게요."

그녀는 미안함이 가득한 듯한 얼굴로 말했다.

"놀랐잖아요. 그냥 가만히 있어요."

그녀는 말을 꺼내려는 듯 입을 살짝 벌렸지만 금방 다시 다물었다. 나는 깨진 유리 조각을 빠르게 쓸어 담았다. 담는 와중 날카로운 유리 조각에 손가락이 베여 붉은 피가 바닥에 뚝뚝 떨어졌다.

"피나잖아요! 그냥 그렇게 계속하면 어떡해요."

바닥에 떨어진 핏방울을 본 서하는 안절부절 못하며 말했다. 어차피 하루가 지나면 흉터까지 없어질 것을, 쓸데없는 걱정이었다.

"기다려요 저 밴드 있으니까 그거라도 가져올게요."

그녀는 그렇게 말하곤 다급히 뛰어나갔다. 나는 그녀가 밴드를 가지고 올 때 동안 남은 유리 조각들을 전부 치웠다.

"많이 아파요?"

어느샌가 돌아온 그녀는 내 옆에 자연스레 앉아 상처 난 내 손을 이리저리 확인하며 말했다.

"괜찮다니까요. 저는 진짜 괜찮아요."

"피나는데 뭐가 괜찮아요. 많이 나는데…."

"걱정돼요?"

"당연하죠. 흉지면 어떡해요."

그녀는 포장지를 뜯어 밴드 한 장을 꺼내 들었다. 조심스레 겉면에 붙어 있는 종이를 뜯고 손끝으로 밴드를 잡았다.

"이리 줘봐요."

그녀는 그렇게 말하며 내 손을 덥석 잡아 자신에게로 끌어당겼다. 싫지 않은 기분이었기에 순순히 그녀의 행동에 따라주었다. 그녀는 상처 부위를 호호 불고 추가로 가지고 온 소독약을 한 방울 떨어뜨렸다. 소독약이 묻은 곳에 하얗게 거품이 일었다. 그녀는 서툴게 손을 움직이며 밴드를 붙여주었다. 잘 붙었는지 확인까지 한 그녀는 만족한 듯 부드러운 미소를 보였다. 그녀가 붙여준 밴드는 토끼가 새겨진 어린이용 밴드였다. 자세히 들여다보니 서하와 조금 닮은 것 같기도 했다. 토끼 문양을 보던 시선을 다시 서하의 눈에 맞췄다. 눈이 마주치자, 그녀가 싱긋 웃었다. 정말 무해한 미소다.

"고마워요."

난 그녀에게 짧은 감사 인사를 전했다.

"앞으로 다치지 마요. 걱정돼요."

"안 다칠게요."

"약속해요."

서하가 새끼손가락을 나에게 내밀며 말했다.

"그래요."

난 그녀의 작은 손에 내 새끼손가락을 걸었다. 그녀는 나에 비해 한참 높이가 낮은 엄지를 끌어올려 내 것에 꾸욱 도장을 찍었다.

우리 둘의 연결고리는, 단단히 묶여 있었다.

      •

      •

      •

"자, 촬영 시작해 볼까요?"

섭외한 촬영 감독이 시작을 알리는 말을 했다. 어느새 찾아온 촬영은 나 또한 떨리게 했다. 서하는 긴장한 듯 손을 떨었다.

"긴장하지 말고 연습한 대로만 해요."

나는 서하의 긴장을 풀어주기 위해 일부러 말을 걸었다. 서하는 그제야 긴장이 풀렸는지 숨을 크게 들이마시며 준비되었다는 듯 신호를 주었다. 촬영 진행은 우리가 짠 이야기의 구성대로 흘러갔다. 노래의 가삿말과 책의 내용들을 적절히 섞어 조화를 이루게 만들었다. 남주인공이 여주인공에게 첫눈에 반하는 장면부터 어쩔 수 없이 떠나가는 여주인공을 향한 남주인공의 깊은 슬픔, 다시 돌아온 여주인공과 남주인공의 감동적인 재회. 단순한 이야기 구성이고 흔히 보이는 과정, 결말이지만, 그만큼 사람들이 잘 이입하고 감정선을 이해할 수 있을 거라는 생각이 들었다. 촬영은 순조롭게 진행되었다. 나와 서하는 호흡이 잘 맞는 편이었다. 촬영은 태양 빛이 매섭게 쏘아댈 무렵 시작되었는데 촬영에 집중하다 보니 어느새 시간이 흘러 점점 색을 잃어가는 하늘만이 남아 있었다. 새어 나오던 옅은 주홍색의 빛도 곧이어 사라졌다. 마지막 재회 장면을 촬영하려고 하던 찰나, 내 손에 굵은 빗방울이 똑 하며 떨어졌다.

"감독님, 비가 오는 거 같은데요?"

나만 비가 오는 것을 알아차린 것이 아닌지, 스태프 한 명이 감독에게 달려가 소식을 전했다. 감독의 낯빛이 어두워지기 시작했다.

"보아하니 많이 올 거 같은 분위긴데…. 그래도 촬영 중단은 어렵습니다. 반드시 오늘 안에 찍어야 합니다."

감독이 말했다.

"그럼 원래 야외에서 예정되어 있던 재회 장면을 실내에서 찍어야 할까요?"

소식을 전했던 스태프가 감독에게 질문했다. 배우들과 스태프들은 얼마 지나지 않아 모두 햇빛을 가리기 위해 쳐놓았던 천막으로 들어왔다. 감독도 어찌 할 바를 모르는 듯 난감한 듯한 표정을 지었다.

"그냥 밖에서 찍는 거 어때요?"

한참을 고민하는 듯 보이던 감독에게 서하는 학교에서 선생님께 질문하듯 손을 번쩍 들어 올려 말했다. 서하가 그렇게 말하는 동안에도 비는 점점 더 많이 떨어지고 있었다.

"괜찮겠어요…? 저희야 비를 피할 수 있지만 서하 씨랑 지환 씨는 완전히 다 젖을 수도 있습니다."

"저는 괜찮은데 지환 씨! 괜찮아요?"

서하가 기분 좋은 듯 미소를 지으며 나를 불렀다. 이걸 괜찮지 않다고 사람은 이 세상에 존재하지 않을 것만 같았다. 나는 서하의 손을 덥석 잡았다.

"갈까요?"

나는 그렇게 말하곤 그녀에 손을 잡아끌며 빗속으로 뛰어들었다. 시원한 빗줄기가 손에서부터 팔 어깨 머리를 순으로 닿기 시작했다. 손과 손이 맞닿은 면은 몸 전체가 젖어 들어가면서도 물 한 방울을 용납하지 않았다. 우리는 촬영이 예정되어 있던 가로등 앞에 멈춰 섰다.

"좋지 않아요?"

그녀가 행복한 듯 활짝 웃으며 말했다. 그녀의 입꼬리는 시원한 반달을 그렸다.

"뭐가 좋은데요?"

나는 "쏴아" 하며 내리는 빗소리 때문에 소리가 묻힐까 일부러 크게 소리를 내었다.

"저는 비 맞는 게 좋아요. 비를 맞고 있으면 다 씻겨 내려가는 기분이잖아요. 아픔도, 슬픔도. 고민거리가 다 없어지는 그런 느낌?"

"다 젖는데 괜찮아요?"

"좀 젖으면 어때요? 나는 지금이 행복한데."

서하는 또다시 내 앞에서 아름다운 미소를 지었다. 나는 그녀를 따라 웃으며 말했다.

"우리 밖에서 보면 완전 엄청 웃길 걸요? 완전 비 맞은 생쥐 꼴이라."

"헐, 저 지금 이상해요? 화장 다 지워진 거 아니야?"

그녀는 다급하게 치마 주머니에서 휴대폰을 꺼내 비추어 보았다.

"하나도 안 이상해요. 예뻐요."

"놀리는 거죠."

"아닌데. 내가 언제 거짓말하는 거 봤어요?"

"아, 몰라요. 이상해져도 상관 안 할래요."

"나는 이상해요?"

그녀는 천천히 나의 머리부터 발끝까지 훑어보았다. 그러고선 고개를 좌우로 흔들며 대답했다.

"전혀 안 이상해요. 멋져요."

"자자, 촬영합시다."

카메라 세팅을 마무리한 감독이 촬영 재개를 알렸다. 마지막 장면의 촬영은 어두운 골목에서 진행되었다. 조명으로는 주황빛을 띠는 가로등만이 우리를 비췄다. 감독이 '큐'를 크게 외치자 여러 대의 카메라가 우리를 향해 렌즈를 돌렸다.

"완전히 돌아온 거라고 말해요."

촬영은 나의 대사로 시작되었다.

"완전히 돌아왔어요."

"이제 다시는 떠나지 않을 거라고 말해요."

"이제 다시는 당신을 떠나지 않아요."

나는 서하의 손을 잡아 내 쪽으로 끌어당겼다. 그러곤 서하의 어깨를 감싸며 그녀를 안았다. 그녀의 작은 몸이 나에게 포옥 안겼다. 나는 안은 손에 조금 더 힘을 주었다. 서하는 그것에 답하듯 두 손을 내 허리에 감쌌다.

"좋아해요. 정말 많이 좋아해요."

나는 그녀의 귀에 대고 속삭이듯 말했다. 우리는 안은 채로 서로를 마주 보았다. 서하의 눈동자가 가로등의 주홍빛으로 반짝였다. 그녀는 천천히 눈을 깜빡이며 나를 바라보았다.

"나는 사랑해요."

그녀는 그렇게 말했다. 그녀의 얼굴이 약간은 상기되어 보였다. 비가 와 차가워진 몸이 서하와 닿은 부분만 이질적으로 따뜻하게 느껴졌다. '쿵 쿵' 맞닿은 가슴에서 박동이 느껴졌다. 나의 심장 소리인지, 서하의 것인지, 아님 둘 다인지 도무지 알 수가 없었다. 그녀의 눈빛이 나와 오묘하게 얽히듯 마주쳤다. 마치 자신을 사랑해달라는 듯, 아니, 사랑할 수 밖에 없게 하는 그러한 눈빛이었다. 나는 그 시선에 홀린 듯 짧게 입을 맞췄다. 입을 맞춘 뒤, 접촉한 입술이 떨어지고 고개를 떼려 하던 칠나 서하가 마치 멈추지 말라는 듯. 앞으로 다가오며 다시 입을 맞춰왔다. 나는 손으로 서하의 얼굴을 어루만지며 입술을 포개었다. 서하의 가쁜 숨소리가 내 귀에는 자극적으로만 다가왔다. 저편에서 조그맣게 컷 사인이 들려왔다. 나는 그것을 가볍게 무시하며 서하의 밑 입술을 살짝 깨물었다. 그녀는 조금 아팠는지 숨을 터뜨리며 작은 신음을 내었다. 비로 젖어 더욱이 촉촉해진 입술의 감각이 나를 더 미치게 했다.

　나는 입술을 떼고 그녀와 다시 눈을 맞추며 말했다.
"서하 씨."
"네…?"
　그녀는 방금 전의 여운이 가시지 않은 듯 조금 대답을 늦게 하였다.
"저 아무래도 서하 씨 좋아하나 봐요."
　나는 얕게 실소를 터트리며 말을 이어갔다.
"어쩌면 처음부터, 서하 씨를 처음 봤을 때부터 좋아했을 수도 있어요. 서하 씨를 만난 뒤로는 내 무료하고도 지루했던 일생이 언제 그랬냐는 듯 지금도, 당신으로 가득 채워져 가고 있어요. 그러니까 좋아해요. 정말 많이 좋아합니다."

　결말이 정해진 사랑이지만, 우리의 끝이 해피엔딩은 아니더라도,

할 수 있을 때까지는 해보고 싶었다. 그만큼 너를 좋아하니까. 그녀는 그 어느 때보다 아름다운 눈으로 나를 바라보았다.

"이걸 어떻게 거절해요. 이렇게 멋지게 고백하는데. 나도 지환 씨 좋아해요. 어쩌면 처음부터."

그녀는 그렇게 말하곤 발 뒷꿈치를 들어, 내 볼에 '쪽' 하며 입 맞췄다. 내리는 비가 가로등의 빛을 받아 결계가 되어주듯 우리를 감싸고 있었다. 참 좋은 날씨였다.

"우리 술 마실래요?"

비에 젖은 옷을 회사 탈의실에서 갈아입고 나온 서하가 제안했다.

"그래요. 회사 근처 포차로 갈래요? 저희 부서 직원이 추천해 줬는데."

"좋아요! 빨리 가요 우리."

많은 일이 있었기에 조금은 쉬고 싶다는 생각이 들었지만 그녀의 부탁이었기에 곧바로 승낙했다. 우리는 금방 회사에서 나와 포차로 향했다.

"결과는 잘 나왔을까요?"

포차에 도착하고 그녀가 의자를 작은 원형 테이블 밑에서 꺼내며 말을 건넸다.

"뭐가요? 촬영?"

"네, 촬영이요. 잘 찍혔으면 좋겠는데…."

"잘 됐을 거예요. 서하 씨가 나오는데 잘 안 나왔을 리가."

"그렇게 말하지 마요. 부끄럽잖아요."

서하는 헝클어진 머리를 귀 뒤로 넘기며 말했다.

"오늘 그래도 저는 되게 행복한 날이었어요."

나는 술 한 잔을 마시고 다시 그녀에게 말을 걸었다.

"왜요?"

"서하 씨랑 있었잖아요. 그거만으로 난 되게 행복한데. 오늘 하고 싶은 말도 다 했고."

"아… 아까 촬영할 때…."

그녀는 아까 전의 일이 생각났는지 입술을 살근 깨물었다.

"왜요? 서하 씨는 싫었어요?"

"싫었다뇨. 제가 오늘 얼마나 행복했는데요. 지환 씨한테 고백도 받구. 근데 그럼 우리 사이는 어떻게 되는 거예요? 사귀는 건가?"

"나랑 사귀고 싶어요?"

"당연하죠오. 그럼 지환 씨는 그렇게 멋지게 고백하고 사귀지는 않을 생각이었어요? 너무해요."

"사귈래요?"

"네? 갑자기 이렇게 훅 들어오면."

서하는 부끄러운 듯 손으로 얼굴을 가렸다.

"우리 사귀어요, 서하 씨. 나 잘해 줄 수 있는데."

나는 그런 그녀의 반응이 귀여워 한 번 더 낮 간지러운 소리를 했다.

"…. 좋아요."

그녀는 잠시 침묵하다 조용히 말을 꺼냈다. 그녀의 얼굴은 술에 취했는지는 모르겠지만 붉게 물들어 있었다.

"서하 씨는 뭐 좋아해요? 서하 씨 비 오는 거 좋아한다고 했죠. 비 오는 거 왜 좋아하게 된 거예요?"

나는 그녀가 불편해지지 않도록 다른 주제를 꺼냈다. 서하는 조금 고민하는 듯 보였다. 조금 뒤 그녀는 다짐한 듯 술잔을 비우고 말을 꺼냈다.

"이거 아무한테도 얘기해 준 적 없는데 지환 씨니까 얘기해 주는 거예요. 조금 슬픈 얘기긴 해요."

"편하게 얘기해요."

"지환 씨 저는요 사실 엄마가 없어요."

그녀는 그렇게 말하며 어딘가 슬퍼 보이는 미소를 지으며 말을 이어갔다.

"자살하셨어요. 한 10년 전에. 학교 갔다가 친구들이랑 잠깐 놀고 집에 왔는데, 집에 엄마가 없더라구요. 그래서 아버지한테 엄마는 어디 갔냐고 물어봤는데, 모른데요. 그래서 하루 종일 찾다가 다시 집으로 돌아오는 길이었는데, 한강대교 중간쯤이었나? 경찰차랑 구급차가 한 대씩 있길래 그쪽으로 가서 경찰 아저씨 한 명한테 우리 엄마 좀 찾아달라고. 없어졌다고. 나 엄마 없으면 못 산다고. 그렇게 말했어요. 근데 그때 보이더라구요. 구급차에 실려 있는 엄마가. 엄청 울었어요. 진짜 많이 울었어요. 뭐 지금은 괜찮아요 익숙해진 지 오래예요. 제 아버지가 엄마를 많이 괴롭혔었어요. 저도 마찬가지고요. 버티기 힘드셨나 봐요. 좋으신 분이었어요. 절 많이 사랑해 주시고 아껴주셨어요. 한 번은 오늘처럼 비가 많이 오던 날이었는데, 그때 엄마랑 밖에서 물놀이 하던 게 아직까지도 좋았나 봐요…. 저 너무 불쌍하죠."

서하는 어색한 웃음소리를 내었다.

그래서 네가 그때 울었구나. 혼자 많이 힘들었구나. 나는 무언가 차오르는 듯한 기분을 느꼈다. 그녀를 벅차도록 행복한 여자로 만들어주고 싶었다.

"서하 씨, 아플 때는 울어요. 눈물이 비가 되도록 울어요. 나한테 기대서 울어도 돼요. 이제는 내가 어떤 궂은비든 같이 맞을게요. 곁에 있을게요. 그러니까 울어요 제발. 참고 있다가 병들지 말고."

나는 서하에게 내 진심을 천천히, 또박또박 전했다. 처음에는 멀쩡히 얘기를 듣던 그녀가 어느새 눈시울이 붉어진 채 눈망울을 아픔으로 가득 채우고 있었다. 그녀는 손으로 눈에 부채질을 했다. 전혀 소용없는 행동이었다.

"아니 나 원래 이런 사람 아닌데…. 왜 자꾸… 자꾸…."

그녀는 조금 더듬으며 말했다. 나는 말없이 그녀를 끌어안아 어깨를 내어주었다. 그녀도 가만히 내 어깨에 턱을 기대었다. 두 손에서 느껴지는 그녀의 떨리는 몸이 얼마나 아팠는지, 얼마나 외로웠는지 보여주는 듯했다. 그녀가 양손으로 내 귀를 살포시 덮었다. 그녀의 손을 넘어 먹먹한 울음소리가 들려왔다. 내 어깨는 꽤나 오랫동안 궂은 비를 맞으며 젖어 들어갔다.

집에 돌아와선, 복잡한 감정에 잠이 오지 않았다. 소파에 앉자, 그곳에 놓여 있던 '영원회귀'가 보였다. 나는 이 마음을 진정시키기 위해 책을 아무 곳이나 피고 읽기 시작했다.

'영원회귀의 회귀는 보통 전생에 일어나게 된다. 이 현상은 모두에게 일어나지만, 그 아무도, 이 세상 누구도 이를 기억하지 못한다. 보통 전생에 일어나기 때문이다'
'하지만 만에 하나 누구든 영혼 회귀를 기억하는 자가 있다면, 절대자는 이것을 용납하지 않을 것이다'

어딘가 기분 나쁜 구절이었다. 복잡해지지 않으려고 핀 책이 나를 더욱더 복잡하게 만들었다. 나는 소파에서 일어나 안방으로 향했다. 나는 침대에 누워 휴대폰을 확인했다. 알림은 없었고 뮤비 촬영을 위해 틀어둔 노래인 '사랑하기 때문에'만이 재생을 멈춘 채 있었다. 나는 자연스레 재생 버튼을 눌렀다. 조용한 플루트 소리와 함께 가삿말이 들려오기 시작했다.

> 내 곁을 떠나가던 날
> 가슴에 품었던 분홍빛의
> 수많은 추억들이
> 푸르게 바래졌소

평소에는 의식하지 않던 가삿말이 오늘은 슬프게 들려왔다. 비가 와서 그런가. 난 재생을 멈추고 천천히 잠을 청하기 시작했다.
나는 꿈속으로 들어갔다.

"좋아해요."
눈을 떴을 때, 나는 내 앞에 있는 여자를 향해 고백을 했다. 여자는 한복을 입고 내 고백을 가만히 듣고 있었다. 여자는 기쁜 표정을 지었다. 순간, 주변이 어두워졌다. 시야가 돌아왔을 땐, 어두운 하늘이 보였다. 앞을 보자 익숙한 기와집의 대문이 있었다. 나는 천천히 그곳을 열고 들어갔다. 열자마자 들리는 것은 한 여자의 울부짖는 소리였다.
"살려줘요!"
불길이 여자를 감쌌다. 나는 빠르게 여자의 곁으로 뛰어갔다. 그리고선 그녀의 옆에 쭈구려 앉았다.

"안 돼요. 죽지 마요. 왜 너가 날 두고 떠나."

나는 뜨거운 눈물을 쏟아내며 말했다.

"사랑해… ."

나의 마지막 말을 끝으로 나는 이불을 박차며 일어났다. 꿈인가? 징밀 생생한 꿈이다. 마치 실세로 있었던 일처럼. 분명히 어떤 여자였는데 얼굴은 전혀 기억나지 않았다. 나는 더러운 기분이 들기 시작했다. 휴대폰을 꺼내 시간을 보자 벌써 오후 4시였다.

이렇게 오래 자본 적이 있던가? 휴대폰 밑을 확인하자 서하의 연락처로 문자가 하나 와 있었다.

'오늘 저녁 먹을래요? 제가 회사 근처에 식당 알아놓았어요'

안 좋았던 기분은 문자를 보자 금세 사라졌다. 나는 미소를 지으며 답장했다.

'그래요. 몇 시에 볼래요?'

보내자마자 메시지 옆에 있던 1이 금방 사라졌다. 곧이어 답장이 왔다.

'6시, 어때요?'
'그러죠. 6시까지 회사 앞 사거리에서 봐요'
'6시, 회사 앞 네거리. 꼭 와요!'
'당연하죠. 꼭 갈게요'

나는 답장을 마치고 거실로 향했다. 오후의 따스한 햇볕이 느껴졌다. 나는 소파에 앉아 잠깐 생각에 잠겼다. 오늘 꿈 때문인가, 어딘가 불안한 기분이 나를 덮쳐왔다. 많이 앉아 있다고 생각하지 않았는데 정신을 차렸을 땐 오후 5시였다. 나는 서하를 만나기 위해 욕실로 향했다. 물을 틀고 또다시 생각에 잠겼다. 생각을 하며 한창 머리를 감고 있던 와중 손에서 무언가 툭하고 떨어졌다.

　서하가 붙여 준 토끼 모양 밴드였다.

　이게 아직도 붙어 있었네. 나는 그것을 주워 세면대 위에 올려두었다. 나는 손을 들어 서하가 밴드를 붙여준 자리를 확인했다.

　말도 안 된다. 일어날 수 없는 일이었다. 유리 조각에 베였던 자국이 흉터가 되어 고스란히 남아 있었다. 불안한 기분은 이것을 뜻하는 것이었나. 나는 샤워를 마치고 옷을 입은 뒤, 복잡한 마음을 진정시키며 밖으로 나와 흉터를 자세히 들여다보았다. 인간처럼, 더디게 새살이 돋아나는 과정이, 나에게 일어나고 있었다. 그 순간 머릿속에 생각이 든 건, 잊고 있었던 죽음이라는 존재였다

　내가 그토록 바라왔던 죽음이, 내 몸에 존재하고 있었다. 나는 확실히 하기 위해 주방으로 가 칼을 꺼내 들었다. 그러고선 손목을 그었다. 붉은 피가 왈칵 쏟아져 흘렀다. 한참 동안 지켜봐도 상황은 진전이 되지 않았다. 지혈도 되지 않았으며, 전에 보여주던 회복력은 전혀 보이지 않았다. 어지러웠다. 처음 겪어보는 일에 정신이 나갈 것만 같았다. 죽을 수 있다는 것인가. 만일 내가 이 칼을 내 심장에 찔러 넣는다면 나는 죽는다는 거겠지. 나는 내 왼쪽 가슴에 칼을 대어보았다. 평생을 소원이었던 죽음이다. 드디어 그 죽음이 나에게 다가왔다. 죽을 수 있다. 죽을 수 있다. 정말로 죽을 수 있다.

'괜찮으세요? 앞으로 다치지 마요. 걱정돼요. 나는 사랑해요. 나도 지환 씨 좋아해요'

칼이 점점 살을 뚫고 들어가던 찰나 서하의 목소리가, 하나하나 들려오기 시작했다. 마치 주마등처럼 첫 만남부터, 그녀를 마주해온 모든 순간들이 한 번에 스쳐 가듯 떠올랐다.

곁에 있겠다고 했잖아. 같이 비를 맞아주기로 했잖아. 행복하게 만들어주기로 했잖아. 내가 무슨 생각을 한 거지? 나는 잡고 있던 칼을 내던졌다. 그리고 달렸다. 그녀를 만나기 위해 달렸다. 나는 현관문을 열고 뛰쳐나가 시계를 보았다. 6시였다. 그녀와 약속했던 시간은 이미 지나고 있었다. 나는 내가 할 수 있을 만큼 빠르게 뛰었다. 그녀를, 서하를 빨리 보고 싶었다. 회사 앞 신호등에 도착하고 시간을 보자 6시 5분이었다. 숨을 거칠게 몰아쉬며 앞을 바라보자 멀리서 서하가, 나에게 손을 흔들고 있었다.

"거기 있어요. 내가 갈게요!"

나는 서하에게 큰 소리로 외쳤다. 서하는 안 들렸는지 고개를 갸우뚱했다. 조금 뒤, 신호등이 짙은 빨간색 신호에서 초록색으로 변하였다. 나는 발걸음을 앞으로 내디디며 그녀에게로 향했다. 서하 또한 해맑은 미소를 지으며 나에게 달려왔다.

"지환 씨! 진짜 보고….”

-쾅-

주변을 모두 조용하게 만들 정도로 큰 소리가 울려 퍼졌다. 시간이, 전부 멈춰버린 것만 같았다. 서하가 있던 자리에는 짙은 검은색의 트럭 하나만이 자리 잡고 있었다, 나는 서하가 있던 곳에서 천천히 고개를 돌렸다. 그곳에는 한 여자가 힘 없이 누워 있었다.

"서하야… 너 아니지? 너 아니잖아."

나는 떨리는 가슴을 부여잡으며 그쪽으로 향했다. 한 발짝, 한 발짝 걸음을 내디딜 때마다 심장 소리는 점점 더 커져만 가고 있었다. 바로 앞에 도착했을 땐, 오히려 희망을 품었다. 서하가 아닐 것이라고, 내가 잘못 보고 들은 것이라고, 하지만 그 자리엔 나의 희망을 처참히 짓밟아버리듯 피에 젖어 새빨갛게 물든 서하의 얼굴이 놓여 있었다. 나는 그 자리에 주저앉아 그녀의 가슴에 귀를 대어보았다. 살아 있을 거라는 일말의 희망을 없애버리듯, 고요한 정적만이 이어졌다. 나는 울부짖었다. 마치 짐승처럼 소리를 내질렀다. 목이 쉬어 쇳소리가 날 때까지도 멈추지 않았다. 나는 서하의 얼굴을 바라보았다. 어느새 창백해진 서하의 얼굴이 눈에 들어왔다. 나는 서하의 얼굴을 감싸안았다. 서늘한 눈물이 쏟아져 내렸다. 서하의 얼굴에 닿자 떨어진 자리에 묻어 있던 피가 사라지며 눈물 자국이 남았다.

"미안해…. 서하야 미안해….."

지켜주지 못해서 같이 있어 주지 못해서. 내가 조금이라도 일찍 결정했다면, 너와 함께 있겠다고 조금이라도 일찍 생각했다면. 넌 살았을까. 아니 처음부터 내가 한 번이라도 너를 두고 죽겠다는 생각을 안했다면, 그런 멍청한 생각을 하지 않았다면, 넌 살 수 있었을까. 아무리 생각해 봐도 널 죽인 건 나다. 너와 같이 있겠다고 약속한 나는, 너를 혼자 있게 만든 장본인이다. 내가 더 확신을 주었다면, 더 일찍 고백했더라면, 내 감정을 의심치 않았다면, 단 한 번이라도 내가 다른 결정을 내렸다면, 내가 널 사랑했다는 걸, 미치도록 널 사랑했다는 걸 미리 알았더라면, 네가 이렇게 될 일은 일어나지 않았을 텐데.

"사랑해."

나는 단 한 번도 그녀에게 하지 못했던 말을 이제 와서야 꺼냈다. 그 순간, 어딘가 익숙한 장면이 떠올랐다. 불에 타 죽는 여자의 모습. 그리고 똑같은 말을 내뱉는 나. 꿈에서 보았던 그 상황이었다. 머릿속에 잊혀져 있던 나의 과거가 떠오르기 시작했다. 난 그제야 우리의 이번 만남이 처음이 아니었음을 깨달았다.

아…. 너였구나…. 내가 너를 잊었구나. 그렇게 오랜 세월을 살면서 가장 잊어서는 안 되는 사람인 너를 잊었구나. 아… 아… 아아아아아… 울었다. 목 놓아 울었다. 모든 걸 잃었기에, 모든 걸 잃은 사람처럼 울었다. 눈물이 멈출 때까지 울었다. 한바탕 울고 나자 더 이상은 슬퍼하고 싶지 않았다. 여기서 우리의 인연이 끝나더라도 하고 싶은 말은 다 하고 싶었다. 조금이라도 그녀의 온기가 남아 있다면. 나는 메말라 갈라지는 입술을 조심스레 뗐다.

"사랑했어, 사랑해, 사랑할게. 언제였을지 모르는 그때부터 언제나 널 사랑해. 다시는 널 잊지 않을게. 기억할게. 이제는 죽지 않는 몸이 아니지만, 언제든, 어떤 모습이든 널 또 한 번 만날 수만 있다면 그때는 기억할게. 너를 떠올릴게. 다시 한번 사랑할게. 그때 우리가 서로를 다시 사랑하게 되기를, 또 한 번 비를 같이 맞을 수 있기를, 기도할게."

'똑.' 물방울이 서하의 얼굴에 떨어졌다. 나의 눈물은 아니었다. 곧이어 거센 비가, 너를 위한 비가 무심히 떨어졌다. 그녀의 얼굴을 적신 피를, 비가, 궂은 비가 씻겨 내려가게 했다. 나는 그녀를 보며 웃었다.

"비라도 같이 맞아줘서. 다행이다."

-
-
-

나는 무너질 거만 같은 몸을 이끌고 집으로 향했다. 도착했을 땐, 부엌에 내던진 칼 한 자루가 놓여 있었다.

이제는 눈감을 수 있겠다. 곧 따라갈게, 서하야.
우리가 언젠가 다른 모습으로 만날 수 있기를.

난 칼을 빼 들었다. 그러고선 일말의 고민도 없이 나의 왼쪽 가슴에, 심장에, 칼을 찔러넣었다. 나는 바닥에 누웠다. 그 어느 때보다 많은 양의 피가, 내 몸에서 쏟아져나왔다. 나는 고통을 받아들이며 죽음을 준비했다. 이것이 죽음이려나. 그렇게 특별하진 않네. 고작 이것을 느끼려고 사랑하는 사람까지 잃은 내가 너무나도 한심스럽게만 느껴졌다.
시간이 많이 흘렀는데도, 나의 의식은 사라지지 않았다. 죽지 않았다. 또다시 칠흑 같은 영원이 본능적으로 느껴졌다. 피는 멈춘 지 오래였으며, 칼로 찌른 자국조차 없어져 있었다. 머리가 깨질 것만 같았다. 한참을 고민했다. 그러다 내가 내린 결론은 단순했다.

　서하야, 나는 너를 사랑했기에, 죽을 수 있었나 봐, 사랑이란 감정을 너에게 느꼈기에, 그걸 통해 조금이라도 인간다웠기에, 난 죽을 수 있었어. 동시에 너는 나에게 살 이유를 줬어. 그걸 왜 이세야 깨달았을까. 왜 이제야. 왜 이제야…. 서하야, 내가 죽을 수 없다면, 다시는 널 잊지 않을게. 절대로.

　나는 마음을 다잡고 일어나 서하에 대한 흔적을 남기기 시작했다. 나는 식탁에 앉아 집에 있던 노트를 펴, 우리에게 어떤 일이 있었는지 전부, 하나도 빠짐없이 적었다. 널 잊었던 나이기에 절대 까먹지 않도록. 나는 우리의 이야기를 다 쓴 후 침대에 누웠다. 서하의 이름을 계속해서 반복하며, 우리가 나누었던 사랑을 다시 떠올리며, 떠올리며, 잠이 들었다.

　눈을 뜨자 어두운 회색 천장이 보였다. 어딘지 모르게 허전했다. 나는 평소와 다를 바 없이 일어나 거울로 향했다. 평소와 똑같은 얼굴이 눈에 들어왔다. 뭔가 이상한 기분이 들었기에, 찬물로 세수를 했다. 세면대는 비누 하나만이 놓여 있었다. 나는 세수를 해도 사라지지 않는 기분을 뒤로하고 거실로 나왔다. 물을 마시기 위해 부엌으로 향하는 길에 책상에 놓여 있는 노트를 발견했다. 내가 여기에 노트를 왜 놔뒀더라. 나는 노트를 펴 무엇이 적혀 있는지 확인했다. 아무것도 적혀 있지 않았다. 이상했다. 뭔가가 이상했다. 머리를 비우기 위해 노트를 내려놓고 밖으로 나갔다. 찬 바람인지 더운 바람인지 모를 만큼 모호한 날씨가 느껴졌다. 나는 내 발걸음이 향하는 데로 움직였다. 한참을 걸어 도착한 곳은 한 회사였다.

아이즈 출판사?

처음 들어보는 듯했다. 내가 여기에 왜 온 거지? 밖으로 나왔는데도 이 이상한 기분은 더더욱 커져갔다. 비가 온다. 가랑비였다. 맞아도 상관없는 비다.

뭐지. 눈물이 흘렀다. 눈물이 한쪽 뺨을 타고 턱까지 흘러내려갔다.

이상한 날이다. 정말로 이상한 날이다.

-
-
-
-
-
-

눈을 떴을 땐, 또다시 지루한 하루가 시작되고 있었다. 죽고 싶다는 평소에 계속하던 생각이 또다시 나를 엄습해 왔다. 오늘은 어떻게 죽어야 할까. 이제는 죽을 수 있는 방법이 다 고갈되었기에, 했던 것들만 다시 시도하는 반복적인 일생을 보내고 있었다. 오늘은 낙사 차렌가. 수 없이 많이 해봤지만, 오늘은 다를 수도 있다는 생각에 건물 옥상으로 향했다. 옥상에 도착하자 좋은 경치가 펼쳐져 있었다. 나는 경치를 만끽하며 뛰어내릴 준비를 했다. 난간에 올라타 넘어가려는 순간, 누군가가 나를 붙잡아 밑으로 끌었다. 나는 난간 바로 옆에 '쿵' 하며 자빠졌다. 나는 재빨리 나의 죽음을 방해하려는 자의 얼굴을 확인했다. 처음 보는 한 여자였다.

"괜찮으세요?"

그 여자는 뛰어온 듯 붉게 상기된 얼굴로 호흡을 가삐 하며 나에게 물었다. 물론 나는 괜찮았다. 너무나도 괜찮아서 미칠 지경이지만. 안 그래도 죽지 못하는 나를 더 죽지 못하게 방해하는 여자가 조금은 날 화나게 했다.

  .

  .

  .

눈을 떴을 땐, 무료한 하루가 시작되고 있었다. 죽고 싶다는 생각이 일어나자마자 들자 더러운 기분이 들었다. 오늘은 불에 타 죽어보려고 한다. 밤이 되었을 때, 난 근처 공원으로 가 최대한 사람이 없는 곳을 찾아 준비해 온 나무판에 휘발유를 붓고 라이터로 불을 붙인 뒤, 뛰어들 준비를 했다. 뛰어들려고 하는 찰나 누군가가 나를 붙잡아 밑으로 끌었다. 나는 재빨리 나의 죽음을 방해하려는 자의 얼굴을 확인했다. 처음 보는 한 여자였다.

"괜찮으세요?"

그 여자는 뛰어온 듯 붉게 상기된 얼굴로 호흡을 가삐 하며 나에게 물었다. 물론 나는 괜찮았다. 너무나도 괜찮아서 미칠 지경이지만. 안 그래도 죽지 못하는 나를 더 죽지 못하게 방해하는 여자가 조금은 날 화나게 했다.

  .

  .

  .

눈을 떴을 땐, 참을 수 없을 만큼 똑같은 하루가 또 시작되고 있었다.

….

….

나는 재빨리 나의 죽음을 방해하려는 자의 얼굴을 확인했다. 처음 보는 한 여자였다.

"괜찮으세요?"

그 여자는 뛰어온 듯 붉게 상기된 얼굴로 호흡을 가삐 하며 나에게 물었다. 물론 나는 괜찮았다. 너무나도 괜찮아서 미칠 지경이지만.

•

•

•

눈을 떴을 땐, 언제나 그대로인 일상이 계속되었다.

….

….

나는 재빨리 나의 죽음을 방해하려는 자의 얼굴을 확인했다. 처음 보는 한 여자였다.

"괜찮으세요?"

그 여자는 뛰어온 듯 붉게 상기된 얼굴로 호흡을 가삐 하며 나에게 물었다. 물론 나는 괜찮았다. 너무나도 괜찮아서 미칠 지경이지만.

•

•

•

눈을 떴을 땐, 또 다시 부질 없는 하루가 시작되고 있었다.

….

….

"괜찮으세요?"

….

….

물론 나는 괜찮았다. 너무나도 괜찮아서 미칠 지경이지만.

- •

- •

- •

….

"괜찮으세요?"

….

물론 나는 괜찮았다. 너무나도 괜찮아서 미칠지경이지만.

- •

- •

- •

….

"괜찮으세요?"

….

- •

- •

- •

….

"괜찮으세요?"

….

- •

- •

- •

．

．

．

눈을 떴을 땐, 이제는 얼마나 겪어왔을지 모를, 또 다른 하루가 시작되고 있었다. 일어나자마자 드는 죽음에 대한 욕망은 언제나 그랬든, 날 기분 나쁘게 했다. 오늘은 익사를 시도하는 날이다. 나는 침대에서 일어나 빠르게 준비를 마친 채, 한강 대교를 향해 걸었다. 오늘은 뭔가 죽을 수 있을 거 같다는 부질없는 희망찬 생각이 들었다. 한강 대교에 도착하고, 난 한강의 풍경을 조금 구경했다, 수십 번을 온 이 한강은 언제 봐도 아름다운 경치를 하고 있었다. 슬슬 난간에 올라타 넘어가려는 순간, 누군가가 나를 붙잡아 밑으로 끌었다. 나는 난간 바로 옆에 '쿵' 하며 자빠졌다. 나는 재빨리 나의 죽음을 방해하려는 자의 얼굴을 확인했다. 처음 보는 한 여자였다.

하지만 익숙한 한 여자였다.

"괜찮으세요?"

그 여자는 뛰어온 듯 붉게 상기된 얼굴로 나에게 물었다. 나는 그 여자를 아니, 서하를 뚫어지게 바라보다 말을 꺼냈다.

"드디어 기억났네."

영겁의 세월 속에서 내가 유일하게 사랑했던 한 사람. 수십 번을 아니, 어쩌면 수백 번을 사랑하기를 반복했던 한 사람. 나는 매번 맞추었던 그녀의 눈을 조용히 바라보았다. 언제나 아름다운 눈이었다. 나는 어리둥절하고 있는 그녀에게 하던 말을 이어갔다.

"제가 뭐 하나 알려줄까요?

나는 조금 뜸을 들이다 말했다.

"저는 곧 당신을 죽을 만큼 사랑하게 될 거예요. 그리고 이번엔, 당신의 곁에서 영원히, 아니 죽을 때까지 당신과 함께 있을 겁니다."

"네?"

그녀가 어이없다는 듯 실소를 터트렸다.

다시 돌아온 그대 위해

내 모든 것을 드릴 테요

우리 이대로 영원히

헤어지지 않으리

나 오직 그대만을

사랑하기 때문에.

우리가 자주 듣던 노래의 가삿말이, 머리속에 맴돌았다.

나는 노래를 들으며 '영원회귀'를 꺼내 들었다.

책을 펼치자 첫 번째 장에는 이러한 구절이 적혀 있었다.

"The eternal Recurrence of the same."

"동일한 것은, 영원히 반복된다."

−The End−

해
설

　기본적으로 영원회귀라는 책 속에서 설명하는 것이 소설의 세계관
이라고 볼 수 있습니다. 하나의 같은 시간선(타임 루프가 아님)으로
흘러가며 서하와 지환은 각각 환생, 불멸을 통해 그들의 만남을 반복
하게 됩니다. 이 소설은 그 반복되는 만남들 중 어느 시점과 영원회
귀가 성립하지 않게 되는 그 끝을 얘기하고 있습니다. 영원회귀 세
계관은 같은 사건이 무한히 반복되는데, 지환의 꿈에서 본 처음의 여
자와 불에 타 죽는 여자의 모습은 서하와 지환의 소설에서 다루고 있
는 만남의 전 만남입니다. 서하는 대표적으로 지환과의 만남, 죽음
이라는 같은 사건의 반복에 있습니다. 여기서 지환이 특별한 점은 불
멸의 존재이기에 영원회귀를 같은 인생에서 반복할 수 있다는 점입
니다. 그럼에도 책 속에서 '절대자'가 영원회귀를 기억하는 것을 용납
하지 않기에 계속해서 서하의 죽음을 겪고 그 죽음을 통해 모든 기억
이 돌아와도 절대자로 인해 지워져 버리는 것입니다. 하지만 지환은
영원히 반복되는 만남 속에서 조금씩 기억 저편에 잊혀진 서하를 떠
올려내 결국은 서하를 알고 있는 상태로 만나게 됩니다. 그렇게 된다
면 반복되던 영원회귀가 지환의 기억을 통해 다른 방향으로 흘러가게
됩니다. 그렇기에 절대자는 전생의 기억이나 특수한 케이스인 지환
의 기억을 지워버리는 것이죠. 하지만 소설의 끝처럼 지환이 서하를
안 채로 만나게 된다면, 지환은 서하를 사랑함을 통해 죽을 수 있는
존재가 될 것이며, 서하는 지환의 행동이 달라짐을 통해 목숨을 잃지
않을 수 있게 되는 해피엔딩인 것입니다.

'영원을 거슬러, 사랑을 쓰다'는 고등학교 때 아버지가 쓰신 소설의 소재였던 '불멸의 죽고 싶어 히는 유령'이리는 소재를 바팅으로 로맨스 적 요소를 가미해 집필한 소설입니다. 참 많은 생각을 하면서 썼는데, 다 쓰고 나니 조금은 아쉬운 느낌이 들기도 합니다. 제가 느끼기에 사랑이라는 것은, 때론 사람을 정말로 행복하게, 때론 슬프게. 때론 무척이나 기쁘게, 때론 사무치게 외롭게 하는 감정이라고 생각합니다. 저에게 있어서 이 소설은 사랑의 의미를 깨닫게 해준 소설이라고 말하고 싶습니다. 사랑이라는 하나의 단어로 감정을 국한하기보단, 날마다 달라지는 사랑의 감정을 있는 그대로 받아들이는 것이 사랑하는 것이 아닐까 하는 생각을 해봅니다. 이 소설집을 통해 이 글을 읽는 모든 분이 진정한 사랑의 감정을 깨닫길 바라며.

아무도
그를
알지 못한다

이동준

만남

새해가 밝은 지도 오래되었다. 눈이 녹았고, 3월의 첫 번째 휴일이
지났다.

개학이다. 앞으로 나아가, 새로운 경험을 시작한다.

"야, 강의진! 같이 가!"

누군가가 다가오며 외친다.

"승빈이, 웬일로 빨리 오냐?"

"원래 빨리 온다, 이 자식아."

나와 이 녀석, 임승빈. 우리는 초중고를 같이 나온 절친 중에서도
절친이다. 서로 모르는 것이 없고, 얼굴만 봐도 즐겁다. 즐거운 기분
으로, 함께 계단을 올라가, 교실 표지판 '2-4'. 모두가 같이 지내게
될 곳. 문을 열고 들어가, 가장 가까운 자리에 앉는다.

"하, 개학이라니."

승빈이가 말했다.

"개학한 지 하루도 안 됐는데 벌써 불평하고 그르냐."

"아, 몰라. 제발 좋은 애들이랑 좋은 쌤만 있으면 좋겠다."

"야, 너 설마 2학년 4반 쌤 누군지 모르냐?"

승빈이가 모를 리가 없다. 그 선생님을 볼 때마다 담임이 되면 좋겠다고 노래를 불렀기 때문.

"아니, 뭐 모르진 않지. 사실 이미 좋긴 해."

2학년 4반 김단아 선생님은 이미 성격 좋기로 학교에서 유명한 선생님이시다. 그렇게 이야기꽃을 피우고, 시간이 가, 반 친구들이 될 아이들이 도착하고, 조례를 시작할 때.

"안녕하세요, 여러분."

2학년 4반의 문을 열고, 선생님이 들어오신다. 선생님의 첫인상은…

아름답다.

그 순간, 나는 자퇴하지 않은 것을 다행으로 여기게 되었다. 아마 같은 반의 다른 학생들도 마찬가지리라.

"안녕하세요, 2학년 4반 담임 김단아입니다. 여러분을 보게 되어서 기쁘고요,…

…1년 동안 잘 부탁드리겠습니다."

김단아 선생님은 말씀을 끝내시고 교실을 둘러보았다. 아이들의 얼굴을 보기 위해. 동시에 이름을 부르며 출석을 확인하셨다.

"강의진."

나의 번호는 항상 1번이었다. 초등학교 때부터.

"네."

대답하고, 선생님과 나는 서로의 눈을 한참 동안이나 쳐다보았다.

'아, 예쁘다'

새삼, 예쁜 것은 참 좋은 것이라고 생각이 들었다. 이런 선생님과 함께하는 1년이라면 정말 학교를 오고 싶은 하루가 계속되겠다. 생각하며 그렇게 한 학년의 첫날이 갔다.

- •
- •
- •

벚꽃이 피는 계절, 봄, 벚꽃이 만개하는 3월 중순. 거리가 아름다운 핑크빛으로 하얗게 물들 때, 모든 세상이 아름다워질 때, 학교는 상담 주간이다. 학생들의 솔직한 마음을 들으며 그들이 쌓아온 고민만큼 선생님들의 스트레스가 증가하는 시기.
나는 새 학기의 들뜬 마음으로 상담을 받으러 갔다.

선생님 옆의 작은 의자에 앉아 상담하기를 삼십 분-
그리 긴 시간으로는 느껴지지 않았다.
"아, 그래. 의진아, 혹시 부모님께서는 무슨 일 하시니?"
"두 분 다 보험 관련 업무하세요."
"음, 그렇구나."

그 이후로도 선생님과의 시간이 계속 이어졌다. 얼마간의 시간이 흘렀을까. 선생님이 말했다.
"응, 이제 가봐도 돼. 다음 상담자로 시우 불러줄래?"
나시우, 우리 반의 반장. 모든 게 완벽한, 쉽게 말하자면 엄친아. 성격이 기분파이긴 하지만 반장으로서 선생님께 많은 총애를 받는 것 같아 나에게는 조금 질투가 나는 놈이다.

"야, 나시우. 선생님께서 너 상담 오라셔."
"알아."
'뭐야… 왜 저리 퉁명스러워'

나시우가 상담을 시작하고, 시계의 분침이 한 바퀴를 돌기를 두
번, 세 바퀴를 돌 때가 돼서야 나시우가 교무실에서 나왔다. 나시우
의 얼굴이 퍼렇게 질려 있었다. 도현진이 급히 달려오며,
"야, 왜 그래, 괜찮아?"
"어? 어… 괜찮아."
"야, 너 보건실이라도 가 봐라. 지금 되게 환자 같아."
하는데, 내가 거들어 걱정해 줬다.
"그래, 안색이 너무 안 좋다, 야."
나시우가 혼잣말로,
"아, 왜 참견이야……."
"뭐?"
"아냐, 아무것도."
'뭐야, 왜 도와줘도 난리야?'

나시우는 나의 걱정을 뒤로한 채 그저 자신의 자리에 앉을 뿐이다.

반장 선거

새 학년이 시작된다. 그리 새롭진… 않다. 작년 친구들과 대부분 같은 반이 되었다. 그렇지만, 마음은 새롭게.

2학년 교실. 많은 친구가 보이고, 새로운 얼굴들도 꽤 보인다.

'24명? 적당하네'

그리 많지도 않고 적지도 않은 인원에, 편안함을 느낀다.

편안한 학교에서의 나날. 그렇게 아무 생각 없이 보내던 중, 하나의 이벤트가 찾아왔다.

"자, 그럼. 반장에 입후보할 사람?"

그래, 반장 선거의 날이다.

"제가 나가보도록 하겠습니다."

"뭐야, 나시우 나가면 반장은 무조건이잖아."

"부반장이라도 해야지… 쩝."

나의 반장 당선을 확실시하는 목소리들. 반장 선거는 인기투표다. 인기라는 것은 외적으로도, 내적으로도 판단된다. 키 크고 활발하며 성격 좋은, 약간의 똘끼가 있는 나시우. 사람들이 싫어하기는 힘든 사람이라고 자부할 수 있다. 반장 후보가 나밖에 없는 건가 싶은 그 순간, 저 옆에서 들리는 당돌한 목소리.

"저요."

순간, 우리 반 모두의 눈길은 그 소리의 근원지를 향해 쏠렸다. 1번, 강의진. 얼굴 평범, 키 평범, 성격은… 사회성이 떨어진다고 해야 하나? 어떻든 간에, 나에게 도전하는 것이 건방지지만, 그래도 그 용기 있는 모습에, 그 도전 정신이 가득한 그의 눈에 나는 매력을 느꼈다.

"오오오오오."

뒤에서 들리는 관중들이 환호하는 소리. 나를 더 짜릿하게 만든다. 이제껏 나는 반장 선거에서 진 적이 없었는데. 후보가 계속 나 한 명이었었다. 어차피 나와도 날 이기지는 못하니까. 처음 나타난 도전자. 그에 흥미를 느끼며, 나는 단상 위로.

"안녕하십니까, 여러분. 기호 1번 나시우입니다. 저는 깔끔하게 제 공약만 말씀드리고 이 단상을 내려가도록 하겠습니다. 우선, 교실은 제가 청소합니다. 저희 학급을 더럽히는 존재는 이 세상에 있어서는 안 됩니다. 제가 나서서 청소하도록 하겠습니다. 두 번째로, 학교 폭력을 근절하겠습니다. 학교 폭력으로 저희 반에서 누군가가 눈물을 보이는 사건은 발생해서는 안 될 것입니다. 저는 그 눈물을 흘릴 이유를 근절하도록 하겠습니다. 길었던 제 연설을 들어주셔서 감사합니다."

박수갈채가 들린다. 평범한 연설. 인터넷에 치면 나올 법한 그런 조잡한 연설이지만, 연설을 하는 사람은 바로 나, 나시우. 거기다가 연설할 때 약간의 극단적인 표현을 넣어 강세를 준다면 내 연설은 강

력한 어필이 된다. 그리고 어차피 나를 뽑을 것이다. 본디 연설은 내
용이 아니라 그 연설을 하는 사람에 의해 설득되는 것이니까.

"자, 그럼. 다음 의진이."
강의진이 단상 위로 올라간다.
"안녕하십니까, 어러분. 기호 2번 강의진입니다. 저는 지금부터
반장의 자격에 대해 말하고자 합니다. 여러분, 이성 관계를 어떻게
생각하십니까?"
'뭐? 이 말을 하는 이유는… 필시'

나는, 불안해졌다.

"저는 이성 관계를 좋은 사회적 관계라고 생각합니다. 그러나 그
좋은 사회적 관계를 맺지 못하는 사람도 있습니다. 우리가 이른바 바
람둥이라고 칭하는 그런 문제이죠."
"풉."
뒤쪽에서의 짧은 웃음소리를 시작으로, 사방에서 짧은 비웃음의
소리가 들리는 듯했다.
"저는 그렇게 간단한 이성 관계도 제대로 처리하지 못하는 사람이
작은 사회라고 불리는 학교에서의 일을 능력껏 해낼 수 있다고 생각
하지 않습니다. 반장으로서 자격 미달입니다. 그렇지 않습니까, 나
시우 씨?"
"아, 그래. 나시우 여자관계 엄청 복잡하잖아."
정지민이 웃으며 말했다.
"뭐야. 나시우 그런 거였어?"

"몰랐냐? 쟤 한채영이랑 사귀면서 서민주랑 만났어."

"뭐, 서민주? 걔 윤재하 여친 아녔냐?"

"어, 근데 서민주가 나시우 좋다고 들이댔어."

"그걸 알고도 만났다고? 나시우 미쳤네?"

"근데 한채영이랑 서민주 절친 아니냐?"

"맞음, 그래서 한채영이랑 헤어지고 서민주랑도 손절했잖아."

"아니, 그런데 쟤 또 연애했었잖아. 민소현인가?"

"아닐걸? 민소현이랑은 썸타다가 헤어지고 이유빈이랑 만났음."

．

．

．

하나, 둘, 차례로 나에 대해서 떠들고, 나의 정보를 아무렇지도 않게 자기들끼리 공유하고, 자기들끼리 웃기 시작한다. 웃음소리가 들려. 그것은 즐거움이 아닌 비웃음. 아니, 그들에겐 즐거움이려나. 그 이죽거림의 고리는 강의진으로부터 시작했고, 그것은 내가 강의진을 싫어하게 만들기 충분했다. 나는 나에게 집중되는 시선들을 느꼈고, 강의진의 시선은 더 뚜렷이, 온몸의 감각으로 느낄 수 있었다, 강의진의 표정, 이미 선거에서 승리한… 표정이 정말 뚜렷이 보였다.

'뭐지?'

나는 좋은 공약이 아닌, 다른 후보를 깎아내림으로써 표를 얻으려는 저 강의진에게 전혀, 매력을 느낄 수 없었다.

'진짜 좀… 싫네'

"뭐 아무튼, 저는 이성 관계와 같이 사회적인 관계를 관리할 수 있는 능력이 반장이 될 수 있는 자격이라고 생각합니다. 그런 능력이 없다면 반장의 자리에 어울리는 사람이 아니겠죠. 이상 제 발언을 마치도록 하겠습니다."

장내가 조용해졌다. 강의진은 단상을 내려갔고, 나는 자리로 돌아가는 강의진을 죽일 듯이 노려봤다.

"뭘 계속 쳐다봐."

강의진이 나에게 공격적으로 말했다.

"자, 모두 조용. 이제 투표할 거예요. 반장 후보들 연설 잘 들었죠? 연설 잘 기억하고 우리 반에 도움이 될 만한 친구에게 투표해 주세요. 앞자리 친구들 나와서 용지 나눠줄래?"

투표가 시작되고, 소란스러운 분위기. 걱정되지는 않는다. 내 여자관계가 복잡할지라도 그것만 보고 그저 상대편이라는 이유로 강의진을 뽑지는 않을 테니까. 그저 내 마음에 강의진을 향한 분노가 자리 잡고 있을 뿐.

"자, 투표 결과는… 시우가 15표, 의진이가 9표로 시우가 당선이에요, 모두 축하와 격려의 박수를 보내 주세요."

소감을 말하는 시간, 박수를 받으며 단상에 올라간 나, 강의진의 얼굴을 확인한다. 본인이 단상에서 무슨 말을 한 건지도 기억 못 하는 듯한 눈. 어디선가 나에 대한 소문을 들었을 귀. 나를 공격한 그 폭력적인 입. 결정적으로 아쉬워하는 표정이 드러나는 그 뻔뻔한 낯짝. 더럽다.

'하, 쟤랑 친해질 일은 없겠다'

- •
- •
- •

3월이 끝나갈 때가 되니, 강의진은 본인이 반장 선거에서 뭘 했는지 까먹었나 보다. 나에게 친한 척, 말을 걸어오고, 슬금슬금 장난을 친다. 그래도, 어리니까. 생각하며 강의진에 대한 감정이 식어갈 때쯤.

"야, 나시우. 너 상담 오라셔."

"알아."

가만히 있어도 내가 알아서 갈 텐데, 2번이니까.

- •
- •
- •

"야, 너 보건실이라도 가 봐라. 지금 되게 환자 같아."

"그래, 안색이 너무 안 좋다, 야."

"아 왜 참견이야······."

"뭐?"

"아냐, 아무것도."

상담을 마치고 나와 강의진을 본다. 새로운 생각과 새로운 시선을 가지고 강의진을 본다. 그는 어떤 학생인가? 강의진··· 원래부터 그런 사람이었던 걸까. 확실한 것은, 나와 그가 친해질 일은 없다는 것. 강의진이 싫다. 그가 싫어야만 한다.

'애들은 강의진을 싫어할까?'

그런 생각이 들자 나는 친구들에게 다가가 이렇게 말하기 시작했다.

"아니 근데 있잖아, 강의진 좀 눈치 없지 않냐?"

학기 초의 대화. 그 대화에서는 흔한 주제이다.

"와, 진짜로. 나 걔 땜에 열받아 죽을 것 같애."

정지민이 대꾸했다.

"아니 인정, 진짜 계속 그래 애가. 좀 빠지면 좋겠어."

이번에는 도현진.

그 후로도, 계속해서 나오는 강의진에 대한 이야기. 끝나지 않는, 강의진이 없는 곳에서의 그에 대한 이야기. 이 정도면-

"걍 무시해. 그러다 보면 지도 알겠지. 자기 눈치 없는 거."

달은 밤에만 뜬다

도현진이 앞에 보여 말을 걸었다.

"야, 그거 아냐?"

"응?"

"이 사람이….."

"아, 알아 그거."

대화가 끊겼다.

교실로 발걸음을 옮겼다. 교실의 분위기가 한층 더 화목해 보였다. 나시우를 중심으로 아이들이 저마다의 이야기꽃을 피우며 둘러앉아 있었다. 이야기의 꽃은 빼곡하게 피어 있어 발 디딜 틈조차 없었다.

나도 아이들의 이야기에 끼고 싶었다.

"그래서 맨유가 어제….."

"그래서 걔가….."

한쪽에서는 축구 얘기를 하고 있다. 축구를 좋아하지 않는 나로서는… 끼기가 부담스럽다. 다른 쪽에서는 자기들끼리 연애 얘기를 하고 있다. 남의 연애 얘기? 궁금했다.

"뭐야? 얘 여친 있어?"

"어? 어어….."

분위기가 이상하게 흘렀다. 내가 끼어들어서 그들만의 대화가 끊긴 것 같다.

-
-
-

"뭐 해?"

친구들이 게임을 하고 있었다. 나도 하는 게임이라, 말을 걸었다.

"어, 그냥… 게임."

"뭐야, 너 개못하네! 여기서는 이렇게 해야지. 옆에 상진이 보고 배워라 좀."

게임을 정말 못하길래, 그렇게 말했다.

-
-
-

하굣길. 항상 승빈이와 함께 걷는다. 승빈이는 반 친구들 이야기를 한다.

"시우가…."

들어본 이야기였다. 나는 들어본 이야기였고, 임승빈은 그 이야기에 대해 나시우와 직접 이야기를 나눴다.

-
-
-

여름이 다가오고 있다. 우리 학교에서는 여름이 오기 전, 5월에 수학여행을 간다. 올해는 제주도로, 나는 임승빈과 같은 방을 쓰게 되었다.

"수학여행 가서는 4인 1조로 다녀야 해."

선생님께서 말씀하셨다. 나와 임승빈은 1학년 때부터 친했던 애들과 조를 이뤘다.

배를 타고 간다. 배 안은 시끌벅적하다. 나는 임승빈과 이야기를 나눴다.

'역시, 재밌다'

수학여행, 그것도 절친의 옆자리에서 서로 떠들며 가는 여행은 웃기고, 재미있었다. 이야기를 나누고, 밥을 먹고, 장난을 쳤다. 서로가 바보 같은 이야기만 하지만 그것이 더욱 재밌다. 절친인 데에는 다 이유가 있는 법이다.

그러다가 피곤해서, 잠들었다. 잠결에도 옆의 대화 소리가 들린다.

'잘 노네…'

임승빈을 보며 생각했다.

'에휴, 난 피곤한데'

좌우로 흔들리는 그 배의 느낌이 마치 태반 같아, 잠이 아주 잘… 온다…

쿨−

"야, 도착했어. 일어나."

눈을 뜬다. 머리가… 아프다. 벌써, 4시간이 지났다.

-
-
-

길을 걷는다. 우리 조와 함께 걷고 있다. 임승빈을 포함한 조원들이 앞에서 이야기를 하며 걷고 있다. 힘들어서 그런가, 따라잡기가 쉽지 않다.

결국 도착해서는 나머지 3명만 활동을 했다. 숙소로 돌아올 때는 밤이다. 힘들어서 하늘을 보았다. 달이 밝다.

-
-
-

오늘은 전망대를 간다. 힘겹게 산을 오른다.

'그러면… 참 멋지겠지'

그런 생각을 하며, 힘이 들지만 힘차게 산을 오른다.

더 이상 오르막길이 보이지 않는다. 앞에는 파란 하늘과 푸른 바다가. 아득해서 잘 구분이 안 간다. 옆에 있는 아무나에게 아무거나 달라고 했다. 무언가 손에 잡힌다.

휙-

던졌다. 모자가 해를 가려, 잠시 일식이 일어났다. 이 제주도의 높다란 전망대에서, 내가 제주도를 내려다봤다는 흔적을 남긴다. 마치 이 섬을 정복이라도 한 것 같다. 옆에서는 소리가 들린다.

"야! 뭐해!"

"추억이다. 이 자식아."

이 낭만을 이해하지 못하는 녀석에게, 가르침을 주었다.

그 후의 하루를 보내고 나니, 밤의 달이 더 가까워 보였다. 수학여행이 끝났다.

·

·

·

수학여행을 간 지도 두 달이 더 지났다.

"오늘 기온은 38도로….“

"미쳤네.“

아주 심한 여름이다. 학교를 가기 싫다. 학교를 갔다 오면, 꼭 밤에 달을 보게 된다. 달을 보는 시간이 짧아졌는데, 왜일까. 슬프다.

'오늘은 방학식이니까, 좋네'

학교에 가서 방학식을 한다. 1교시, 2교시… 방학식이라 그런지 아이들은 더 시끄럽다. 시끄러웠던 방학식은 일찍 끝났다. 집에 빨리 간다. 하굣길이 혼자다. 임승빈은 이 더운 날 자기 친구들이랑 야구장을 간단다. 정말 대단한 것 같다.

밤에, 달이 너무 안 보여 망원경을 들고 찾았다. 왜 못 찾았지. 싶을 만큼 밝다.

·

·

·

방학이어도 학교를 간다. 자습 신청 인원이 많아 우리 반 애들 아홉 명이나 방학에도 학교에서 볼 수 있다. 하지만 임승빈이 없는 건 아쉽다. 있으면 재밌고 좋을 텐데. 오전 자습을 마치고, 점심시간.

"의진이는 안 나가?"

"너네끼리 갔다 와.“

나는 집에서 먹을 걸 챙겨 온다. 다른 애들은 그들끼리 밥을 먹으러 나간다. 그리고 오후 자습에 늦게 들어오곤 한다.

"너넨 맨날 혼나면서도 늦게 들어오냐."
"별수 있냐. 밥을 먹고 오는 건데 늦게 걸릴 수도 있지."

자습은 5시에 끝난다. 집에 가고 밥을 먹으면 밤이 온다.
방학 때도 매일 밤 달을 본다. 밤에는 달이 내게 온다. 편안하다.

의도와 해석은 다를 수 있다

강의진을 무시하기로 한 첫날을 보내고, 도현진이 말했다.

"하, 좀 조용히 했으면 좋겠다."

"갑자기? 누구?"

"누구긴! 강의진 말하는 거지."

눈치가 없어서 싫다는 그 감정이, 적의로까지 커지고 있었다. 그 적의는, 내가 강의진에게 느끼는 적의에 닿아 있었다.

"맞지, 맞아. 근데 그렇다고 대놓고 싫다는 티는 내지 말고."

"내가 생각했을 땐 대놓고 그래도 걔는 모를걸? 눈치 없어서."

나는 속으로 그 말에 동의하지 않을 수 없었다. 도현진의 말이 계속 이어진다.

"아까 남수한테 말 거는 거 봤냐? 남수 쪽 분위기 싸해지는 게 진짜 웃기던데."

"강의진은 거기에서도 무시당하냐. 그게 다 지 업보지, 업보."

진심이다. 강의진은 잘못된 행동을 했고, 그 결과가 이렇게 나타나는 것뿐이다. 강의진을 모두가 거리낀다. 도현진은, 또 말할 게 있다.

"하교할 때 지나가다 봤는데 그냥 게임 잘하고 있던 애들까지 욕하더라니까?"

"진짜로?"

"어. 완전 사회악이라니까!"

사회악. 강의진이 하룻밤 새 사회악이 되었다. 강의진을 무시하기로 한 후, 강의진이 더 신경 쓰여 강의진을 관찰하고, 그를 사회악으로 규정했다. 반장으로서, 학급이 악에 물들지 않게 관리를 해야 한다.

'조용히만 하면 참 좋을 텐데'

생각하고는, 며칠 후의 등굣길. 앞에는 왜인지 익숙한 뒷모습.

'알았다'

강의진의 절친이라, 잘 외워지던 그 아이. 임승빈이었나.

"승빈아."

불쌍한 아이. 너도 강의진의 피해자일 뿐이야.

"어, 어?"

"그냥, 별건 아니고. 친해지고 싶어서."

임승빈과 친해지기란 그리 어렵지 않았다. 승빈이가 원체 붙임성이 좋았고, 재밌기도 했다. 그러면서도 강의진의 절친이라는 게 신경 쓰여, 승빈이를 나의 절친인 양 대했다. 승빈이는… 나를 좋아했다. 다행이다. 우리는 이야기를 나누고, 밥을 먹고, 장난을 쳤다.

- •
- •
- •

수학여행, 배로 떠나는 제주도. 같은 객실에 강의진이 있다. 내 옆에는 내 친구들이 앉아 있지만, 저 강의진의 존재가 불쾌하다.

"승빈아."

강의진이 잠에 들었을 때, 승빈이에게 말을 건다.

"의진이 자?"

"어, 자고 있어."

"흐흐. 머리 좀 뽑아볼까."

적의를 드러내지 않는다. 친구 사이에 할 수 있는 장난. 승빈이도 흥미로운 눈빛을 띤다.

뿍-

머리카락이 뽑히는 소리. 내 속의 강의진에 대한 혐오도 한층 풀리는 것 같다. 머리카락을 뽑은 건, 승빈이다. 그래도 강의진이랑 제일 친하니까, 장난으로 했을 것이다. 생각이 드는 순간 승빈이가 말했다.

"와, 이래도 자네."

"우리, 이거 지가 먼저 물어보기 전엔 말해 주지 말자."

"그럴까?"

사실 별것도 아닌, 소소한 이 화풀이를 비밀로 하기로 했다. 짜릿하다. 임승빈과 나, 둘만의 경험을 공유하는 것은, 은밀한 비밀이 생긴 것만 같은 기분을 들게 한다.

- •
- •
- •

휙-

순간, 내가 본 것을 믿을 수 없어 정지민에게 물었다.

"뭐야, 뭐하는 거야?"

"아니… 갑자기 기준이 모자 던지는데?"

"뭐? 진짜 미친 건가…?"

"몰라. 쟤 왜 저래?"

나와 정지민을 제외한 모두가, 같은 대화를 하고 있었다. 강의진의 행동은 모두의 욕지거리를 받는다.

"에휴."

절로 한숨이 나왔다. 그의 행동에 한숨이 나온 것은 물론이고, 본인 스스로 상황을 이렇게 망쳐주니 일이 수월할 거라는 생각이 들었다. 나와 주변 아이들 전부가 전망대를 내려가며, 또 강의진을 욕한다.

"진짜 왜 저래. 웰케 나대지?"

"그래 놓고 하는 말도 진짜 어이없음. 추억은 무슨, 기준이 모자는 어떡할라고."

여기저기서 들려오는 이야기. 우리 반이, 하나가 된다.

'단합!'

강의진을 배제하자, 하나로 단합되는 2학년 4반. 그에 놀라워 강의진, 사회악에 대해 진지하게 없어도 될 존재라고 생각을 해보았다.

'강의진이 없어도, 우리 반에서 바뀔 건 없어'

-
-
-

밤이 되어 숙소로 돌아왔다. 시간은 아직 자기엔 이르다. 취침 시간 전까지의 쉬는 시간, 친구들이 하나둘씩 나의 방에 모인다.

"아니, 강의진 왜 그래?"

모이자마자 나오는 이야기. 강의진에 대한 서슴없는 적의가 서늘히 느껴진다.

"그니까. 너무 나댄다니까?"

"진짜 추억이라고 하는 거 솔직히 때리고 싶더라."

쏟아져 나오는 험담들. 가득 찬 적의들. 나의 방에는 강의진에게의 혐오로 가득 차 있다. 너무나 가득 차 있어서, 피부가 따갑다.

"난 걔 학기 초에 생긴 거부터 맘에 안 들었어."

"아, 인정. 뭔가 좀 음침한 느낌이 있어."

강의진은… 평범하게 생겼다.

'아니, 평범하게 생겼나?'

강의진을 객관적으로 판단할 수 없다. 그는 이미 사회악, 싫은 사람. 나는 이제 그가 싫어, 그가 음침하게 생겼다고 생각해. 그의 몸에서 나오는 행동, 입에서 나오는 말들이 그의 객관성을 떨어뜨린다.

'객관성… 있지 않나?'

객관적이다. 모두가 강의진을 싫어하고, 모두가 강의진을 평가하는데, 그게 객관적인 거 아니야? 모두가 같은 이야기를 한다. 강의진은 나쁜 아이이고, 평소 행실에서 드러난다고. 강의진은… 객관적으로 자신의 가치를 떨궜다.

숙소에서의 이야기는 계속 이어졌다.

"걔는 사회악이 맞는 것 같다, 진짜."

"나는 그리 눈치 없는 사람 첨 봐. 이렇게 뒷담 까이는 것도 모르고 계속 친한 척이잖아."

"그 정도면 걍 머리가 나쁜 거임."

"아니, 진짜로 강의진…."

"인사하는 것도 모지리처럼…."

"그때 강의진이…."

"강…."

계속되는 이야기들. 쉬는 시간을 꽉 채워, 취침 시간에는 나 끝내지 못해 미련마저 남아버리는 이야기들. 할 이야기가 너무 많아, 취침 시간에 각 모둠의 방으로 돌아가서도 침대에 누워 나누는 이야기들. 강의진으로, 우리 반은 단결한다.

"강의진 진짜 싫지 않냐?"

끼익―

임승빈이, 승빈이가 들어온다.

달빛만이 나를 비추는 날

개학. 오랜만에 임승빈을 본다. 뭔가 엄청나게 반가웠다. 재빠르게 달려가서 안부를 묻는다.

"방학 잘 보냈냐?"

"어어. 너는?"

"나야 뭐, 괜찮지. 근데 네가 연락 안 해서 조금 심심한 듯?"

이야기를 나누고, 장난도 친다. 복잡한 감정이 든다. 그래, 달이 내게 모습을 비출 때 이 감정을 느낀다.

.

.

.

어김없이 오늘도 친구들은 이야기꽃을 피운다. 임승빈 또한 그 무리에 있다.

웃긴 얘기를 듣는 그들의 웃음소리가 들린다.

"푸하하."

나도 모르게 따라 웃었다. 나는 그쪽에 귀를 기울이고 있었다. 그이야기가 재미있어서, 그들이 웃는 동시에 나도 웃게 되었다.

그쪽에서는 갑작스러운 정적이 흘렀다.

.

·

·

하교 시간이 돼서,

"야, 임승빈. 같이 가자."

"아… 오늘은… ."

그때 우리 반의 다른 아이가 얘기했다.

"너도 같이 갈래?"

그 옆으로 다른 아이들도 나를 보기 시작했다. 임승빈은 그들과 하교 후 놀러 가려 했던 것이다. 그렇지만 혼자 집을 가기는 싫어서,

"응."

이라고 대답했다.

무리를 지어 걷는다. 애들과 임승빈이 가까이 붙어 걷고 있다. 나는 그 대열에 발을 맞추려고 애를 썼다. 힘들다. 임승빈과 최대한 부대껴 본다. 끼어들 뻔했던 순간,

'어'

갈림길이 나왔다. 내 집은 왼쪽이다.

"아, 나는 이쪽… ."

"어, 그래 잘 가."

다른 아이들은 모두 오른쪽으로 간다. 집이 굉장히 멀어 보인다.

저벅−

침묵이 더 낫다고 하는 시간이 있다. 학교에서의 시간이 그렇다.

'언제부터지?'

저벅-

언제부턴가, 낮에 땅을 보는 시간이 많아졌다. 밤에는 하늘을 본다. 하늘을 보면, 달이 떠 있다. 내가 낮의 시간에 대해 생각하는 그 시간에, 깊어지는 밤을 따라 달빛이 나를 비춘다.
'몇 달 된 것 같은데'

저벅-

임승빈과 나 사이 오가는 말이 확연히 줄었다. 그럴수록 나는 저 달빛을 많이 보게 된다.
나는, 임승빈과 대화를 해보기로 했다.

저벅-

집에 들어가 또 저녁 하늘을 본다.
'그래, 확실히, 달이 떠 있다'

  •

  •

  •

다시 등굣길. 오르막을 오른다.
"임승빈."
"어?"
단도직입적인 것이 편하다.
"너 왜 여름부터 나 피하냐? 아니, 봄부턴가."

"어? 아냐. 나 너 피한 적 없는데?"

"거짓말하지 마. 너 나랑 마주치면 말도 제대로 못하고, 계속 피하려고 하잖아."

임승빈은 잠시 침묵했다.

"그냥 솔직히 말해라. 대충은… 알 거 같으니까."

"……."

"말해."

"하… 너, 너랑 놀기가 좀 그래."

이 정도는, 예상했다.

"그러니까, 왜 그러냐고."

"그냥… 솔직히 말하면 다른 애들도 너 싫어하고 그래서 좀 눈치보이고 그래."

"뭐?"

다른 애들이 나를 싫어한다. 알고 있었다. 자기들끼리와의 대화는 잘 이어지면서 나와의 대화는 툭툭 끊겼다. 내가 재밌는 얘기를 했을 때, 웃다가도 자기들끼리 눈치를 보고 웃음을 정색으로 바꿀 때가 있었다. 그리고… 뭔가 나도 모르게 나를 지칭하는 별명이 생긴 것 같았다. 그 별명의 익명성 뒤에서 나를 대놓고 욕하는 것 같았다.

그런데, 임승빈은 왜?

"야. 다른 애들이 나 싫어하는 거랑 네가 눈치 보이는 거랑 뭔 상관인데?"

"아, 아니…."

"너도 나 싫어해?"

나는 몇 달 동안 그 호의적이지 않은 우리 반의 분위기 속에서 쌓여왔던 스트레스를, 임승빈한테 표현했다.

"그냥 눈치 안 보고 놀면 되잖아!"

"싫어!"

임승빈의 큰소리. 원래 성격이 좀 있는 편이긴 했지만… 그 큰소리가 나한테 오리라고는 상상도 할 수 없었다. 왜? 왜… 어쩌다 이렇게 된 거지?

"왜?"

"학기 초부터… 너 피한 거 맞아. 너 안 좋은 점이 너무 많이 보여서."

하루의 새로운 시작을 알리는 등굣길. 나에게는 임승빈이 없는 고등학교 생활의 시작을 알린다.

'대체 왜? 임승빈이 저렇게 된 거지? 반 애들이랑 어울리다가 그냥 동조하는 거 아니야? 진짜로 나 싫어한다고? 그럼, 우리는 이제 같이 안 노는 건가?'

그렇게, 임승빈의 말로 혼란스러울 때,

"그냥 그렇게 알아."

말을 하고 가버리는 임승빈의 모습에 나는, 임승빈이 진심으로 나를 싫어한다는 것을 직감했다.

'미안하다는 말도 없이…'

땅을 볼 수 없다. 땅을 보면, 눈물이 흘러 놀림 받을 것이 무섭다. 하늘을 본다. 하늘엔, 달이 없다. 초가을의 맑디맑은 하늘이 너무 눈부셔서 눈을 감았다. 이제, 아니 오래전부터 임승빈은 없다. 나는 학교에서의 시간을 잃었다.

드르륵–

    문을 열고, 나의 책상으로 가는 길. 나는 사면의 분위기가 나에게 호의적이지 않다는 것이 너무나도 잘 느껴져 온 피부가 아파왔다. 이런 분위기는 나에게 정말 처음이라, 고통. 교실에서 나 혼자 발가벗은 듯한 느낌. 수치심과 외로움. 불현듯 생각나는 얼굴. 교무실의 김단아 2학년 4반 담임 선생님. 누구보다 자신의 반에 애정을 가지고 학생들을 친절하게 대해 주시는, 어쩌면 지금의 나에게 누구보다 도움이 될 수 있는 사람. 힘든 일이 있으면 언제든 이야기하라던 사람. 찾아간다.

    "쌤…."
    "어, 의진아, 왜?"
    교무실의 문을 열자, 다정한 목소리.
    "저… 상담하고 싶은 게 있어서요."
    "그래 들어와."
    선생님은 약간 의아한 표정으로 나를 맞이해 주셨다. 담임 선생님의 옆에 앉자, 그분의 얼굴이 보이고, 아직 내가 교무실을 찾아온 이유가 해결되지 않았음에도 근심이 눈 녹듯 사라지는 느낌. 위로를 받은 사실 하나 없음에도, 왠지 모든 일이 잘 풀릴 것만 같은, 선생님의 눈빛.
    '잘 찾아왔구나'
    느끼며, 고해성사.
    "선생님, 이 교실엔… 제 편이 아무도 없는 것 같아요. 그러니까, 애들이 다 저를 싫어해요. 막 대화도 안 끼워주고 제 말 끊고 그러는 것 같아요.”

억울했다. 그래서 강하게 말했다. 약간은 울음이 나는 것도 같다.

“음…. 그랬단 말이지?”

“네….”

“있잖아, 의진아. 지금은 결국엔 과거가 될 거야.”

“네…?”

“친구들이 너를 은근히 따돌리는 이 상황도 과거가 된다는 뜻이지. 너는 미래를 살아야 하잖아. 과거에 얽매인 사람은 미래를 살 수 없어. 음, 그러니까 지금의 상황을 그렇게 심각하게 받아들이지 않아도 된다는 얘기야. 잘 극복하면 오히려 더 좋은 기회가 될 수도 있어. 다른 사람들의 시선을 신경 쓸 필요 없어.”

“네….”

“그리고 넌 너무 쓸데없는 생각을 하고 있어. 네 편이 왜 없니? 잘 들어. 모두가 널 비난하지는 않아. 네 편에 서줄 사람은 언제나 너의 곁에 있어. 지금 바로 앞에, 나도 있잖니? 그러니까, 그런 생각 하지 마.”

오직 나만을 위해 해주는, 선생님의 말 한 마디, 나의 나약해진 마음을 다잡아주기에는 넘치도록 충분했다.

“도움이 좀 됐니?”

“네. 너무 감사해요.”

“그래, 앞으로도 힘든 일 있으면 선생님한테 얘기해 줘.”

나의 버팀목이 되어 주겠다는 선생님의 그 말. 든든하다. 앞으로 무슨 일이 있더라도 버틸 수 있을 것만 같은 마음. 이런 사람과 함께라면, 그 언제까지나. 그 어떤 일도, 버틸 수 있어. 이런 사람이 없다면, 그때는 정말 버티지 못할 것 같아.

각자의 시간

밝게, 나아가야지. 나는 무너지지 않아. 경쾌한 발걸음. 맑고 청량한 목소리. 밝은 피부. 모든 게 밝은 채로 밝은 햇살을 받는 오르막 길을 따라, 다시 등굣길.

드르륵–

문을 열고 들어가, 내 자리에 앉기까지. 교실이 갑자기 조용해진 순간이었다. 그렇게 조용해진 후, 나와 먼 쪽에서 수군대는 소리가 들린다.
'빨리 오면 이런 경험은 안 하려나'
그런 생각을 하던 중,

드르륵–

나시우와 임승빈이 들어온다. 나는 순간 그 광경을 보고 움찔거렸다. 그리고 수군대던 쪽이, 순식간에 시끄러워졌다.
-
-

•

시끄러운 소리들. 그 속에서 조용한 하굣길.

'학교에서의 시간은, 나의 시간이 아니다'

학교에 있는 동안 내내, 이 생각만 했다. 나의 시간, 그 시간을 학교에서는 가질 수 없다. 임승빈이 떠나면서 더더욱. 다른 반에 가도… 반으로 돌아올 때 또다시 싫은 소리가 들린다.

"우리 반에 친구 없어서 다른 반 갔다 오네."

이런 식이다. 내가 무슨 행동을 하든, 하나씩은 뒷말이 따라온다. 선생님의 말씀을 지켜, 신경 쓰지 않으려고 해도 글쎄, 귀에 들리는데 어떻게 신경을 쓰지 않을 수 있을까. 나의 시간을 보낼 수 없다는 것이다. 나의 시간을 찾으려 하교하는 길. 하늘엔 아직 달이 보이지 않는다.

•
•
•

나의 시간, 내가 나일 때. 해가 지고 어두워졌을 때, 비로소 달이 뜬다. 나의 시간에는 항상 달이 뜬다. 나의 시간에만 달이 뜬다. 그 달빛을 받으면, 기분이 좋다. 달이 뜨는 시간은, 내가 항상 즐길 수만 있다. 불행한 일은 없다. 세상일들을 위로받는다. 그런 것 때문에, 달을 보려고, 달빛을 받으려고 하루를 계속한다.

•
•
•

드르륵-

문을 열고, 내 자리로 간다.

드르륵–

임승빈이 들어온다. 달이 밤사이에 또 없어졌다. 반에 있던 나시우가, 임승빈에게 말을 건다.

"이제 오냐?"

"빨리 왔거든."

"빨리 오기는. 너 없어서 쟤랑 같이 있었잖아."

"야… 듣겠다."

"들으라 해. 들어야 지가 남한테 어떤 사람인지를 알지."

나시우의 그 말에 침묵으로 응답하는 임승빈의 모습. 마음이 시려 온다.

'내가… 내가 저기 있어야 되는데, 임승빈 옆에! 왜 나시우가 있는 거야. 도대체 어떤 점이, 그렇게 임승빈에게 나쁘게 보인 건지…'

•
•
•

조용한 하굣길. 침묵과 함께 집으로 가. 하늘을 본다. 저 달도 침묵하지만 욕도 하지 않는다.

•
•
•

드르륵–

문을 열고, 내 자리로 간다.

드르륵-

임승빈, 나시우가 즐거운 표정으로 이야기를 나누며 들어온다. 달은, 아침에 없다. 아이들의 이야기 소리만이 주변을 가득 채운다. 내 주변은 항상 시끄럽다. 시끄러운 것이 나쁜 것이라고 생각은 들지만, 나도 시끄럽고 싶다.

    •

    •

    •

다시 하굣길. 달이 뜨면, 내 시간이다. 달은 시끄럽지 않지만, 나와 함께 있는 시간에는 시끄럽다. 내가 많이 시끄러우니까. 달은 항상 내 얘기를 들어준다. 그렇게 내 얘기를 끝내고 나면, 달도 시끄러워진다. 나와 대화를 나눈다.

    •

    •

    •

다시 등굣길. 오르막을 걷는다. 그때 뒤에서 들리는 두 개의 목소리.
"아. 나 쟤 싫어."
'뭐야. 우리 반 애 목소리 아닌데?'
"갑자기 뭐가 싫다고 난리야."
"저 앞에 쟤 싫다고. 애들 얘기 들어보니까 완전 별로던데."

모두의 혐오

'뭐?'

정신이 번쩍 들었다. 또, 나를 싫어하는 사람이지만, 내가 모르는 사람. 당황스럽다. 처음 보는 사람이 나를 혐오한다. 나도… 들린다. 저 소리가. 나에게 소리가 들릴 정도로 아주 강하게 표현하는 혐오. 그것이 나에게 왜 향하는 건지.

'왜? 내가 뭘 잘못했나?'

온갖 생각이 스쳐 지나간다. 사실은 집안이 원수 사이라는 말도 안 되는 생각부터, 그냥 기분이 안 좋은 것 같다는 생각. 하지만 사실 알고 있잖아. '애들 얘기 들어보니까'라는 부분. 애써 외면했던 부분. 나에 대한 이야기가, 반 안에서 끝나지 않는다는 소식. 그 소식을, 아주 기분 나쁘게도 접하고 만 것이다.

잠시, 충격으로 길에 서 있었다.

"의진이다!"

빡―

반갑다고 때리는 척하지만 사실은 그 속의 혐오가 느껴진다. 친한 척을 하면서 혐오를 내뱉는다. 다 느껴진다고, 그렇게 연기해봤자

알건 다 안다고, 말할 수 없다. 반 아이다. 이렇게 때려 놓고 반에 가서는 낄낄대겠지.

드르륵–

내 자리에 가서 앉는다. 생각이 많아졌다. 같은 반 안에서였다고만 생각했는데, 아니다. 같은 반이 아닌 누군가가 나를 혐오한다는 그 사실이, 내가 잘못 살았다 싶은 감정을 불러일으키기만 한다.

·
·
·

항상, 우리 반에는 놀러 오는 다른 반 아이들이 많다.
'신경 쓰이네'
평소에도 많았는데, 오늘은 많으면 많을수록 신경이 쓰이기만 한다. 저들이, 이제는 우리 반의 혐오를 이어받아, 또 나를 잘못 산 사람으로 만들까 무섭다.
"그래서, 쟤가 왜 왕따인데?"
들린다. 왕따. 지금 나의 위치일까. 왜?
"에이, 왕따 아니라니까. 그냥 눈치도 없고 뒷담화나 하는 사회악이지."
"그게 더 심하겠다, 야."
계속해서 들려오는 말.
"그래도 놀아주긴 하잖아. 대놓고 무시만 안 하면 됐지."
"눈치 없으면 애들이 자기 싫어하는 것도 모르겠네?"
안다. 너무 잘 안다.

'차라리… 진짜로 멍청하기라도 했으면. 진짜 바보라도 됐으면! 애들이 나 싫어하는 줄 모를 텐데…'

교실 한쪽엔 임승빈이 보인다, 고통스럽다. 배신감? 임승빈은 나를 피한다. 시간이 꽤 지난 지금까지도. 내 마음속의 한탄스러운 감정이 너무나 커서, 임승빈이라도 내 시간을 찾아주었으면. 니시우와 함께 있는 임승빈은…

'그래도… 내 편은 존재하니까'
담임 선생님. 오늘 같은 날. 이렇게 힘든 날이면 항상 이야기를 하러 가. 상담을 받고, 위로를 받고, 일어난다. 고마운 사람, 버팀목. 학교에서만큼은, 나의 어머니.

'어머니?'
부모님을 생각해 본다. 나는 부모님에게 소중한 존재였던 적이 있는가. 사랑이 미숙했던 두 분은 나를 가지셨다. 세상에 온전히 태어났다는 사실 자체가 신기하다는 아이. 부모님은, 나보다 돈이 급했다. 나는 돈에게 우선순위를 빼앗길 수밖에 없었다. 받아들여야지. 나는 그분들의 수치나 마찬가지니까.

'하, 가족 중에 의지할 사람 하나 없다니'
선생님의 역할이 나에게 유독 크게 느껴지는 이유였다. 그런 생각-생각에 생각의 꼬리를 물고 생각을 이어나가며, 주변의 거친 말들에도 나는 버틴다. 그렇게 시간은, 나같이 작은 존재를 신경 쓰지도 않고 지나간다.

·

·

·

"으."

언젠가부터, 내가 복도를 지나가면 꼭 듣는 소리다. 애들끼리 놀다가 내는 소리일 수도 있겠지만. 그럴 리가. 그 소리를 내는 학생들은 모두 나를 보고 있었다.

등을 많이 본다. 정확히는 얼굴을 봤다가 등을 보는 경우가 많다.

옆모습도 많이 본다. 그 옆모습이 앞모습으로 바뀌는 경우는 거의 없다.

배려하는 경우가 많다. 특히 한 자리가 남았을 때는 눈치가 보여서 배려를 한다.

유명하다. 학교 안에서 나를 모르는 경우는 잘 없다.

"하….."

한숨을 쉬는 일이 많아졌다. 한숨을 쉴 때는 하늘을 본다. 등이나 옆모습을 보고, 배려하고, 유명할 때는 하늘에 달이 없다. 하늘에 달이 있을 때는 그 누구도 그 달을 가질 수 없다. 나의 시간. 오직 나의 시간을 위해 저 달이 밤에만 뜬다. 모두가 나를 혐오할 때는 달이 뜨지 않는다. 그런 저 달이 너무, 너무… 사랑스럽다. 나를 보듬어 준다.

·

·

·

휘이익—

"춥다."

강한 추위. 유난히도 추운 그 날씨에, 오히려 감각이 예민해진다. 요즘에는 나의 시간이 많아진 것 같다. 하지만 그만큼 모두의 혐오가 더 잘 느껴진다. 추운 날씨와 함께 내 몸 안으로 파고든다.

삭-

패딩끼리 스친다. 나와 스친 아이가… 팔을 턴다. 더러운 먼지를 터는 것처럼.

내가 옆에 있으면 상황극을 한다. 자기들끼리 이야기를 나누는 척. 상황극을 핑계로 나에게 욕을 한다. 앉으라고, 조용히 하라고.

이제는 학교의 모두가 그렇게 행동한다.

그래, 나는 모르는 사람이 없다.

"오늘은 연말 편지를 써볼 거에요."
쓰고 싶은 사람에게 편지를 쓴다고 한다. 누구에게 쓸까, 선생님?

·

·

·

잠시 뒤에는 편지들이 책상에 쌓이기 시작했다. 물론, 내 책상이 아닌 나시우의 책상이다.

"와-"

나시우의 책상엔 스무 개 하고도 네 개의 편지가, 나의 책상엔 아직도 미완성인 그 편지 하나만이 남아 있다. 편지를 보니 나의 글씨체였다.

- •
- •
- •

　하교- 달을 본다. 달이 둥글다. 달이 둥근 만큼 내 마음도 회복된다. 아직도, 달은 나를 살게 한다.

- •
- •
- •

　다시, 등교- 학교에서 나는 아직, 유명하다.

　하교- 왜일까. 불행은 태풍처럼 한꺼번에 밀려 들어와 사람의 목을 거세게 조르기도 하지. 너무나 추운 날이야. 후문을 통해 하교하고 싶었어. 나 같이 모두에게 미움받는 사람은 후문이 어울리거든. 후문으로 가. 교무실을 지나. 교무실을, 교무실을… 기다려? 지나가- 하, 하하. 뭐? 뭔 소리야? 아니잖아. 이건 아니잖아! 말도 안 돼, 어떻게, 왜? 이제 메마른 줄 알았던 눈물이 난다. 이젠 무뎌진 줄 알았던 그 감정, 인생을 잘못 산 것 같던 그 감정이 다시 올라온다. 정말 홀로, 막막해. 미움을 받고 받아 다른 미움을 만들어 내기까지 하는, 쓸모없는 존재.

　'아!'

　달이 떠 있구나. 하늘은 밝다. 달이… 낮에 떴다? 달이, 나만의 것이 아니다. 이리, 저리 나보다 큰 무언가가 정해놓은 운명이란 게 있나 보다. 너까지, 너마저 없이 살아갈 운명. 아니, 운명을 마음대로, 내 마음대로 이번 한 번만큼은 그럴 수 있을 거야. 처음부터 우리가 어긋났다면, 우리가 만나는 일이 없었더라면, 우리가 완전히 모르는 사이였다면, 그때는 우리 이야기에 비극이 존재하지 않게 될 거야. 난 비극을 향해 올라가. 끝없이 올라가, 계속 올라가서 끝끝내 저 위에 닿게 될 거야. 저 달이라도 내 것으로 되찾고자. 저 위에 닿는 과정에는 추락이 존재한다더라. 그 추락을 버티고 드디어 역추락. 올라가는 거야, 달까지. 그러니까, 내 말은, 내 편이 한 명도 없다는 게 생각보다는 더 슬픈 일이라는 거야.

　|
　|
　|
　쿵-.

결국 현재와 미래는 과거의 결과다

짝-

내 뺨에서, 열이 난다.
"내가, 눈 재수 없게 뜨지 말라고 했지."
눈을 재수 없게 뜬 적이 없다. 그냥 내가 싫은 거다.

다시, 짝-

학교 안에서는 괴롭히지 않는다. 성실한 겁쟁이들이다. 심하게 열 받는 일이 있어도 꼭 나를 학교 밖으로 끌고 나와 정성스럽게 때린다. 얼굴을 돌리면 명찰이 보인다.
'최효주', '강수호', '성가람'…

"넌 그냥, 감정 쓰레기통이야."
육 년 동안이나 귀에 들려온 말이다. 그 말과 함께, 나를 향한 적의를 항상 느낄 수 있었다. 물리적으로도, 정신적으로도.

"선생님, 단아가 발표하고 싶대요!"

"뭐? 아, 아니 나는….."

발표하고 싶다고 한 적이 없었는데, 말하기도 전에 선생님께서 말하셨다.

"그래. 단아 나와봐."

그런 식이있다. 학교 안에서는 눈치를 주고, 밖에시는… 때렸다. 창의적으로. 사실 얼굴은 잘 안 때렸다. 들키기 쉬우니까 그랬겠지. 처음에는 뭐랄까, 당황스러웠다. 왜 나에게? 당황스러우니까 버티기도 힘들었다.

꿀꺽-

구정물을 봤다. 내 속보다는 덜 시꺼면 것 같아 마셔버린 그날, 그날부터 당연한 일이 됐다. 툭하면 맞고, 욕을 먹었다.

"야, 나 기말 컨닝페이퍼 좀 만들어 주라."

"싫어."

그 모든 것들이 시작된 이유였-

"헉."

천장이 보인다. 또, 학창 시절의 꿈을 꾸었다.

"하, 또, 이 꿈이네."

누구에게는 학창 시절이 돌아가고 싶은, 아름다웠던 시절이었겠지만, 나에게는 그 시절이 너무나 잔혹해서, 세상을 살아갈 의지를 준 그런 한 편의 비극일 뿐. 중학교와, 고등학교를 거쳐 육 년 동안, 오직 나만을 위한 비극이었다. 나를 죽일 각오로 쉴 새 없이 그 비극의 시나리오의 페이지가 더해져 갔다.

"난, 살 거야."

나를 죽이려고 해도, 난 살아갈 거다. 나를 죽이려고 했다면, 내가 살아간다는 건 내가 할 수 있는 최대의 복수가 될 테니까. 침대에서 자다간 그 기억을 잊을 것만 같아, 바닥에서 자기까지 한다. 그긴 시간 동안이나 나를 괴롭혀 왔지만, 나는 쓰러지지 않을 거야. 나는 어떻게든, 어떻게든 살아간다. 악착같이, 너희를 부정하며 살아갈 거야. 난 복수를 위해 살고, 사는 것이 곧 복수야. 내가 살아가는 하루하루가 복수의 과정일 뿐이야.

·
·
·

여느 날처럼 출근을 한다. 새 학기. 새롭지는 않은 마음으로 새로운 아이들을 만나는 시간이다.

"안녕하세요, 2학년 4반 담임 김단아입니다. 여러분을 보게 되어서 기쁘고요……. 1년 동안 잘 부탁드리겠습니다."

교실을 둘러보았다. 아이들의 얼굴을 보기 위해.

'아 맞다 출석, 내 소개만 하고 있었네'

출석부를 보며, 아이들의 이름을 부른다. 1번은−

"강의진."

"네."

이름을 익히기 위해 고개를 들어 얼굴을 본다.

'뭐지? 왜… 익숙할까'

그 느낌이 왜 들었는지 알기 위해 그 학생의 얼굴을 뚫어지게, 한참 동안이나 쳐다보았다.

'아'

순간, 악착같이 지니고 있던, 절대 잊지 않으려던 그 얼굴이 떠올랐다. 재빨리 출석을 다 부르고 교무실로 갔다. 찾을 게 있었다.

"찾았다."

정말 보고 싶지 않았던 글이, 쓰여 있었다.

'부 : 강수호, 모: 최효주'

강의진이라는 학생을 볼 때 불현듯 생각났던 그 얼굴들. 중학교와 고등학교를 거쳐 육 년, 자그마치 육 년 동안이나 나를 나락으로 빠뜨렸던, 그중에서도 악질, 비극의 시작이었던 최효주와 강수호.

'하하, 뭐지? 운명인가?'

아들놈을 이렇게 만날 줄이야. 어떡하지? 나는 이때까지 살아온 것 그 자체가 복수였는데, 복수를 하게 만든 사람의 아들이, 제 발로 찾아왔다. 이 사실을 안 이상, 나는 강의진을 평범한 학생으로 대할 수가 없다. 그렇지만, 그렇다고 그들과 같은 사람이 되고 싶진 않은데. 그런데,

"뭐 아무튼, 저는 이성 관계와 같이 사회적인 사건을 처리할 수 있는 능력이 반장이 될 수 있는 자격이라고 생각합니다. 그런 능력이 없다면 반장의 자리에 어울리는 사람이 아니겠죠. 이상 제 발언을 마

치도록 하겠습니다."

　나시우, 강의진이 서로를 노려보고,
"뭘 계속 쳐다봐."
"자, 모두 조용…."
　나는, 강의진에 대한 확신이 들었다. 개의 아들은, 역시, 개다. 그 개가 나를 물어뜯었듯이, 내 앞에 있는 개도 결국은 주변을 물게 될 거야. 주변에 계속해서 상처를 줄 거야. 그러면 안 되지… 개에게는, 목줄이 필요하겠지? 그렇지만, 어떻게?

·
·
·

"아, 그래. 의진아, 혹시 부모님께서는 무슨 일 하시니?"
"두 분 다 보험 관련 업무하세요."
"음, 그렇구나."
'하, 보험 업무는 무슨. 깡패들이 하는 그런 보험팔이나 하겠지'
　최효주와 강수호의 미래. 정말 놀라우리만큼 예상대로였다. 쓰레기들. 그 쓰레기들이, 쓰레기를 키웠다.

"안녕하세요."
　두 번째로 상담을 온 시우였다.
'나시우, 우리 반의 반장이라면, 네가 해야 할 일이 있지 않겠어? 그래, 너라면 해줄 수 있을 거야. 할 수 있어. 너라면!'
"시우야, 교실을… 청소해 줘. 강의진의 피해자가 나오지 않게, 강의진의 기를 죽여놓으면 될 일이야. 강의진의 곁에 아무도 없으면 된다고! 제발, 제발 그렇게 해줘. 그렇게 하지 않으면 반드시 강의진은 남을 물어뜯고 해를 끼칠 거야. 책임은 내가 질게. 너에게 아무런 피해가 없을 거야. 보상도, 네가 원하는 만큼, 소원이라도 들어줄게. 그러니까 조금이라도, 강의진을 외롭게 해줘….”

　부탁한다. 나와 강의진의 관계를 널어놓는다. 상의진이 나쁜 이유를 설명한다. 부모의 죄, 자식이라도 씻어내야지. 너는 미래를 살아야 하잖아. 과거에 얽매이면 안 되지. 그러니까, 얽매일 과거를 만들어 내는 저 강의진을 어떻게 해달라고. 부탁하는 시침이 세 번이 돌 정도의 시간, 드디어 개에게 채울 목줄이 생겼다.
　시우는 창백한 얼굴을 하고 있다.

　‘이건 복수가 아니야. 선생으로서 우리 반을 잘 이끌기 위해, 해야 할 일을 하는 거야’

　나는, 훌륭한 선생이다.
　　•
　　•
　　•
　한 학기가 지나고, 후에 알게 됐지만 강의진이 임승빈과 헤어지게 된 그날.

　“쌤…, 저… 상담하고 싶은 게 있어서요.”
　‘벌써? 이렇게 빨리 외로워한다고?’
　“선생님, 이 교실엔… 제 편이 아무도 없는 것 같아요. 그러니까,

애들이 다 저를 싫어해요. 막 대화도 안 끼워주고 제 말 끊고 그러는 것 같아요."

"음… 그랬단 말이지?"

하, 정말, 어이가 없다. 고작 이 정도로? 고작 이 정도로, 힘들다고, 외롭다고, 그렇게 느끼는 거야? 나는, 나는… 육 년을 괴로웠는데.

"친구들이 너를 은근히 따돌리는 이 상황도 과거가 된다는 뜻이지. 너는 미래를 살아야 하잖아. 과거에 얽매이는 사람은 미래를 살 수 없어. 음, 그러니까 지금의 상황을 그렇게 심각하게 받아들이지 않아도 된다는 얘기야. 잘 극복하면 오히려 더 좋은 기회가 될 수도 있어. 다른 사람들의 시선을 신경 쓸 필요 없어."

결국 현재와 미래는 과거의 결과야. 네 부모라는 것들이 과거에 뭔 짓을 했는지 알아?

"도움이 좀 됐니?"

"네. 너무 감사해요."

"그래, 앞으로도 힘든 일 있으면 선생님한테 얘기해 줘."

이야기, 꼭 해줘야 해.

  •

  •

  •

또, 낙엽이 떨어지는 날이었을까.

"어머, 의진아 무슨 일이야? 왜 울어?"

강의진이 울면서 나를 찾아왔다. 그 애는 이제는 다른 반 애들이 욕을 한다며, 내 품속에 안겨 나에게 등을 보이며 울었다. 나는, 나도 모르게 웃음이 나왔다. 아무 말도 하지 않고 그저 그 애의 등 뒤에서, 나는 강의진과 대비되는 모습을 하고 있었다.

'이젠, 진짜로 친구가 없는 아이… 부모님을 탓하렴'

그날 이후로, 강의진이 나를 찾아오는 빈도가 점점 증가했다. 올 때마다 학교 폭력에 대해 질문한다. 그것이 본인의 몫이 아니라, 그저 호기심이라는 변명을 하면서. 그 아이가 나를 찾아오는 것, 귀찮지 않다. 귀찮을 이유가 없잖아? 매일 상냥하게, 성심을 기울여, 상담을 해준다. 상담을 해주고, 해주고, 또 해준다. 가을이 가고, 이제 날씨가 추워진다. 올해 겨울은 유난히, 유난히 춥다고 한다.

'뭐지?'

갈수록 강의진이 찾아오는 빈도가… 준다.

'왜? 시우가 좀 약하게 하는 건가? 확인해 봐야겠다'

올해의 유난히 추운 겨울. 그중에서도 유난히 추운 날. 시우를 교무실로 불렀다.

"안녕하세요."

"응 그래, 여기 앉아."

그리고 대화를 시작한다. 시우가, 반을 위해 무슨 행동을 하고 있는지.

"시우, 그래도 아직도 잘해 주고 있네."

"……."

"정말 잘해 주고 있어. 선생님의 부탁, 의진이의 곁에 아무도 없게 해달라는 거, 정말 잘 들어주고 있어. 우리 반에서 학교 폭력이 일어나지 않은 이유는 다 시우 네가 의진이를 맡고 있기 때문일 거야. 정말 고마워."

내가 생각한 것보다, 내가 부탁한 것보다 높긴 했지만, 그로 인해 우리 반 안에서의 학폭이 일어나지 않았고, 무엇보다 강수호, 최효주는 더했어. 아, 아니, 이게 아니야. 나의 복수는 내가 살아가는 것뿐이야. 강의진을 외롭게 만드는 건 강수호와 최효주에 대한 복수가 아니야. 그래, 나의 할 일을 한 것뿐.

쿵, 쿵-

복도에서, 누군가 달려가는 소리가 들린다.

아무도 그를 알지 못한다

"뭘 고맙기까지 하세요."

"……."

"음, 그럼 전 가볼게요."

"그래, 잘 가렴."

나시우는 교무실의 문을 열고 복도로 나왔다. 재밌는 일을 하고 선생님의 칭찬을 받는 것. 그는 기분이 좋았다.

사실 그는 이제 이 일을 즐기고 있기도 하였다.

'생각해 보면…'

선생님의 부탁을 들어, 나시우가 정지민, 도현진과 함께 강의진을 무시하기로 한 그날, 나시우는 강의진에게의 악감정이 완전히 사그라들지는 않았었지만, 그래도 그냥 무시하면 될 일이라고, 아무 생각도 없었다.

강의진이 하룻밤 새 사회악이 됐을 때, 그는 일이 자신의 생각보다도 훨씬 쉬워질 것이라는 생각이 들었다. 강의진에 대한 목격담… 가히 괴담 수준의 뒷담화였다. 뒷담화를 듣기란, 참으로 쉽다.

강의진의 친구를 뺏으려던 목적도 있었지만, 임승빈이 좋아 자신과 친구가 되기로 한 날, 나시우는 생각했다.

  '강의진이랑 어울리지는 않는다'

  그는 임승빈이 너무 좋은 사람이라고 생각해, 강의진을 폄하할 수밖에 없었다. 임승빈에게 좋은 말을, 강의진으로의 나쁜 말을 임승빈에게. 그는 좋은 말을 들을 때는 좋은 표정을, 나쁜 말을 들을 때는 고심하는 표정을 지었다. 나시우는 임승빈의 그 표정이, 곧 정지민과 도현진처럼 바뀔 것으로 느꼈다.

  2학년 전체가 제주도로 떠날 때, 나시우는 임승빈과 약간의 장난을 쳤다. 비밀로 간직한 그 장난이, 그럴 의도는 없었지만 수학여행의 모든 날에서 강의진이 본인의 조에 끼기 힘들게 만들었다.

  수학여행이 끝나고 이제는 모두가 강의진에게 적의를 드리울 때, 김단아와 나시우의 계획은 성공이었다. 나시우는 반이 단합되는 과정이 웃기기만 했다.

  방학 때 나시우는 폭주하듯이 강의진을 혐오하곤 했다.

  "야야, 강의진 따라해 볼까?"

  "허, 해봐바."

  "추읍이다, 이 짜슥아."

  반응은 항상 폭발적. 강의진에 대한 혐오는 그를 유흥의 대상으로 보기에 충분했다. 강의진이 있는 학교에서 벗어나 늘 유흥을 즐기고, 그들은 실제로 그 인물을 보러 학교로 돌아갔다. 교실로 들어가면, 항상 웃는다. 당장 전까지의 웃음거리였을 뿐인 사람을 실제로 봤기 때문이다.

"그냥 솔직히 말해라. 대충은… 알 거 같으니까."

"……."

"말해."

"하… 너, 너랑 놀기가 좀 그래."

임승빈과 강의진이 드디어 완전히 돌아서게 된 날, 나시우는 희열을 느꼈다.

'그거야, 임승빈! 그래, 그게 맞는 거라고! 너도 솔직히 강의진 싫어하잖아. 이제는, 정말로… 인정할 수밖에 없을 거야. 강의진, 혼자만 남는 거야'

임승빈은 그날, 또 생각을 했다.

'이번에도, 너무 버겁다…'

사실 그는 버겁지 않다. 나시우의 말, 반의 분위기가 임승빈에게 강의진을 버겁게 만들었을 뿐.

- •
- •
- •

쿵-

- •
- •
- •

"야야, 그거 들었냐? 4반에 강의진 자살했대!"

"에이, 뭘. 희망 사항 말하지 마라!"

"뭔데. 누구길래 자살이 희망 사항임?"

"몰라. 그냥 애들이 싫어하길래. 근데, 보니까 싫어할 만해."

"왜? 뭘 하길래?"

"뭐… 아니 그냥 비호감인 행동을 한다고 해야 하나? 눈치도 없고…."

"아니, 어쨌든! 걔 자살했다니까?"

여기, 저기서 들리는 같은 이야기들. 그들은, 강의진을 모른다.

교무실의 한 책상 위에, 종이가 올려져 있다.

'시말서'

그 아래에 적힌 글.

'학업 스트레스로 인한 극단적 선택'

-   •
-   •
-   •
-   •
-   •
-   •

"킥킥- 결국엔 자살이라니."

아직도, 강의진은 유명하다.

'아무도 그를 알지 못한다'는 현대인들이 삶을 살아가는 태도에 대해 생각해 보며 쓴 소설입니다. 상의신, 나시우, 김난아 등 이들은 제가 본 현대인들의 문제점들을 각각이 안고 있는 사람들입니다. 심지어는 달까지도, 그 문제점들을 부각하는 요소가 되기도 합니다.

　김단아는 과거를 기준으로 현재를 판단하는, 발전의 가능성을 열어두지 않는 사람입니다. 강의진이 부모님과 비슷한 면모를 보였을지라도, 그 단편적인 모습으로 발전의 가능성을 닫아버리는 모습이 바람직하다고 할 수 있을까요?

　나시우는 편협한 사고를 지니고 강의진을 판단하는 인물입니다. 자신에게 피해를 주는 모습과 김단아의 말, 주변의 말들로 강의진을 바라봅니다. 분명히 좋은 면도 있을 텐데 나시우가 이를 서술하지 않는 이유는 무엇일까요?

　그런 면에서 임승빈, 정지민, 도현진과 같은 반 아이들도 같은 사람입니다. 김단아의 말을 듣고 강의진을 판단하는 나시우, 나시우의 말을 듣고 강의진을 판단하는 아이들, 이들은 모두 치우치지 않는 관점을 가져야 할 필요가 있습니다. 심지어 그들은 강의진을 잘 알지도 못합니다. 본인의 생각이 확고하지 않을 때, 남 말을 들으며 그 사람을 옹호하는 것이 올바른 행동일까요?

　강의진은 어떤 인물인가요. 평소 그에게는 아무렇지도 않은 행동들을 행했을 때, 주변인들은 어떻게 생각했나요? 나의 사소한 작은 행동들마저 남에게 상처를 줄 수 있다면 어떤가요. 달은 이러한 강의진의 모습을 완벽히 반영합니다. 그는 늘 정해진 시간, 똑같이 하늘에 뜨고 집니다. 그러니 주로 밤에 뜨겠지만, 당연히 낮에 뜰 수도 있겠죠. 달의 행동에는 아무런 의미가 없습니다. 그러나 강의진은 달에게 의미를 부여하며 기뻐하고, 끝내는 파멸의 길을 걷게 됩니다.

   우리는 남에게 너무 신경 쓰지 않고 상처 받지 않는 삶을 사는 게 어떨까요. 동시에 우리의 행동이 남에게 영향을 줄 수 있다는 사실을 알고서, 이해하는 삶을 살아가는 건 어떨까요. 이 글을 읽는 여러분들이 조금은, 더 나은 방향을 걷기를 소망하며 이 글을 써 봅니다.

꿈에서
깨고 난
who

최무환

백일문은 책상에 앉아 오늘 하루를 마무리하고 있었다. 서류를 정리하는 스태프의 손놀림 소리가 조용한 방 안에 울렸다. 차가운 커피잔 옆에 메모지와 볼펜들이 흩어져 있었다. 그는 오늘 상담했던 이들의 얼굴을 하나하나 떠올렸다. 삶의 무게를 이고 온 내담자들에게 건넨 자신의 말이 조금이라도 위안이 되었기를 바랐다.

"선생님, 오늘도 고생 많으셨습니다."
스태프가 서류를 정리하며 고개를 들었다.
"그래, 고생했네. 오늘도 꽉 찬 일정이었지. 내일은 좀 여유가 있나?"
"내일도 꽉 찼어요. 연말이라 그런지 예약이 계속 들어오네요."
"하긴, 연말은 마음이 허전해지기 쉽지."

그때였다. 문이 벌컥 열리며 한 남자가 들어섰다. 백일문과 스태프가 동시에 고개를 들었다. 남자는 숨이 찬 듯 거칠게 숨을 내쉬며 방 안을 둘러보았다.
"여기가 상담소 맞죠?"
백일문은 고개를 끄덕였다. 남자는 몇 발짝 다가오더니, 초조한 얼굴로 물었다.

"지금 상담 가능합니까? 꼭 좀 부탁드리겠습니다. 지금 아니면 안 됩니다."

스태프가 난처한 표정으로 일문을 바라보았다. 이미 오늘 일정은 끝났고, 모두 지쳐 있는 상황이었다. 그러나 일문은 남자의 눈빛을 보았다. 간절하고 불안했다. 그는 잠시 고민하다가 고개를 끄덕였다.

"들어오세요. 무슨 일로 오셨습니까?"

남자는 고맙다며 의자에 앉았다. 떨리는 손으로 무릎을 쓸어내리며 천천히 입을 열었다.

"제 이름은 신철우입니다. 저는⋯ 5년 동안 같은 꿈을 꿉니다."

"5년 동안 같은 꿈이라고요?"

백일문이 되물었다.

신철우는 고개를 끄덕이며 손을 꽉 움켜쥐었다.

"처음에는 그냥 자각몽인 줄 알았습니다. 꿈속에서 내가 꿈을 꾸고 있다는 걸 깨닫는 정도였죠. 팽이를 돌려보기도 했고, 볼을 꼬집어보기도 했습니다. 꿈과 현실을 구분할 방법이라면서요? 그런데 그 모든 게 다 소용이 없었습니다."

"팽이를 돌렸을 때는 어떤가요?"

"금세 멈춥니다. 볼을 꼬집어도 아픕니다. 꿈이 아니라 현실이라고 느껴질 만큼요."

백일문은 고개를 끄덕이며 그의 말을 가만히 들었다.

"그러다 한 가지 규칙을 발견했습니다. 제가 꿈을 꾸고 있다는 걸 단번에 알 수 있는 방법이요."

신철우는 잠시 말을 멈추더니, 고개를 숙였다.

"10년 전에 헤어진 어머니를 만날 때만, 그게 꿈이라는 걸 압니다."

백일문의 표정이 살짝 흔들렸다.

신철우는 고개를 들고, 그를 똑바로 바라보았다.

"처음엔 좋았습니다. 어머니를 다시 만날 수 있다는 사실이요. 그 꿈속에서만큼은 어머니와 함께할 수 있었으니까요. 그런데….."

그는 입술을 깨물었다. 목소리가 떨리고 있었다.

"문제가 생겼습니다. 꿈의 길이가 점점 늘어나는 겁니다. 처음엔 하루였는데, 일주일이 되고, 한 달이 되고… 다음 꿈은 5년일 겁니다."

백일문은 의자에 몸을 깊이 기댔다.

"그러면 현실에서는요? 꿈의 길이가 늘어나도, 현실에서는 하룻밤 아닌가요?"

"맞습니다. 현실에서는 고작 몇 시간입니다. 하지만 제 의식은 점점 꿈속에 오래 머물게 됩니다. 그 5년 동안 어머니와 함께 지내는 겁니다."

백일문은 잠시 생각에 잠겼다. 그의 목소리는 단호했고, 이야기는 허황되지 않았다.

"그런데 그게 왜 문제가 되는지 아직은 잘 모르겠습니다. 어머니를 만나는 게 기쁜 일 아닌가요?"

"처음엔 그랬습니다."

신철우는 고개를 끄덕이며 꿈속에서 어머니와 보낸 시간에 대해 이야기하기 시작했다.

"꿈에서 저는 어머니와 함께 지냈습니다. 어린 시절처럼요. 아침에 눈을 뜨면 어머니가 밥을 차려주셨고, 시장에 가서 장을 보고, 저녁에는 함께 앉아 TV를 보았습니다. 너무 평범한 일상이었는데, 그게 정말 행복했습니다."

백일문은 그가 묘사하는 평범하면서도 완벽한 일상에 공감했다. 어머니와 함께했던 기억은 누구에게나 특별한 의미를 가진다.

"하지만 요즘 들어선 그 기쁨이 불안으로 바뀌었습니다. 왜냐하면 꿈속에선 어머니와만 함께 있는 게 아니라, 현실의 동생이 보이기 시작했거든요."

"동생이라뇨?"

신철우는 힘겹게 말을 이었다.

"동생은 현실에 있습니다. 제가 가장 사랑하는 사람이에요. 부모님이 결별하던 날 이후로, 저와 동생은 서로를 의지하며 살아왔습니다. 그런데…."

그는 손으로 얼굴을 감쌌다.

"꿈속에서 동생이 보입니다. 어머니와 동생이 한자리에 있는 장면이요. 금세 신기루처럼 사라지지만 어머니는 이미 떠난 사람인데, 동생까지 꿈 속으로 들어오면 안 된다는 생각이 들더군요. 점점 혼란스러워졌습니다."

백일문은 신철우의 얼굴을 유심히 살폈다. 눈빛 속에는 두려움이 가득했다.

"혹시 정신과 치료를 받아보셨습니까?"

"받아봤습니다. 자아 분열이나 망상은 아니라고 합니다. 그래서 마지막으로, 순수 상담을 위해 선생님을 찾아왔습니다."

백일문은 그의 말을 곱씹었다. 그가 겪는 현실과 꿈의 괴리가 얼마나 극심한지 느껴졌다.

"현실에서 가장 힘든 점은 무엇인가요?"

철우는 잠시 침묵하다가 입을 열었다.

"동생과 함께 있는 시간입니다."

"동생과는 친밀한 관계라고 하셨죠?"

"그렇습니다. 저희는 어린 시절부터 서로에게 의지하며 자랐습니다."

신철우는 말을 멈추며 고개를 숙였다. 일문은 그의 침묵을 존중하며 기다렸다. 이내 철우는 조심스레 과거를 회상하기 시작했다.

현실은 차갑고 무거웠다. 방 밖에서 들려오는 부모님의 고성은 날카로운 창처럼 철우의 가슴에 꽂혔다. 창은 날을 벼려감과 동시에 점점 얇아지고 약해져 쉽게 부러졌지만, 그렇기에 한 번 박힌 상처는 쉽게 아물지 않았다. 부모님이 던지는 말들은 회수되지 못한 채 공기 중에 떠돌며 가족을 잠식했다.

동생과 철우는 방 안에 갇힌 채 서로를 바라보았다. 어둠 속에서 유일하게 서로의 존재만이 분명했다. 두 사람은 아무 말 없이 서로의 체온에 의지하며 하나가 되었다. 마치 번데기가 되어 세상과 단절된 것처럼. 번데기 속에 감춰진 마음은 세상으로부터 보호받고 있는 듯했지만, 그 어둠은 두 사람의 불안을 더욱 짙게 만들었다. 문밖의 그들도, 방 안의 두 아이도 자신의 병명을, 혹은 죄명을 확인할 용기가 없었다.

고성과 함께 자라나는 어둠은 부모님과의 갈등으로부터 비롯된 검은 침전물 같았다. 그러나 이 어둠 속에서도 철우는 확신했다. 동생과의 유대는 이 모든 고통을 견딜 수 있는 유일한 힘이라는 것을.

"형, 우린 언제 나갈 수 있어?"

동생의 목소리는 현실을 메아리치게 했다. 철우는 고개를 저으며 잠시 미소를 지어 보였다.

"……."

그러나 동생의 질문에 답을 할 수는 없었다.

두 사람은 창밖에서 점점 희미해지는 부모님의 고성을 들으며 서로의 체온을 나누었다. 그 순간만큼은 과거의 이상 속의 행복한 시간과는 다른, 현실에서의 고통을 공유하며 살아가야 한다는 사실을 깨달았다.

몇 초가 지나고 신철우는 깊은 한숨을 내쉬며 고개를 들었다.

"그래서인지 어머니와의 꿈은 저에게 너무나도 큰 위안이지만, 동생과의 현실은 또 다른 무게로 다가오곤 합니다."

백일문은 신철우의 이야기를 들으며 깊은 생각에 잠겼다. 그는 여러 내담자들의 복잡한 이야기를 들어왔지만, 이 정도로 비현실적인 이야기는 처음이었다. 그러나 그는 단순히 이 이야기를 허구로 치부하지 않았다.

"철우 씨, 결국 중요한 건 하나입니다. 꿈이든 현실이든, 어디에 머무를지 선택해야 한다는 겁니다."

"선택이라니요?"

"인생은 선택의 연속입니다. 선택에는 항상 대가가 따릅니다. 두 개 중 하나를 고르려면, 하나를 포기해야 하죠. 꿈에서 어머니와 동생을 선택한다면, 현실의 동생과는 멀어질 수도 있습니다. 반대로 현실을 선택한다면, 어머니와는 다시 헤어져야겠죠."

신철우는 고개를 숙였다. 백일문은 말을 이었다.

"그렇다고 너무 조급해하지 마세요. 꿈과 현실 사이에서 정답은 없습니다. 사람마다 기준이 다르니까요. 중요한 건, 그 선택에 책임을 질 수 있는가입니다."

신철우는 깊은숨을 내쉬며 고개를 들었다. 그의 눈빛에는 다소 결심한 듯한 흔적이 보였다.

"감사합니다, 선생님…."

그는 자리에서 일어나 백일문에게 가볍게 고개를 숙이고 나갔다.

백일문은 철우가 떠난 문을 바라보며 팔짱을 꼈다. 그의 말에는 묘한 여운이 있었다. 현실과 꿈의 경계에서 흔들리는 그의 이야기는 어딘가 비현실적이었지만, 그 안에는 절박함이 있었다.

스태프가 정리를 마치고 다가왔다.

"선생님, 오늘 마지막 분 상담도 고생 많으셨어요. 그런데 참… 요즘도 저런 분들이 계시네요."

백일문은 고개를 들며 물었다.
"저런 분이라니?"
"아까 나가신 분이요. 어머니께 전화하는 게 들리더라고요. 요즘 세상에 어머니께 그렇게 자주 연락하는 효자가 어디 있겠어요?"

백일문은 눈을 깜빡였다.

"전화?"
"네. 상담 마치고 나가시면서도 전화하시더라고요. 어디 멀리 여행이라도 가시는 듯 그동안 몸 건강히 챙기라는 느낌의 대화인 것 같던데요?"

스태프는 웃으며 방을 나섰지만, 백일문은 그 자리에 굳어버렸다.
"여행…이라니… 전화는…?"

그는 철우와 나눈 대화를 떠올렸다. 어머니는 이미 10년 전에 헤어졌다고 하지 않았던가? 꿈속에서만 만날 수 있다고 했는데, 상담을 마치고 어머니께 전화를 했다고?
심장이 쿵 하고 떨어지는 느낌이었다.

'혹시… 그가 말한 꿈속이 현실이고, 내가 지금 있는 이곳이 꿈인 건 아닐까?'

백일문은 손을 들어 자신의 볼을 꼬집어보았다. 아팠다. 문득 철우의 말이 떠올랐다.

"볼을 꼬집어도 아픕니다. 꿈이 아니라 현실처럼 느껴질 만큼요."
"설마….."

그는 자리에서 일어나 문 쪽으로 다가갔다. 철우가 떠난 문을 열고 복도로 나섰지만, 그곳에는 아무도 없었다.

작
가
의
말

　현실과 꿈의 경계를 탐구하는 이 이야기는 감정의 깊이를 섬세하게 파고들며, 선택의 무게에 대한 질문을 던진다. 독특한 반전과 여운은 단순한 상담 이야기를 초현실적 사유로 끌어올린다. 삶과 관계, 기억의 본질에 대해 묵직한 여운을 남기는 작품이다.

나의 계절에 꽃이 피었다

설새찬

포옹의 의미
소원을 그려드립니다
읽지 못한 편지

포옹의 의미

길고 길었던 1년 동안의 재수생 생활이 드디어 끝이 났다. 종소리를 듣고 학교 건물을 나와 보니 이미 해는 저물어가고 있었다. 수능이 끝난 후 느껴지는 이 후련함과 허무함은 이번이 두 번째로 느낀 감정이지만 여전히 어떤 말로도 표현하기 어려운 감정이었다. 차가운 바람에 몸이 저절로 움츠러들 듯, 이 감정 또한 당연한 것이라고 스스로에게 조용히 위로를 건넸다.

 몇 주 후에 나는 대학에 합격했다. 사실 이미 예상했던 결과라서 수능 성적을 확인했을 때만큼의 희열은 느끼지 못했다. 어머니에게 대학 발표 사실을 알리기 위해 연락을 드렸다. 하지만 어머니의 답장은 그리 길지 않았다.

 "고생 많았다."

 서운하지 않았다. 어머니와 연락 이후 고등학교 때 친구들에게도 합격 소식을 전했다. 친구들은 한동안 만나지 못했다는 이유로 저녁이라도 사라는 연락을 보내왔다. 기분 좋은 마음으로 친구들과 저녁을 함께하며 학창 시절의 추억과 근간 친구들의 대학 생활 얘기를 들으니 나도 모르게 분위기에 취해 있었다.

늦은 밤이 되고 나서야 친구들과 헤어졌다. 버스는 이미 끊긴 시간이었다. 추운 공기에 벌써부터 입김이 나왔다. 다행히 가게와 집이 그리 멀지 않아서 나는 천천히 걷기 시작했다. 길을 걸으며 재수 생활 중에 있었던 다사다난한 일들과 또 앞으로 펼쳐질 미래들을 생각했다. 그러다 문득 흰동인 깊은 심해 속처럼 마음 어느 보이지 않는 한 구석에 숨겨둔 아픈 상처로 남아 있던 기억이 떠올랐다.

'아버지…형…'

그때의 기억에 점점 발걸음이 무거워졌다. 그 순간 적막을 깨는 휴대폰 벨소리가 들렸다. 빨갛게 얼어붙은 귀 옆으로 폰을 붙여 급히 전화를 받았다. 휴대폰 너머로는 오랜만에 반가운 목소리가 들렸다. 어린 시절부터 나를 항상 예뻐해 주시던 큰 이모였다. 이모는 마침 내가 다닐 학교 근처에서 살고 있었고, 어머니의 부탁을 받아 방학 동안 자신의 집에서 지내며 동네도 익히고 아르바이트도 해보라고 권하기 위해 먼저 연락을 주셨다고 했다. 세월이 흘러도 여전히 나를 살뜰히 챙기려는 이모의 따뜻함이 고스란히 전해졌다.

나는 며칠 후에 가벼운 짐만 챙겨서 이모 집으로 향했다. 그날부터는 나는 이모 집에서 지내면서 대학교 안에도 자주 들어가 보고 동네를 산책하며 둘러보았다. 항상 무거웠던 나의 마음이 어느새인가 점점 가벼워지는 것 같다는 기분이 들었다. 그러나 점점 시간이 갈수록 동네의 길도 다 외워버리고 단지 익숙해져 버린 느낌을 받았다. 이곳에 재미와 흥미를 잃은 나는 무엇을 하며 입학 전까지 남은 시간을 어떻게 보내야 할까 고민했다. 이미 하고 있는 알바를 두고 또 다른 알바를 하기에는 몸이 너무 고단할 것 같았다. 그러던 중에 이모가 나에게 부탁 하나를 했다. 이모의 지인이 하고 있는 인권 봉사 단체에 가입해서 일을 좀 도와달라는 부탁이었다. 오히려 나에게는 반가운 소식이었다. 봉사 단체는 매주 토요일 오후 2시부터 6시까지 진행되고 저번 주부터 시작해서 4주간 운행되는 방식이었다. 4주후면 입학 일주일 전이었기 때문에 기간도 적당했다.

처음으로 봉사단체에 나가는 날이었다. 떨리는 심정으로 약속장소에 나가보니 이모 지인 분을 중심으로 봉사단체 일원들이 모여 있었다. 이모 지인 분은 간략하게 나를 소개 시킨 후에 오늘 진행 할 활동을 소개했다. 일명 프리허그였다. 생판 처음 보는 사람을 안아줘야 한다는 것은 생각보다 어려웠다. 괜히 뒤로 한 발짝 물러났다. 우물쭈물하고 있던 나와 눈이 마주친 또래로 보이는 여자 일원 한명이 나에게 다가와 먼저 말을 걸었다.

"아직 어렵죠?"

그 질문에 괜히 쑥스러워진 나는 한 손으로 머리를 긁적이며 대답했다.

"잘 할 수 있을 줄 알았는데 이런 게 처음이라 아직은 어렵네요."

"저도 처음에는 그랬어요. 시내 한복판에서 지나가는 사람들 고민 들어주고, 공감해 주고, 악수해 주고, 웃어주고, 안아주고….."

그녀의 말은 분명히 힘들었다는 의미 같았는데 표정은 그렇지 않았다. 행복한 사람의 표정이었다. 어떻게 해야 나도 저런 표정이 나올까 하는 궁금함에 대화를 이어갔다.

"어떻게 해야 좀 빨리 적응을 할 수 있을까요?"

그녀는 가벼운 미소를 띠면서 말했다.

"저는 저에게 있는 따뜻함을 남에게 선물해 줄 수 있다고 생각하면서 해보니 이 활동에 점점 재미도 붙고 또 쉬워졌어요. 사실 개개인마다 다른데 저는 이 방법 추천해 드릴게요."

몇 마디 밖에 주고받지 않았지만 그녀가 말하는 따뜻함은 이해하기 쉬웠다. 그 덕분에 몇 분 안에 금방 적응해낼 수 있었다. 한 명, 두 명, 세 명, 그리고 수를 세는 것을 까먹었다. 짧은 시간 동안 정말 많은 사람들의 이야기와 고민을 들어주고, 따뜻하게 안아주었다. 그리고 문득, 내가 그들에게 힘이 되어준 것만 같은 기분이 들었다.

그날 이후로 시간은 빠르게 흘러 어느덧 마지막 활동을 하는 날이 찾아왔다. 오늘은 첫 날에 했었던 프리허그를 다시하게 되었다. 활동이 시작되고 오늘도 많은 사람들이 찾아왔다. 하지만 오늘따라 나에게 양심고백과 자신의 잘못에 용서를 구해달라는 말을 하는 사람들이 많았다. 봉사단체 규정상 그 어떤 개인적인 질문을 하는 것을 금지사항으로 숙지하고 있었다. 하지만 난 규칙을 어기고 자신의 용서를 이곳에 와서 구하고 있는 사람에게 조심스레 물었다. 혹시나 누가 들을까 봐 그 사람과 나는 귓속말로 대화를 이어갔다.

"용서는 저 말고 정말로 해야 될 사람이 있잖아요. 근데 이 자리에서 저에게 하시는 이유가 뭐에요?"

그가 대답했다.

"미안한 감정 때문에 생긴 이 무거운 마음을 어떻게든 내려놓고 싶어요.”

　순간 내 앞에 서 있는 이 사람이 굉장히 무책임한 인간이라는 생각이 들었다. 자신도 인지하고 있는 잘못한 일을 아무 상관도 없는 이곳에 와서 용서를 구하고 내가 그 사람의 잘못을 용서해 주면서 위로해 주고 안아주면, 그 사람은 자신의 잘못을 털어놓고 후련함을 느끼지 않을까 라는 생각이 들었다. 그러나 이곳은 그런 목적으로 만들어진 단체가 아니다. 혹여나 이 활동으로 인해서 누군가는 받아야 할 사과를 받지 못하고 깊은 상처를 안은 채로 살아가야 하는 건 아닐까? 그 생각에 걱정스러운 마음과 불안함이 같이 몰려왔다. 더는 그 사람과 대화를 이어나가고 싶지 않았다. 그리고 내가 속한 이 단체에 원망스러운 감정이 생겨났다. 이후에 나는 적극적으로 활동을 이어나갈 수 없었다. 복잡한 감정에 나는 그대로 단체 부원들을 위해 임시로 만들어둔 휴게실에 들어가 앉았다. 그리고 휴대폰을 보니 마침 활동도 끝날 시간이었다.

　“우리 4주 동안 고생했는데 얼른 정리하고 다 같이 저녁 먹으러 갑시다.”
　장비를 정리하고 있던 봉사 일원들에게 회장님이 말했다. 나는 그 말을 못 들은 척 휴게실에서 나와 묵묵히 쭈그리고 앉아 꼬인 현수막 줄을 풀었다. 내 마음같이 단단히 꼬여버린 줄은 풀릴 기미가 보이지 않았다. 답답함이 밀려와 나는 봉사 조끼를 벗어둔 채 그 자리에서 자리를 박차고 나왔다.

　“자신의 잘못을 그렇게 털어놓으면 한결 편해지는 걸까? 그럼 마음이 가벼워질까? 정말 나도 그 방법 말고는 없을까?"

나는 한참을 고민하다 바지 주머니에서 폰을 꺼내 그 자리에 가만히 섰다. 한참을 고민하다 무언가 결심하고 나는 오랜만에 어머니에게 전화를 걸었다.
"저 내일 형한테 갈게요."
전화기 너머로 들려온 어머니의 목소리는 무거웠다.
"그래, 내일 병원에서 보자."

다음날 이른 아침, 나는 오랜만에 본가를 찾았다. 짐을 풀자마자 형이 좋아하던 귤 한 박스를 사들고 병원으로 향했다.

정확히 1년 전 일이었다. 재수 학원을 마치고 집으로 돌아오는 길, 차가 막혀 늦게 데리러 온 아버지와 형에게 화를 냈다. 그 다음날도, 그리고 그 다음날도 마찬가지였다. 피곤함과 불만을 쏟아내며 온갖 짜증을 냈지만 형과 아버지는 단 한 번도 나를 나무라지 않았다. 하지만 그날은 달랐다. 아무리 기다려도 오지 않는 아버지와 형 때문에 나는 사람들 사이에 끼여 우여곡절 끝에 버스를 타고 집 앞 정류장에서 내렸다. 투덜투덜 대며 아파트 정문을 들어가던 중 어머니가 슬리퍼를 신은 채로 내가 있는 쪽으로 달려왔다. 어머니는 가쁜 숨을 몰아쉬며 내 손목을 잡더니, 뒤에 오던 택시 문을 열고 나와 함께 택시에 탔다. 도착한 곳은 대학병원이었다. 그리고 어머니를 따라 달려간 곳은 수술실 앞 보호자 대기실이었다. 수술환자 명단에는 아버지와 형의 이름이 있었다. 머리가 새하얘졌다. 긴긴밤이 지나고 나서야 수술이 끝났었다. 나를 데리러 오던 아버지와 형의 갑작스러운 사고였다. 운전석에 있던 아버지는 끝내 우리 가족의 곁으로 돌아오지 못했고 형은 왼쪽 전신이 마비가 된 채로 1년이 넘는 시간 동안 병원에 입원하여 치료와 재활을 이어가야 했다.

　형은 여전히 걷는 것조차 힘들어했다. 나 때문에 일어난 일을 다시 생각하려고 하니 형의 얼굴을 차마 볼 수 없었다. 자괴감과 미안한 감정이 전부였다. 내가 오기 전에는 어땠을지는 모르나 분위기는 여전히 어색했다. 나는 어떻게든 이 분위기를 풀어보기 위해 형 옆자리에 앉아 방학동안 봉사단체에서 있었던 일들을 말했다. 힘든 사람들에게 위로도 건네주고, 얘기도 많이 하고, 프리허그도 했다고 말했다. 그 활동을 하면서 단순한 포옹이라는 것에는 따뜻함이 있다고 말했다. 하지만 그때 나와 귓속말을 주고받았던 사람과의 대화 내용은 말하지 않았다. 그 얘기를 하면 내가 이곳에 온 이유를 알게 될 게 뻔했다. 형과 아버지 그리고 어머니에게 있는 미안함이 쌓이고 쌓여 만들어진 이 무거운 마음을 이렇게 풀 수밖에 없었다. 나 또한 그때 그 사람과 다를 게 없었다. 그저 무책임한 인간이었다. 자신의 잘못을 털어내기 위해서 하는 포옹은 절대 따뜻해질 수 없다는 것은 그간 4주 동안의 활동들로 누구보다 잘 알고 있었다. 어느덧 면회 시간이 다 지나고 난 병실을 나가기 전 마지막으로 어머니와 형에게 말했다.
　"프리허그는 나한테 있는 따뜻함을 상대방에게 전달해 주는 좋은 의미래."

　난 아픈 형과 그 옆을 지키고 있는 어머니에게 거짓말을 해가면서 이렇게라도 두 사람을 안을 수밖에 없었다. 내 마음을 잠그고 있는 굵고 단단한 무언가를 풀어내고 싶었다. 난 그때 나에게 용서를 구했던 사람과 같은 존재였다. 이해하기 싫은 그런 존재. 이기적인 존재. 난 무얼 위해 자선 단체에 들어가 그런 따뜻했던 활동을 자초해왔는지 모르겠다. 내가 프리허그의 의미를 알게 된 이유는 따뜻함을 위해서일까 아님 나의 이 무거운 짐들을 털어내기 위함이었을까.

소원을 그려드립니다

"다들 발전된 모습으로 돌아오길 바라겠습니다."

교수님의 말씀으로 대학 시절의 마지막 여름방학이 시작되었다. 화가의 꿈을 오랫동안 가지고 있던 나는 방학을 허무하게 보내기가 싫었다. 방학이 시작된 첫날, 교수님의 말이 계속해서 생각났다. 나는 그림 실력을 끌어올리기 위한 방법을 찾아내기 위해 머리를 부여잡았다.

'무엇을 할 수 있을까, 무엇이 나에게 도움이 될까'

그러다 문득 기막힌 아이디어가 떠올랐다. 집 앞 공원에 나가서 그날의 풍경과 사람들의 일상적인 모습을 그림으로 그리고 사람들에게 그 그림을 선물해 주는 그런 단순한 재능 기부를 해봐야겠다는 생각이 들었다. 난 이것을 통해 나라는 인격체 자체에도 긍정적인 영향을 줄 수 있겠다는 생각이 들었다. 좋은 마음가짐으로 벌써 어서 내일이 오길 기대했다.

다음날 아침, 공원으로 향했다. 딱 3시간. 이른 아침부터 점심이 되기 전까지인 정말 잠깐 동안 그림을 그리기로 하고 공원 중앙의 큰 버드나무 아래 벤치에 자리를 잡았다. 당찬 발걸음으로 이곳을 찾아 왔지만 막상 자리를 잡고 보니 막막했다. 이것저것 그려보려고 하기 엔 눈에 보이는 것들이 너무 많았다. 공놀이를 하러 나온 아버지와 어린 아들, 쉴 새 없이 지저대는 새들이 보였다. 이 모든 아름다운 것들을 그림 한 장에 그려내기엔 터무니없이 짧은 시간이었다. 정성 이 깃든 시간 속에서 내 실력만을 온전히 끌어올리고 싶었다. 한참을 벤치에 가만히 앉아 연필만 반복해서 돌렸다. 자신만만한 태도와 나름 계획도 세우고 이곳에 왔지만 벤치에 앉아 고작 연필만 돌리고 있는 내가 한심해 보였다. 이대로 시간을 낭비할 수 없다는 생각에 정면으로 보이는 나무와 그리고 운동하는 사람들을 그려나갔다.

무더위 한 여름 속에서 서늘한 그늘아래에 앉아 그림을 그리고 있는 지금 이순간이 마치 내가 정말 화가라도 된 것만 같은 기분이 들었다. 스케치 하나하나에 공을 들여가며 그림의 밑 작업에 몰두했다. 나무의 결을 생생하게 살리기 위해, 지나간 사람들의 모습을 기억해내 가며 그림을 그려 나갔다. 그림 그리는 걸 워낙 좋아하는 난 이런 여유로운 시간과 공간이 좋았다. 이런 곳에서 시간을 보내면 이런 생각이 든다. 좋아하는 것에 몰두한 만큼 언젠가 나에게도 빛이 발할 것이라는 생각이 든다. 꾸준한 노력의 끝엔 달콤한 성공을 맛볼 수 있는 법. 그럴 것이라고 믿는다. 하지만 그림을 그린다는 것만이 오늘의 단순한 계획으로 세웠던 탓인지 스케치를 해가도 어딘가 찝찝하고 허무한 기분이 들었다. 좀 색다른 그림을 원했다. 강의실에 앉아 작은 노트에 끄적거리던 낙서가 아닌 방학동안에 무엇을 했냐는 질문에 당당히 대변해 줄 그림을 그리고 싶었다.

종이에 공원이 고스란히 담겨질 때쯤 그림 그리는 것을 멈췄다. 문득 잘못 들어선 길 같다는 느낌이 들었다. 돌아가야 한다는 기분이었다. 남들과는 색다른 방학을 보내며 그림 실력을 올리고 싶었던 내가 지금 그리고 있는 이 그림에는 특별함이 있지 않았다. 미대를 같이 다니고 있는 선후배와 친구들도 눈감고도 그릴 수 있는 그림이었다. 그래서 나는 잠깐 동안 깊은 생각에 빠졌다. 잘못된 방향으로 무작정 걸어왔을 땐 무엇을 해야 하는가. 다시 돌아가야만 할까. 아님 잘못된길이 어쩌면 나에게 새로운 길이 되어줄 수 있겠다는 생각으로 앞으로 나아가야 할까 고민이 들었다. 내 앞 이 종이는 마치 자아가 없는 사람 같았다. 외면으로는 화려한 치장에 사람들의 눈길을 이끌어 낼 수 있지만 그 속은 텅텅 비어 있는 듯했으며 심지어는 아무런 의미와 메시지가 보이지 않았다. 그저 단순한 공원 그림이었다. 그래서 난 다시 왔던 길로 돌아가기로 했다. 어쩌면 돌아가다 문득 좋은 아이디어가 떠오를 수 도 있겠다는 생각이 들었다. 한참을 돌아가며 고민했다. 좋은 아이디어가 떠오르길, 나에게 특별한 우연이라도 찾아오길 원했다. 꿈은 크게 가져야 한다는 말이 생각났다. 계획을 다시 세우기 위해 자리를 정리하고 곧장 집으로 돌아왔다. 내일부터는 똑같은 하루가 반복되지 않게 지금까지 배워온 것들을 상기 시키면서 무엇이 나를 더욱 성장하게 할 수 있을까 고민했다. 단순 그림 실력에 대해서만 생각하지 않기로 했다. 나라는 사람이 발전할 수 있기를 원했다.

날이 밝았다. 이틀 차지만 어제에서 느낀 깨달음이 뭔가 좋은 영향으로 끼치지 않을까 라는 기대를 해보았다. 어젯밤 침대에 누워 꽤 많은 생각을 했었다. 그러다 내린 결론은 공원에 온 사람에게 하나의 장면을 그려주기로 했다. 사람은 살아가며 모든 것을 이뤄가며 살 수 없다. 이 세상에 영원이란 존재하지 않는 것처럼 언젠가 인생의 마지막 하루를 마주한다. 당연한 자연의 섭리다. 그래서 여태까지 살아오며 이뤄보지 못한 순간을 그림으로 담아 그려주기로 했다. 뜻 깊은 그림을 선물해 주고 싶었다. 아무도 나에게 찾아오지 않을 수 도 있었지만 그래도 밤새 힘겹게 고민하고 내린 결정에 좋은 결과가 다가오길 바라면서 어제 앉았던 나무 아래에 다시 자리를 잡고 앉았다. 그리고 어제와는 다르게 문구가 적힌 큰 포스터 하나를 세웠다.

'인생을 그려드립니다'

사람들이 찾아와서 이 글에 대한 의미를 풀어내게 하고 싶었다. 그럼 자연스레 나의 좋은 마음도 알아주고 그림을 그려달라고 하겠지 라며 당연하듯 혼자서 중얼거렸다. 그림을 선물 해준다는 것에 큰 의미를 두었다. 그림 실력에는 자신이 있었기에 그림을 받고 실망할거라는 걱정은 하지 않았다. 내 앞을 지나가던 사람들이 내 그림에 슬슬 관심을 갖기 시작했다. 운동을 나오신 한 아주머니는 내 앞에 세워둔 포스터를 사진 찍어 갔다. 점점 기대가 높아졌다. 혹여나 이목이 너무 집중돼서 한 분, 한 분 다 그려드리지 못하면 어쩌지 라는 거만한 걱정도 해보았다. 그러나 그건 정말 잠깐이었다. 시간은 지날수록 사람들은 관심조차 보이지 않았다. 사람들에게 지나가다 잠깐 흘깃하는 딱 그 정도의 공간이 되어버렸다. 어떻게 아무도 오지 않을 수 있을까. 나의 어려웠던 결정이 이리 한순간에 무산이 되어버리는 걸까. 어느 때보다 자신만만해서 그랬을까 무너지는 건 더 한순간이었다. 좋은 마음가짐을 왜 아무도 알아주지 못하는 거지, 왜 좋은 그림을 받을 수 있는 이 기회를 스스로 다들 놓치는 거지. 이해를 하지 못했다. 그렇게 오늘도 내 종이는 그저 잠깐 혼자서 그린 스케치와 낙서로 가득했다.

긴 방학 중에 고작 사흘째가 되었다. 낙관적으로 생각해 보면 이틀 만에 좋은 계획을 세운 기나 다름없다는 생각이 들었다. 더 이상 다른 계획을 세우고 싶지 않았다. 오래 기억에 남을 수 있는 이 기회를 놓치지 않기로 했다. 언젠가 누군가는 찾아오겠지 라고 기대했다. 오늘도 똑같은 자리. 나무 아래 그곳에 앉았다. 며칠 동안 반복된 하루지만 난 이곳에 재미를 붙였다. 그리고 희망과 작은 바람도 함께 걸었다. 오늘은 가만히 앉아 연필만 돌리며 사람들만 기다리지만 말고 작품을 하나라도 만들어보자고 결심했다. 그렇게 처음으로 이곳에 앉아 제대로 된 그림을 그리며 나의 첫 작품이 되어줄 사람을 기다렸다. 푸른 초원의 나무들과 뒤에 보이는 웅장하고 높은 건물들의 아름다운 조화를 표한한 그림을 그렸다. 사람들은 그제 나의 그림에 관심을 가졌다. 마치 무언가의 유혹된 것마냥 사람들은 그림을 그리고 있는 나를 구경하기 위해 주위로 동그랗게 모였다.

'드디어 나의 첫 작품의 주인공을 만날 시간일까, 이걸 어떻게 설명해야 할까, 긴장하지 말자, 내 실력만 믿고 손님들의 얘기만 잘 들어보자'

꽤 많은 인파가 모이자 오만가지 생각이 들었다.

"이 그림 파시는 건가요?"

그러다 한참을 앞에 서 있던 어느 중년부부가 내 바로 앞까지 다가

오며 물었다. 화가에게 그림을 사고 싶다는 의사를 밝히는 것은 정말 좋은 기회이다. 그림의 가치를 알아봐주고 나의 명성에 정말 조금이라도, 수백 개 계단 중 단 한 칸이라도 올라갈 수 있는 기회였다. 이렇게 감사한 질문은 처음이었다. 그런데 왜 난 이 말에 실망을 하고 있을까. 내 그림을 갖고 싶다고 말하고 있는데 왜 아무 대답을 하지 못하고 계속 실망만 하고 있는 것일까. 내 목표는 세계에서 유명한 화가가 되는 것이었다. 그것이 나의 오래된 소원인데 난 그 소원을 이룰 수 있는 시작의 기회를 잡고 싶지 않은 걸까 아니면 못 잡는 걸까. 내가 이곳에 앉은 이유가 내 앞에 서 있는 부부에게 드릴 대답이었다. 내가 사흘째 이곳에 와 있는 이유는 오늘 처음 본 사람들에게 그림을 팔기 위해서가 절대 아니었다. 그래서 부부에게 그림을 팔 수 없었다.

"죄송합니다. 이건 팔려고 그리는 그림이 아닙니다."
난 죄송스럽다는 말을 끝으로 그들을 돌려보내야만 했다. 그 부부는 아쉬움에 계속 뒤로 돌아보고, 무슨 얘기를 하고 있을지 두 사람의 표정만 보고도 예상이 되었다. 그리고 나서도 몇몇의 사람들이 내 그림을 사려고 했으나 전부 거절했다. 이후 내가 그림을 그리지 않자 사람들은 각자 제 갈 길을 가기 바빴다. 모였던 것에 비해 흩어지는 것은 금방이었다. 한두 명씩이 아닌 한순간에 사라졌다. 더 이상 사람도 오지 않고, 그림도 그리지 않을 것 같아 난 집으로 돌아갔다.

집으로 걸어가는 길에 나는 한 통의 메시지를 받았다. 학교에서 온 연락이었다. 내가 신청만 해두고 잠시 까먹었던 팀 프로젝트 유학 프로그램 안내 연락이었다. 대학 사람들과 해외로 나가 그림도 그리고 여행도 하는 학교 프로그램이었다. 공원에 얼마 나가지도 못했는데 당장 이번 주 주말에 유학을 떠나게 되었다. 해외에 가 있는 2주간 공원에 나가지 못 한다는 사실이 아쉬웠다. 그래도 돌아와서 더 열심히 하면 되겠지 라며 나 스스로를 다독였다.

학교사람들과의 긴 여행은 온통 미술로 도배되었다. 여러 나리를 방문하며 세계 곳곳의 미술관을 찾아다녔다. 그렇게 길었던 2주 간의 여행이 끝나고 난 다시 집으로 돌아왔다.

긴 시간 동안 많은 것을 배우고 느낀 채로 집으로 돌아왔다. 당장 내일부터 내 계획을 실행에 옮겨야 했지만 그럴 수 없었다. 내 몸이 말을 듣지 않았다. 무언가에 꽉 잡힌 것마냥 집에만 있고 싶었다. 사실은 그냥 귀찮은 게 아니었을까. 그저 피곤하고 쉬는 게 우선이었나 보다. 그 휴식이 하루가 될 줄 알았지만 예상보다 꽤 많은 시간이 흘러갔다.

어느덧 방학이 일주일 밖에 남지 않은 시간. 서둘러 내 계획을 실행해야 한다는 압박감이 몰려왔다.

공원에 나온 지는 이제 고작 나흘째. 이젠 정말 단 한 개라도 작품을 만들어내고 싶었다. 나를 위한 주인공이 나타나길, 내 그림을 선물해 줄 수 있는 사람을 기다리는 것 말곤 방법이 없었다. 사실 몇 주 동안의 계획이었지만 단 일주일 만에 나의 실력을 끌어올릴 수 없다는 건 나도 잘 알고 있었다. 기다림이 지속되면 맞닥뜨릴 실패에 대한 회의감을 무뎌지게 느낄 수 있다. 하지만 난 그렇게 될 수 없다. 최선을 다해 기다려보아도 나에게 기회가 주어지지 않는다면 그보다 속상하고 억울한 게 어디 있을까. 시간이 지날수록 내 계획의 방향을 잊어가는 것만 같았다. 계속해서 부정적인 결과에 다가가는 것 같은 불안한 기분이 들었다. 나 스스로마저 속이는 기분이 들었다. 어쩌면 단 한 번의 기회조차도 없었지만 이미 난 실패를 맛본 사람처럼 불안에 가득 찬 심정을 자초해서 만들어냈다. 난 이러면 안 된다고 아직 기회는 많다며 초심을 되찾기로 했다. 굳은 마음가짐으로 남은 시간을 보내자며 마음을 다 잡았다. 기다림의 끝엔 그동안의 허비된 시간을 보장해 줄 완벽한 결과가 나타날 것. 그 믿음이 나에게도 실현되기 전까지 굳건하게 기다려보았지만 또 하루가 저물고 결국 오늘도 나의 종이는 빈종이로 남았다.

기다림은 언젠가 완벽한 결과를 내놓을 것. 기다림은 언젠가 긍정적인 효과를 베풀어줄 것. 기다림은 나의 속삭임을 들어줄 것. 다음 날 마음속으로 혼자 속삭이며 공원으로 나갔다.

다시 똑같은 그 자리에 가방을 내려놓고 앉았다. 근데 살아가다 보면 꼭 그런 날이 있다. 오늘은 무엇을 해도 다 될 것만 같고, 뭐든지 내 중심으로 흘러갈 것만 같은 날. 또 나의 바람이 한꺼번에 이뤄질 것 같은 날. 자신감에 가득한 기분이 들었다. 아님 나의 바람이 이젠 너무 절절해져 단지 내가 안일해진 걸까. 근거 없는 자신감이 나를 속이는 걸까. 뭐든지 될 것 같은 날이라고 단정지어 믿진 않기로 했다. 어느 정도의 의심. 사실 의심이 더 컸다. 여태까지의 과정이 오늘 단 하루 만에 이루어질까 궁금했다. 그래서 난 의심을 줄이고 의식의 흐름대로, 나의 바람이 이끄는 곳으로 흘러가보기로 했다.
어느 때와 다르지 않은 날이었다. 뜨거운 햇살과 잔잔하게 불어오는 바람이 공존하는 날. 평화로운 날, 기대했던 일이 정말로 이뤄졌다. 마치 어릴 적 크리스마스 선물을 기다리던 시절이 떠올랐다. 설렘이 가득하고, 앞으로 이뤄질 순간들이 모두 다 행복할 것이라는 기분이 들었다.

어디서부터 나를 보고 오셨는지는 알 수 없지만 눈이 마주쳤을 때부디 계속 나를 응시하며 읽을 수 없는 표징과 무언가 다짐한 듯한 당찬 걸음걸이로 나에게 뚜벅뚜벅 다가왔다. 말동무가 필요하신 건가. 겉모습에 연상되는 나이에 맞지 않는 빠른 발걸음으로 점점 나를 향해서 걸어오셔서 내가 잘못한 게 있나 라고 생각했다. 그러나 내 예상은 하나도 들어맞지 않았다. 오히려 다행이었다. 아니 그 이상이었다.

"학생 오랜만에 나왔네. 언제 나오나 기다렸는데 드디어 만났네. 다름이 아니고 나한테 그림 한 장만 그려줄 수 있나?"

그림을 그려달라고 말을 하실 줄은 생각조차 하지 못했다. 기분이 날아갈 것만 같았다. 이곳에 와서 처음으로 떨림을 느꼈다. 나에게 말을 건 사람은 공원에서 항상 같은 벤치에 앉아 여유로운 휴식을 취하고 순식간에 사라진 할아버지였다. 난 이 할아버지가 공원과 잘 어울린다고 생각했다. 그에게서 느껴지는 여유로움이 고즈넉하고 차분한 공원의 색들과 비슷했다. 그래서 할아버지와 공원을 주제로 종이에 낙서처럼 그림을 그린 적도 있었다.

그렇게 앞으로 어떤 일들이 펼쳐질지 상상조차 하지 못한 채로 할아버지와 나는 공원에서 시작된 소소한 여정이 시작되었다. 할아버지는 나에게 어릴 적 이뤄보지 못했던 것들에 대해 공원 벤치에 앉아 얘기하기 시작했다. 어릴 적 이뤄보지 못한 것들에 대해 자주 상상하곤 한다고 말했다. 저 멀리서 봐도 어떤 세계에, 아님 깊숙한 고민에, 이것 또한 아니면 그게 유년시절의 상상에 잠겨 그토록 오래 같은 자리에서 서성였던 것 같다. 그는 차근차근 어릴 적 이야기를 풀어나갔다. 혼잣말을 하듯 들렸지만 모든 말들이 하나하나 귀에 박히며 나의 심장마저도 울리게 했다.

참담한 전쟁 속에서 잡을 수 있는 손마저 하나 없었던 어린아이는 우리가 경험해 볼 수 없는 세상에서 자라왔다. 자신이 지금 도움이 필요한 아이라고 인지하고 있지 못했다. 이 모든 게 자신의 하루이고 앞으로도 그저 받아들여야만 하는 일생이라고 생각했다. 아무것도 할 수 있는 게 없었던 그 어린아이는 자꾸만 같은 길을 서성이며 걸어 다닐 수밖에 없었다. 배고픔을 달래기 위해서는 쓰레기장이 그의 허기를 때워 주는 곳이 되어버렸고, 정작 그런 곳에서도 먹을 것을 구하지 못하면 먹을 게 생기지 전까지 굶었다. 소설에서 아무리 비운의 주인공이라도 어떻게든 방법을 찾아내서 다시 있던 자리로, 좋았던 시절로 돌아갈 수 있는 여지가 보인다. 그러나 아무것도 모르는 그 시절의 어린아이에게는 앞을 볼 수 있다는 건 오히려 막막한 감정이 전부였다. 오늘 하루도 살아가기에 벅찬 어린 그의 인생이 내일, 그리고 먼 미래는 어떻게 살아가야 할지 이 세상 모두도 알 수 없었다. 부모도 형제도 없었다. 지켜줄 수 있는 사람이 없었다. 그저 혼자서 이겨내야만 했다. 내가 몇 살인지, 오늘은 또 얼마나 시간이 흘렀는지 알지 못했다. 답답함과 슬픔과 억울함이란 온갖 감정들이 뒤섞여 뭐부터 해야 할지 몰랐다. 말해 줄 사람도 아무도 없었다.

그러던 어느 날 길거리 바닥에 머리를 처박고 엎드린 채 머리맡에 작은 바구니를 두고 울분을 토하는 어느 한 남자를 보았다. 그 남자의 작은 바구니에 사람들은 하나둘 작은 동전을 한 개씩 넣어주었다. 아무리 어린 아이였음에도 어떤 상황인지 가늠이 되었다. 어린아이는 그 남자를 보며 생각했다. 동물적인 감각으로 돈으로는 끼니를 채울 수 있다고 느꼈다. 그래서 이이는 어떻게든 저 동전을 얻어내야겠다고 다짐했다. 그때 봤던 남자의 옆에서 똑같이 따라했다. 딱딱하고 추운 길거리에 엎드려 죄를 지은 사람이 된 듯 아무 말 없이 엎드렸다. 기껏 입을 열어봤자 할 수 있었던 말은 딱 한마디였다.

　"도와주세요."

　이 말 밖에 하지 않았다. 아이는 단지 살고 싶었다. 구걸에 이틀에 한 끼 정도는 돈을 내고 사먹을 수 있었다. 하지만 나를 좋게만 보는 사람들만 있었던 건 아니다. 그 시절 작은 동전에만 미쳐 있던 사람이 너무 많았다. 티끌모아 태산이란 말이 있다. 하지만 그 시절엔 티끌은 태산과 같았다. 작은 동전 하나를 가지고 있어도 세상을 다 가진 듯한 그런 시절이 있었다. 그래서 그 세상을 가지기 위해 어린 아이의 세상의 전부를 뺏어가고, 몰래 훔쳐 가는 일이 일쑤였다. 모든 걸 잃은 날이면 또다시 쓰레기장을 찾아갔다. 세상을 잃은 기분을 알게 해주었다. 돈을 뺏기지 않은 날이면 행복해서 울었고, 그와 반대로 뺏긴 날이면 아무것도 할 수 없다는 억울함에 눈물을 매일매일 쏟아냈다. 그렇게 어린 시절을 보냈다.

　어느덧 학생이라고 불리는 나이가 되어 있을 때, 막노동으로 학창시절을 보냈고, 갓 스무 살이 되었을 땐 기회를 얻어 먼 타국으로 떠나 탄광 질을 했다. 오랜 기간 동안 살기 위해 이것저것 다했다. 돈을 벌어야만 밥을 먹을 수 있다는 것을 어린나이부터 알아서였을까. 그래서 어느 정도 자산이 생겨 그제서야 조국으로 돌아올 수 있었다. 하지만 매일 떠돌이 신세였기 때문에 어린 시절에 대한 추억이 없었다. 다시 그 동네로 돌아가는 건 최악이었다. 그래서 그가 찾아간 곳은 바다였다. 살면서 처음 와본 곳에는 아는 사람도, 잘 수 있는 곳도, 할 줄 아는 일도 없었다. 그저 힘쓰는 것만 할 수 있었다. 운 좋게도 그곳에서 일자리와 잠잘 곳도 구하여 오랜 세월을 보냈다. 생각보다 바닷가 일은 그의 적성에 맞았다. 배를 타도 멀미를 하지 않았고, 고기잡이가 재밌었다. 드디어 그가 있을 곳을 찾았다고 느끼며 그곳에서 인생을 바쳤다. 하루하루에 감사함을 느끼며 살아왔다.

그러나 행복이란 감정을 느끼고 싶어 매일매일 기대하며 살았다. 이곳에서 돈도 많이 벌면 그게 행복이겠지 하며 어리석은 예상으로 인생을 계속해서 걸어왔다. 어릴 적 느껴보지 못한 밝은 기운에 나이가 들어서야 느껴보겠다고 발버둥치는 어린 아이 같았다. 그의 인생은 당연히 그곳에서도 행복을 이루지 못했다. 갑작스럽게 그 동네 사람들이 하나둘 떠나가기 시작했다. 일자리와 집을 버린 채 하나둘 짐을 챙기며 떠나가기 바빴다. 동시에 일을 할 수 있는 사람들이 없었다. 평생 동안 할 것이라고 확신했던 바닷가 일을 한순간에 잃어 버렸다.

그는 나를 앞에 앉혀두고 한참을 떠들었다. 입가에는 행복한 과거를 떠올리는 사람처럼 옅은 미소를 풍기며 소년 같은 순수한 표정이었지만 난 그가 마치 울분을 토하는 사람처럼 느껴졌다.

그는 바닷가에서 일자리를 잃은 뒤 이곳 서울로 올라와 작은 단칸방에서 지내면서 이것저것 잡다한 일을 하며 생계를 이어갔다고 말했다. 단지 살고자 하는 의지로 여기까지 살아왔는데 그 의지가 너무 강해서 자신에게 너무 많은 상처를 입힌 것 같다고 말했다. 아물 수 없는 상처와 평생을 가만히 바라만 보며 살아가야하는 흉터라고 했다. 세월의 흔적이 이토록 진힌 상처로 남은 그가 다시 보이기 시작했다. 수많은 상처들에 무뎌져 고통을 느끼지 못하는 사람처럼 보였다. 잔잔한 공원과 어울렸던 것이 아니고 그저 무감각한 존재라 어디서든 그저 어울리게 보였나 보다. 튀지 않고 어디에나 어울리는 색감을 가진 사람 같았다. 어떤 대상과 비슷한 모습을 갖춘 것보단 어떤 것이든, 어디서든 자연스레 스며드는 존재 같았다.

오랜 이야기는 날이 저물어 갈 때가 되서야 다 들을 수 있었다. 할아버지도 그렇고 나도 그렇고 이렇게 오래 공원에 앉아 있었던 게 처음이라고 말했다. 남은 이야기와 할아버지의 소원은 내일 아침 날이 밝는 대로 이곳에서 다시 만날 것을 기약하고 집으로 돌아왔다.

처음으로 나에게 와준 첫 주인공이 참혹한 세상 속에서 살아왔다니 마음이 찢어질 듯 아팠다. 이야기 할 때의 그 표정은 여유로움과 인자함이 묻어나오는데 그 안에 숨겨진 내면 속 상처들은 아직도 피가 고인 채 남아 있을 거라는 생각이 들었다.

다음날 다시 공원을 찾았다. 약속한 시간이 다가오고 저 멀리서 할아버지가 보였다. 내가 할아버지를 예전과는 다른 시선으로 보고 있다는 생각이 들었다. 평온한 표정 뒤에 숨겨진 서글픈 그의 모습이 보였다. 그림을 그려드리기 위해 할아버지의 소원을 물었다. 할아버지의 소원이 무엇일지 궁금했다. 아무리 거대한 소원일지라도 그것을 이룬 나의 모습을 달콤한 상상을 통해 설렘을 느끼게 하는 그런 것이 바로 소원이라는 게 아닐까. 나 또한 거대한 소원이 있다. 세계에서 최고의 미술가라고 불리는 날이 오길 고대하는 것이 나의 소원이다. 나 역시도 소원을 지니며 살아가는데 할아버지는 얼마나 많은 소원들을 가지고 계실까 하고 궁금했다. 사실 한편으로는 할아버지가 수많은 소원들을 이뤄내신 모습들을 개학이 일주일도 남지 않은 이 시점부터 다 그려낼 수 있을까 라는 걱정이 엄습해왔다. 하지만 이건 할아버지의 소원을 듣기 전까지의 얘기다. 할아버지의 소원은 아주 소소했다. 사실 소원이라고 하기엔 너무나 정말 근소했다.

"내 소원은 말이야…. 학교에 다니고 싶네. 배우고 싶어."

할아버지는 나에게 학교에 있는 모습을 그려달라고 하셨다. 할아버지의 소원은 학교를 다녀 보고 싶다는 것이었다. 고된 하루들의 나날이었을 그 많은 시간들에서 고작 학교에 있는 자신의 모습을 꿈꿔왔다는 할아버지의 말 한마디는 펜을 쥐고 있던 손에 힘이 저절로 풀리게 만들었다. 사실 오늘은 할아버지를 안쓰러워하는 표정이나 말투를 최대한 드러내지 않으려고 마음먹었었다. 겉으로 그런 것들이 잘 드러나는 성격이라 나에겐 큰 다짐이었지만 할아버지의 소원과 말한마디에 내 다짐은 무의미했다. 어떻게 내가 이 사람을 공감하며 감히 그림을 그려드릴 수 있을까. 겉으로는 단순한 소원이지만 그 속의 내용은 마음이 찢어질듯이 아프고 쓰렸다. 한 장의 종이에 이 소원을 담아내기엔 하얀 종이와 물감이 터무니없이 부족했다. 어떤 색으로 칠해도 할아버지의 인생을 대변할 색이 아니라고 생각했다. 그리고 난 그 색을 찾아낼 수 없다는 것도 잘 알았다. 내 능력이 부족한 것보단 말로는 표현할 수 없고 이 세상 누구도 발견해내지 못한 색이 존재할 것이라는 생각이 들었다. 그리고 그 색이 할아버지의 소원을 그려내기 위한 색임이 분명하다고 믿었다. 그래서 난 깊은 고민에 빠졌다. 오랜 세월을 고스란히 담아낼 수 있는 작품. 할아버지의 고된 인생과 소소한 소원이 조화를 이루며 아름다운 느낌이 뿜어져 나올 그런 작품을 원했다. 그림을 그리는 것만으론 부족했다. 아무리 내가 미술을 배우고 있다는 것에만 치우쳐 할아버지의 소원을 단 그림 한 장으로 마무리짓기 죄송스러웠다. 난 할아버지와 오랜 얘기를 나눴다. 이 소원은 그림으로 그릴 수 없다고 말씀드렸다. 하지만 할아버지의 소원은 꼭 이뤄드리기로 약속했다. 그리고 한참 동안 시간이 가는 줄도 모르고 할아버지와 또다시 얘기를 나눴다. 세상을 살아가야 하는 이유와 절실함엔 언젠가 꽃이 피어난다는 사실. 단 두 개의 단어로 새로운 세상을 꿈꿨다. 할아버지와는 다음날 이곳 공원에서 마지막으로 보기로 약속하였다. 난 집으로 돌아가는 길에 할아버지의 소원을 이뤄드릴 계획을 세웠다.

  소원을 이뤄드리는 날. 할아버지는 공원에 먼저 와 계셨다. 할아버지에게는 내 계획을 아무것도 말씀드리지 않았다. 난 할아버지를 공원 근처에 있는 오래된 사진관으로 모셨다.
  이곳은 우리 가족들이 대대로 운영해오던 사진관이다. 어릴 적 친할아버지에게 이 사진관에 담겨진 이야기를 자주 듣곤 했다. 옛 향기가 고스란히 풍겨나는 이곳은 마치 할아버지의 소원을 이뤄드릴 수 있는 딱 맞는 곳이라는 생각이 들었다. 지금 이 사진관은 삼촌이 운영하고 계시지만 오늘만은 내가 이 사진관의 주인이다. 전날 집으로 돌아가는 길 이곳 사진관에 들러 삼촌에게 자초지종 설명을 드리고 오늘 할아버지가 입을 그 시절의 교복을 구해달라고 부탁을 드렸다. 삼촌은 이른 아침부터 교복을 가게로 구해다 주셨다. 모든 게 완벽했다. 할아버지의 소원을 이뤄드릴 준비는 다 되었다. 할아버지는 태어나서 처음으로 교복을 입어보셨다. 학생이라는 꽃다울 나이에 살아남기 위해 애썼던 할아버지는 전혀 대단한 일도 아니었지만 나에게 어쩔 줄 몰라 하셨다. 단정한 교복차림에 어린 남자아이처럼 웃으시며 자리에 앉아 사진을 찍어드렸다. 할아버지가 그 시절로 돌아가 학교를 다니셨다면 이런 모습을 하고 계셨을 것 같았다.

난 그렇게 한 달의 방학 동안 세운 계획을 이뤄내지 못했다. 하지만 그보다 더 값진 아니 어쩌면 그토록 찾아내지 못했던 미술의 색들을 찾아낸 게 아닐까 라는 생각이 들었다. 그날 이후로 할아버지와의 만남은 없었다. 공원에서도 동네 길에서도. 방긋 웃은 그 미소를 다시 보고 싶다는 생각이 문득문득 들었지만 그 웃음을 다신 보지 못할 것 같은 기분이 들었다. 하지만 꼭 다시 만났으면 하는 마음이 컸다. 어쩌면 나에게도 소소한 소원이 생긴 것일지도 모르겠다. 웃음과 할아버지의 이야기가 오늘따라 더 그리웠다.

읽지 못한 편지

편의점 새벽 알바가 끝난 시간. 편의점의 시계는 새벽 5시에 가까워지고 있었다. 난 편의점 알바를 내 용돈벌이로 살아가고 있다. 내가 살고 있는 이 한적한 동네는 스산하고 심오한 향기를 풍긴다. 비록 나만 이렇게 느끼며 살아왔을 수도 있다. 알바를 끝내고 지친 몸을 이끌고 돌아갈 때 내 기분이 이 동네와 비슷해서일까, 난 이 분위기가 다소 싫지 않았다. 사람들은 자신이 좋아하고, 잘 맞는 환경이나 분위기 속에서 개성과 감성이 더 잘 드러난다고 생각한다. 그래서일까. 내가 이 분위기를 싫어하지 않는 이유 말이다. 난 집으로 걸어가는 이 시간이 되면 매번 똑같은 생각과 답답한 기억에 잠긴다.

파란 지붕에 낡은 대문, 아직도 생생하게 기억난다. 작은 동네에서도 한참을 들어가야만 했던 그 낡은 집. 동네엔 친구도 없었고, 매번 늦은 밤이 되어서야 일을 마치고 귀가하셨던 어머니가 유일한 나의 가족이자 친구였다.

나는 활기차고 정신이 사나운 아이가 아니었다. 그래서 주변에서 나를 또래에 걸맞지 않은 아이, 잡생각이 많은 아이라고 말했다. 나를 다른 아이들과 비슷하게 바라보지 않는다는 시선을 그대로 느끼며 살아와야 했다. 내가 봐도 나는 말이 없었다. 그러나 혼자만의 시간이 외롭지 않았다. 하지만 학교에서 그런 나를 바라보던 선생님은 항상 답답함과 안쓰러움에 가득한 눈이었다. 친구도 없이 혼자서 조용히 반에 있는 듯, 없는 듯 시간을 보내고 집으로 돌아가던 것이 나의 초등학교시절의 하루였다.

어느 날 밤, 어머니는 평소와 다르게 일찍 집에 돌아왔다. 집에 들어오자마자 잠자리에 누워 있던 나를 이리저리 흔들어 깨우며 자리에 앉히고는 학교에 대해 꼬치꼬치 캐묻기 시작했다. 학교 선생님이 어머니한테 전화 한 게 분명했다. 혼자인 게 어때서, 말수가 적은 게 또 어때서, 매번 나를 안쓰럽게 쳐다보는 어른들의 눈빛으로부터 달아나고 싶었다. 내 성격이 왜 다들 문제라고 말하는 것인지 묻고 싶었다. 난 어머니가 하는 질문에 그저 고개만 끄덕였다. 별일 아니다라는 듯 그런 일 없었다는 듯 가벼운 미소도 지어보았다. 어머니는 내 무표정을 보고는 더 이상 추궁하지 않았다. 안심이라도 했던 걸까 아님 애써 믿고 넘기려고 했던 걸까, 얼른 자라는 말만 남긴 뒤에 자리에서 일어났다. 그리고 그날 이후부터 어머니가 나에게 학교에 대해 묻지 않았다. 사실 전혀 묻지 않은 건 아니었다.

"학교는 어땠니?"
"점심은 뭐 먹었니?"
흔히 하던 말은 이런 사소한 질문 그뿐이었다. 나는 오히려 더 편했다.

시간은 빠르게 흘렀다. 6학년에 올라가기 두 달이 남은 시점. 어느 정도의 설렘은 있었으나 별로 달라지는 건 없을 거라고 확신했다. 매일 같은 일상과 시간을 보내는 건 나에게도 은근한 지루함이 가득했다. 약간의 변화와 새로운 이벤트가 있으면 좋겠다고 생각했다. 하지만 내 바람이 하늘에게 잘못 전달됐던 걸까. 갑작스럽게 이사와 동시에 전학을 가게 되었다. 그것도 책으로만 봤던 서울로 가게 되었다. 어머니는 나에게 미안함을 전했다. 그러나 새로운 변화를 추구하던 나에게는 흥미로운 상상들을 펼치기 위한 좋은 소재였다. 어차피 똑같은 초등학교에 똑같은 아이들이 앉아 있을 텐데 학교에 대한 기대는 그리 크지 않았지만 단순히 새로운 변화 그것만이 기대로 찼다.

이삿날 당일. 반쯤 뜬 눈으로 거실 너머로 보이는 창문 건너에서 아침부터 분주하게 큰 박스를 옮기고 있는 어머니가 보였다. 그리고 그 옆엔 처음 본 낯선 중년의 아저씨가 짐을 끙끙대며 옮기고 있었다. 방안에서 내 인기척을 느낀 어머니는 얼른 준비하라는 말과 함께 나를 재촉했다. 텅 빈 집을 뒤로한 채 낡은 대문을 닫으며 이 집의 마지막을 보았다.

출발하기 직전. 어머니와 짐을 옮기던 남자가 차에서 작은 카메라를 가지고 왔다. 그리고 어머니를 밀다시피 하며 대문 앞에 세웠다. 별로 기억에 안 남아도 아니 기억에 남을 것도 없는 집을 왜 추억으로 남길까 싶었지만 어머니가 나를 당기는 바람에 어쩔 수 없이 어머니와 파란 지붕과 낡은 대문의 그 집에서의 마지막을 사진으로 남겼다.

난 운전석 뒤에 앉았다. 동네에서 큰 길로 나가는 길, 학교 가던 길을 처음으로 차를 타고 나갔었다. 뭔가 이상하고 허무한 기분이었지만 정확하게 무슨 감정이었는지는 모르겠다. 난 한참 동안 밖을 구경하다 잠에 들었고, 깨어보니 어느 주택가 앞에 차가 멈춰 있었다. 창문을 보니 잠결에 아직 출발을 안 했나 착각할 정도로 예전에 살던 동네와 다를 게 없었다. 다만 이층집인 동시에 옥탑방이 있다는 게 큰 차이였다. 차에서 내려 한 바퀴 돌아 주변을 살펴보니 정말 익숙한 분위기였다. 다닥다닥 붙어 있는 주택들과 별로 높지 않은 건물들 그리고 작은 슈퍼마켓 앞에 앉아 수다를 떨고 있는 할머니들. 잠깐 밖을 구경하는 사이에 짐은 집 안으로 다 옮겨졌다. 이층집은 그저 평범했다. 그래도 명색이 이층집인데 넓겠지 하는 기대를 안고 집 안으로 들어갔다. 하지만 텅 비어 있는 집이 아니었다. 일반적인 가정집에다가 물건도 가지런히 정리되어 있고 이미 누군가가 오랫동안 살던 집이었다. 심지어 어머니와 내 짐은 보이지 않았다. 어머니는 거실에 앉아 있었고 그 옆에는 차를 태워준 아저씨와 누가 보아도 그의 아내로 보이는 사람이 어머니와 얘기를 나누고 있었다. 어머니는 나를 부르며 어머니 옆자리에 앉게 했다. 두 분은 나를 반가운 목소리로 맞이했지만 왠지 또 안쓰럽게 여기는 느낌이 들었다. 하지만 이전과는 다른 이유의 안쓰러움으로 나를 대하는 것 같았다.

이사 오기 전. 어머니와 단 둘이 살던 그 집에는 손님이 단 한 번도 오지 않았다. 늦은 시간까지 일을 한 날이 많아서 늦은 밤에도 내가 혼자서 집을 지키는 날이 많았다. 그럴 때마다 어머니는 낯선 사람이 집에 찾아오면 절대 열어주지 말라며 내게 당부했던 기억이 있다. 그러나 내 우리 집 초인종 소리를 들어본 기억이 손에 꼽힌다. 어머니를 찾아왔던 사람이 단 한 명도 없었기 때문에 난 어머니를 아는 어른을 만난 건 처음이었다.

어머니는 나를 바라보며 앞에 앉은 두 분에 대해 얘기했다. 어릴 적 어머니가 살던 동네에서 같이 자란 친한 언니였다고 말했다. 착하고 성실한 어머니를 아끼고 좋아했던 아줌마는 어머니를 막내 동생처럼 챙겼다고 했다. 하지만 각자 독립을 하게 되면서 오랜 시간 동안 연락을 하고 지내지 못했다고 했다. 그렇게 긴 세월이 지나 앳되기만 했던 언니는 어느새 결혼도 하고 벌써 첫째아들을 대학에 보낸 어느 한 가정의 엄마가 되어 있었다. 긴 시간 동안 연락이 닿지 않았지만 어떻게 이 자리에 다 같이 모이게 된 것인지는 모른다.

집에서 저녁을 다 같이 먹고 어른들의 긴 얘기가 이어지다 보니 벌써 잘 시간이 되어 있었다. 어머니는 시계를 올려다보다가 놀란 나에게 자러 가자는 말과 동시에 나를 데리고 방이 아닌 현관문으로 데리고 나갔다. 문 뒤로 있는 가파른 계단은 옥상으로 올라가는 길이었다. 짧은 다리로 한 칸, 한 칸 어머니의 뒤를 따라 올라가 보니 예전 살던 낡은 집과 비슷한 분위기가 느껴지는 옥탑방이 있었다. 그리고 그 방 안에는 어머니와 내 짐들이 덩그러니 놓여 있었다.

옥탑방 생활의 시작은 그날부터였다. 이사 온 지 얼마 되지도 않아 계단을 반복해서 오르락내리락 해야 한다는 것이 처음에는 그저 귀찮게만 느껴졌다. 시간이 가면 갈수록 예전에 살던 집이 점점 더 그리워지기만 할 뿐이었다.

봄이 지나고 뜨거운 여름이 찾아왔다. 예상했듯이 학교는 어디를 가나 똑같았다. 말이 없으면 그 누구도 다가오지 않는 법. 재미도 없고 대화가 안 되는 나를 굳이 찾아올 이유가 없었다. 이런 상황에 익숙했던 나는 학교에 적응하기도 수월했다. 있는 듯 없는 듯 살아가는 것. 이것이 내가 편하다고 생각하던 삶이었다.

시간은 금방 흘렀고 어느새 방학이 찾아왔다. 신난 아이들 사이에서 나는 설렘을 느끼지 못했다. 아침마다 계단을 내려와야 하는 수고를 널 할 수 있다는 것 말곤 정말 방학에 대한 설렘이 느껴지지 않았다. 학교와 집을 오가면서 매번 급하게 출근하는 옆집 아저씨, 매일 똑같은 시간에 나와 길거리를 쓸고 계시던 앞집 할아버지와 그 뒤로 동네 정자에 앉아 매일 아침부터 바쁘게 수다를 떨고 계시던 할머니들을 보며 학교로 걸어가는 재미가 있었다. 그러나 방학이 시작되면 저 하찮은 계단도 내려갈 필요도 없어졌고 아침마다 사람들을 구경하는 재미도 사라지게 됐다. 난 초등학교를 다니던 내내 방학이 항상 두려웠다. 하루 종일 집에서 혼자가 되는 게 무서웠다. 혼자가 편하다는 말과 다르게 모순적인 것은 잘 안다. 그러나 그 얘기는 학교에서나 할 수 있는 얘기다.

또 어머니는 종일 집에만 있을 나 때문에 새벽부터 일어나 내 삼시세끼를 다 차려두고 일을 하러 가야만 했다. 어머니에게 짐이 되어버리는 것 같은 기분이 들었다. 그래서 방학이 싫었다. 나에게 그런 방학이 당장 내일부터 시작을 앞두고 있었다. 학교에서 걸어와 집 앞 대문을 천천히 열었다. 근심과 온갖 잡다한 걱정거리가 가득한 채로 대문을 열고 오른쪽에 좁고 긴 계단 앞에 서니 한숨이 절로 나왔다. 한발 딛으려고 하는 찰나에 갑자기 어머니의 목소리가 들려왔다. 뒤를 돌아보니 아무도 없었다. 잘못 들었나 보다 하고 다시 계단을 올라가려고 했다. 그러자 아랫집 문이 활짝 열리면서 그곳에는 어머니가 있었다. 놀라서 멈칫 할 틈도 없이 난 어머니를 와락 껴안았다. 오랜만이었다. 학교에서 돌아온 집에 어머니가 있다는 것이 꿈만 같았다. 어머니는 나를 안은 채로 집 안으로 데리고 들어갔다. 그곳에는 아랫집 아줌마도 함께 계셨다. 그때를 자세히 기억해 보면, 어쩌면 어머니는 아침부터 일을 나가지 않았던 것 같다. 내가 오기 전 까지 계속 아랫집에 있었던 것 같다. 그런데 이상한 게 내가 들어오자 계속해서 정적만 흐르고 있었다. 포크와 과일접시가 부딪치는 소리만 집 안을 가득 채웠다. 아줌마는 어머니에게 무언의 눈치를 주었고, 어머니는 결심했다는 듯 나를 향해 몸을 돌려 나와 마주 앉았다. 그 뒤로 올 말들이 어린 나에겐 꽤나 충격적이었는지 아직도 어머니가 했던 말들이 아직도 생생히 기억난다.

"좋은 기회가 생겨서 멀리 일하러 가게 됐어….”
어머니는 망설였던 말을 꺼냈다. 분명 좋은 기회라고 말한 어머니의 표정은 굳어 있었다. 화들짝 놀란 나는 고개를 들며 물었다.
"어디로 가는데요?”
어머니는 기어들어가는 목소리로 고개를 숙이며 답했다.
"꽤 멀어.”
최대한 무덤덤하게 다시 물었다.
"얼마나 있다가 오는 건데요?”
"오래 안 걸릴 거야, 방학 끝날 때쯤이면 이미 와 있을 거야.”
그 말은 왠지 나를 안심시키려고 했던 말 같았다. 말을 꺼내기 전부터 내 손을 잡고 있던 어머니의 양 두 손에 시간이 갈수록 땀이 고여 갔지만 내 손을 놓지 않았다. 어머니는 당장 이틀 뒤에 떠난다고 했다. 얼마 남지 않은 시간에 당황했지만 나는 아쉬운 마음을 숨기려고 애썼다. 걱정 끼치게 해드리고 싶지 않았다. 머릿속에는 온통 그 생각뿐이었다.

나는 어른들이 얘기하는 사이에 어머니에게 기대어 잠에 들었다. 눈을 떠보니 아랫집 아주머니네 거실이었다. 어머니의 품속에서 눈을 뜬 아침은 그 무엇보다 따뜻했다. 영원했으면 하는 이 순간이 처음이자 마지막일 것 같다는 생각에 어머니를 더 세게 껴안았다. 날이 밝았는데도 나도 여전히 어젯밤에 하던 똑같은 걱정이 머릿속을 꽉 채우고 있었다. 덤덤하게, 걱정 끼쳐 드리지 않도록. 여유로운 주말아침부터 늦잠도 자고 아랫집에서 아침을 먹었다. 어머니는 짐을 덜 챙겼다는 이유로 밥도 덜 먹고, 옥상으로 급하게 먼저 올라갔다. 아줌마, 아저씨와는 아직 어색해서 나도 얼른 먹고 올라갈 생각이었다. 성격에 어울리지도 않게 허겁지겁 밥을 먹고 자리에서 일어나려고 하자 아줌마가 나를 부르며 다시 자리에 앉혔다.

아줌마는 평소에 나에게 자주 말을 걸어주셨다. 학교에서 돌아온 나를 보러 옥상까지 올라와 과일도 깎아주시고 이것저것 먹을 거와 아줌마의 자녀들이 가지고 놀던 오래된 장난감도 꺼내주셨다. 가만히 혼자 옥상에 앉아 놀고 있는 내가 안쓰러워 보이셨나 보다. 어딜 가나 똑같은 시선으로 다들 나를 봐라봤지만 아줌마는 그런 나에게 하나라도 더 챙겨주려고 하는 게 느껴졌다. 내가 말수가 적다는 걸 잘 아셔서 아줌마는 혼잣말을 자주 했었다. 그러다가 나도 모르게 피식 웃으면 아줌마도 덩달아 나를 보고 웃어주셨다. 늦은 저녁 시간까지의 어머니의 빈자리를 채워주셨다. 내가 느낀 아줌마는 부드러운 사람이었지만 그날 아침에 나를 부르며 말했던 말들은 사뭇 다른 느낌이었다.

"엄마 돌아오기 전까지 밥도 잘 챙겨 먹고 또 잘 지내고 있겠다고 약속해야지만 너희 엄마가 안심하고 갈 수 있어."

아줌마는 진지한 표정으로 내 두 눈을 보며 말했다. 아줌마의 숨겨진 의미가 담긴 말이었을까 아니면 단순하게 저 말이 끝이었을까. 평소와 다르게 말하셨지만 그것은 누구보다 내가 잘 알고 있는 사실이었다. 단순한 약속이 아닌 정말 저렇게 해야만 어머니가 나를 걱정하지 않고 금방 돌아올 것이라고 확신했다.

"네, 그렇게 할게요."

나는 잘 알고 있다는 듯 이 한마디로 내 확신을 가슴 깊숙한 곳에 새겼다. 집에서 나와 옥상으로 올라가 보니 어머니의 짐이 들어 있는 큰 가방 두 개가 계단 앞에 놓여 있었다. 방 안에는 어머니의 짐이 거의 남아 있지 않았다.

"짐도 다 챙겼는데 오랜만에 놀러갈까?"

신발장 쪽에 덩그러니 서 있는 나를 보며 어머니가 물었다. 그 말에 해야 할 대답은 고민이 필요 없는 말이었다. 나는 어머니와 함께 집 주변의 공원으로 산책했다.

집으로부터 얼마 가지 않아 위치한 작은 공원은 아무도 모르는 비밀의 정원같이 주택이 빼곡한 동네와는 다른 공간에 온 듯한 기분을 들게 했다. 사람의 손이 타지 않은 곳. 어머니와 나만의 비밀장소로 기억해두기 좋은 곳이었다. 어머니는 말없이 나를 그네에 앉히고 내 등을 힘껏 밀기 시작했다. 바람을 타고 내려가면 등으로 느껴지던 어머니의 손결은 부드러웠다. 지루해질 정도가 되었을 때까지도 어머니는 내 등을 힘껏 밀었다. 그네 옆 나무에 다일 듯 말듯 할 정도로 힘껏 밀었다. 지금까지 그네도 한번 밀어주지 못해서 미안함에 그랬을까 아니면 앞으로 이럴 기회가 없을까 봐 그랬을까. 내일 당장 떠나는 어머니의 사소한 행동 하나하나에 숨겨진 의미를 찾으려고 했다. 그렇게 한참을 생각하고 다시 하늘로 향했다가 또 다시 생각에 잠긴 채로 바람을 타고 내려왔다. 이후 공원에서 나와 어머니는 내 손을 잡고 말없이 천천히 걸었다. 그러다 어머니는 나에게 잘 지내고 있어야 한다는 밀과 아랫집 어른들 말을 잘 듣고 있으리는 잔소리를 하며 반복되는 말만 이어나갔다. 방금 전 했던 말을 또 다시 하고 몇 발자국 가지 않아서 같은 말을 반복했다.

아랫집에 들어가자마자 풍기는 고기 냄새. 현관문부터 군침이 돌았다. 어머니와 마지막 저녁인 것도 까먹은 채로 고기에 현혹되어 얼른 식탁 앞에 앉았다. 배가 고팠는지 나도 모르게 허겁지겁 먹다 보니 배가 금방 불렀다. 어머니는 나에게 먼저 위에 올라가서 쉬고 있으라고 했다. 난 옥탑방으로 향했다. 계단을 다 올랐을 때쯤, 난 뭔가 이상한 기분이 들어 발을 내려 보았다. 내 신발 한 짝은 온데간데없어지고 아저씨 슬리퍼를 신고 있었다. 얼른 갖다놓아야겠다는 생각에 다시 계단을 내려가 현관문을 슬쩍 열었다. 내가 문을 열자 어른들은 잠시 대화를 멈췄다. 어른들은 나를 부르며 왜 다시 내려 왔냐고 물었다. 신발을 탓하며 대충 둘러댔다. 분위기나 어른들의 당황한 목소리. 전부 이상했다. 그렇지만 단지 그뿐이었다. 생각하는 그 정도. 내가 뭘 할 수 있었던 건 없었다.

얼마 지나지 않아 어머니도 옥탑방으로 올라왔다. 잠자리에 누워 보니 어머니와 함께 보내는 방학에서의 마지막 밤이었다. 나 때문에 방학이 되면 평소보다 더 분주하게 움직이던 어머니에게 죄송한 마음이 컸다. 어머니를 종일 기다리고 가끔 집에 일찍 들어오는 날이면 같이 얘기하며 놀고 그랬던 시간들을 소중하게 생각했다. 그러나 이번 방학에는 그런 일은 절대 일어나지 않을 것 같다는 생각이 들었다. 눈물이 나올 것 같았지만 참았다. 어머니에게 짐이 되기 싫다는 생각 하나만을 가진 채로 내 의지를 다시 두껍고 짙게 다졌다.

다음날, 오지 않았으면 하는 작별의 아침이 찾아왔다. 어머니는 일찍 일어나서 나갈 준비를 하고 있었다. 잠에서 깬 나는 곧장 어머니에게 달려가 안겼다. 이러지 않기로 했었는데 나도 그저 어린 아이였나 보다. 어머니를 안자 참고 있었던 눈물이 왈칵 쏟아져 내렸다. 내다짐은 얇고 힘없는 종이와 같았다. 어머니는 나를 한참 동안 안고 있었다. 아랫집 아저씨가 내려오라는 외침이 들리기 전까지. 어머니의 눈시울이 붉어진 것을 보고 난 더 눈물이 났다. 평소 같았으면 짜증나기만 했던 계단이 오늘따라 너무나 짧게 느껴졌다.

정말 어머니와 헤어질 시간. 어머니는 금방 오겠다고 말하면서 나를 안심시키려고 했지만 내 눈물은 그칠 생각이 없었다. 울고 계속 울었다. 어머니가 차에 타고 출발하기 전까지도 아니 그 이후에도 계속 울었다. 이젠 내 눈물을 닦아주는 사람은 어머니가 아닌 아랫집 아줌마였다. 이른 아침이라 아줌마는 나를 아랫집에서 더 재우려고 하셨지만 잠이 오지 않았다. 아줌마는 누워 있는 내 옆에 앉아 이렇게 말했다.

"아줌마가 생각하기엔 세상에서 가장 빠른 건 시간이야. 그리고 헤어지는 건 곧 다시 만난다는 거고…. 저번에 했던 말 기억나지? 그렇게 잘 지내고 있으면 엄마도 금방 올 거야."

아줌마는 거짓말을 할 사람은 아니었다. 난 아줌마의 말 그대로를 믿었다.

"시간은 빠르고, 헤어짐은 곧 만남이다."

계속해서 되 뇌이며 중얼거렸다. 어머니가 얼른 돌아오길 바랐다. 혹여나 어머니가 더 보고 싶을까 봐 옥탑방에 올라가지 않으려고 했다. 하지만 그럴 수가 없었다. 내가 있어야 할 곳은 여전히 옥딥빙이었다. 어머니와의 추억이 고스란히 담겨 있는 그곳이 나의 집이었다. 그래서 나는 천천히 옥탑방으로 걸어 올라갔다.

방에 들어가자 내 베개 머리맡에 작은 편지봉투가 있었다. 어머니의 편지였다. 눈물이 또 날 것 같았지만 복잡한 심정으로 봉투 안에 담긴 글을 읽어갔다.

[-우리아들에게,

아직 울고 있을지 엄마는 걱정이네.
어린나이에 벌써부터 혼자 나두게 해서 엄마가 미안해
　·
　·
　·
아줌마랑 아저씨 말 잘 듣고, 밥도 잘 먹고 있어.
너무 오래 기다리지 않게 할게.
많이 보고 싶을 거야. 사랑해.

엄마가-]

눈물이 날 줄 알았지만 난 다시 한번 다짐을 했다. 시간은 빠르니 어머니도 금방 오실 거라고 확신하며 잘 지내고 있을 거라고 다짐했다.

'어머니가 이제 곧 오실 거니까 좋은 모습으로 반겨드려야지'

하루하루가 지날 때마다 난 기대했다.

'오늘은 뭔가 어머니가 오실 거 같은데 어떻게 반겨드리지?'

설렘이 가득한 생각도 자주 했다.

'어머니는 몇 시쯤 오실까?'

그리고 그 다음 날이 되면 이런 기대감을 안고 종일 어머니 생각을 했다. 하지만 이런 행복하고 설레는 생각이 오래갈수록 무섭고 두려운 걱정도 함께 몰려왔다. 내 기대가 깨지고 나면 아줌마나 아저씨에게 물었다.

"엄마 언제 오는지 알아요? 방학 다 끝나 가는데….."

매번 대답을 똑같았다.

"곧 오실 거야. 참고 기다려보자."

반복되는 기대와 절망 그리고 다시 심어보는 기대. 똑같은 행동은 사람을 더 지치게 만들었다. 아무리 좋은 생각이어도 한순간에 깨져 버린다면 어떻게 좋은 생각이었다고 말할 수 있을까. 기대와 절망 그 어딘지 모를 공간에 갇혀 어머니를 그리워했다. 방학은 점점 끝나가고 개학이 이틀 남은 날이었다. 방학이 끝나기 전에 돌아온다고 말한 어머니와의 약속에 점점 금이 가기 시작했다. 난 그리움과 미움의 감정이 혼합되어 더 이상 행복한 기대감이 들지 않았다.

"오늘은 오실 거야, 이제는 오셔야 해. 왜 안 오시지."

불신의 물음표만 가득했다. 아무것도 할 수도, 알 수 없는 난 억울했다.

개학날이 되었고, 난 학교로 향했다. 우울하고 모든 게 싫고 원망
스러웠다. 어머니가 제일 그랬다. 멀리서라도 소식을 전해 줄 수는
없었을까. 단지 나를 떠나가기만 한 걸까. 머리가 더 복잡해졌다. 그
래도 어머니를 이해하려고 했다. 일이 늦게 끝난 날이면 귀가도 항상
늦어졌던 것처럼 집에도 조금 늦게 돌아오시는 것일 거라고 이해하려
했다. 언제까지가 될지 모르는 어머니를 향한 그리움은 그렇게 지금
까지 계속 됐다.

무려 7년이나 되는 시간이 흘렀다. 그 긴 시간 동안 난 아줌마와
아저씨의 보살핌 덕분에 중학교와 고등학교를 마쳤다. 뭐 하나라도
잘하는 게 없었다. 좋아하는 것도 물론 없었다. 학교생활 내내 즐거
운 날이 없었다. 클수록 어머니라는 존재는 원망과 슬픔에 가득한 그
리움의 존재가 되어버렸다. 이제는 당연히 오지 않을 거라 확신했
다.

그러다 문득 어릴 적 아줌마가 해주셨던 말이 생각났다.

"가장 빠른 건 시간이다, 헤어짐은 곧 만남이다."

아줌마는 거짓말을 할 줄 아는 사람이었나 보다. 헤어짐은 단순한
헤어짐이다. 다음을 기약하는 대화는 그저 잠깐 오고 가는 것뿐. 헤
어짐은 영원한 헤어짐이다. 만약 다시 만났을 땐 재회가 아닌 새로운
만남으로 시작하는 것이다.

새벽버스도 운행하지 않을 시간이기도 하고 동네에서 조금만 걸어
가면 집이 있었기 때문에 난 천천히 걸어가며 어머니와의 기억이 끊
기기 전을 회상했다. 아무리 미워도 그리워하고 있음에 새벽이 되면
어머니를 더 많이 떠올렸다. 긴 이야기가 끝날 때쯤이면 찬 공기와
스산한 분위기가 지나가고 집에 도착해 있다. 조용한 동네. 이젠 이
곳도 지겨움의 대상이다. 반복되는 하루와 이곳에 있을수록 떠오르
는 기억들은 날 더 지치게 했다. 오늘따라 피곤함이 몰려왔다. 난 집
에 가자마자 기절하다시피 잠에 들었다. 누군가 깨우지 않았다면 정
말 며칠간 일어나지 않았을 수도 있었다. 그러다 방안에 누군가의 인
기척에 잠에서 깼다. 아줌마였다. 점심 때문에 올라왔다고 했다. 잠
이 너무 고팠던 나는 배가 고프지 않다고 말했다. 점심은 나중에 먹
겠다고 말했다. 원래 같았으면 아줌마는 알겠다고 하시고 내려갔을
텐데 방안에서 나가지 않으셨다. 마치 무언가의 할 말이 있는 사람처
럼 계속 쭈뼛쭈뼛거리시고 입술을 만지셨다. 난 몸을 일으켜 자리에
앉았다. 아줌마는 조심스레 내 앞에 앉아 작은 봉투를 내밀었다. 아
무 말 없이 아줌마의 눈을 쳐다보았지만 아줌마는 내 눈을 보지 않았
다. 봉투를 뜯어보기 전까지 편지가 담겨 있을 줄은 상상도 하지 못
했다. 그러나 더 놀라운 것은 7년 전 어머니가 아줌마에게 준 편지였
다. 난 이 상황을 이해하지 못했다. 아줌마에게 준 편지인데 지금 내
가 읽어서 뭐가 달라질까. 그러나 아줌마는 아무 말 없이 일어나 아
랫집으로 내려가셨다. 난 읽어야 하나 말아야 하나 계속 고민했다.
날 떠나고 돌아오지 않은 어머니의 흔적을 다시 꺼내신 아줌마가 궁
금했다. 왜 나에게 7년 전 편지를 준 것인지 의심에 가득 찬 마음으
로 편지봉투를 열어보았다. 글씨체며 말투며 어머니가 맞았다. 어
머니는 아줌마에게 나에 대한 수십 개 아니 수 백 개가 될 정도로 여

러 종이에 작은 글씨로 빼곡하게 써 두었다. 하나하나 다 읽지는 못
했지만 한 줄 한 줄에 어머니의 사랑이 묻어 있었다. 종이를 내려놓
으며 난 더욱 확신했다. 내 이야기를 아줌마에게 이렇게 상세하게 한
건 처음부터 나에게서 떠나려고 한 게 맞구나. 또다시 몰려온 원망스
러운 마음에 종이를 책상 위에 덩그러니 올려두고 방문을 열고 밖으
로 나갔다. 엉켜 있던 내 마음이 다시 한번 부언가로 인해 소여지고
있는 기분이었다. 답답했다. 옥탑방문을 닫는 소리를 들은 아저씨가
같이 점심 먹자고 계단 아래에서 나를 불렀다. 난 할 수 없이 점심을
먹으러 내려갔다. 또 다시 머리가 복잡해지고 생각도 많아졌다. 어
머니는 정말 나에게서 일부러 떠난 것이 분명하다고 확신했다. 온갖
생각과 원망에 갇혀 아무 말 없이 점심을 먹었다. 그 순간 적막을 깨
며 아줌마가 물었다.

"편지 읽었니?"

"그냥 제 얘기잖아요."

아줌마는 다시 물었다.

"그거 말고, 엄마가 너한테 준 편지 말이야."

7년 전에 읽은 편지를 왜 지금 묻는 건지 싶었다. 오늘따라 이상한
말을 계속해서 하시는 아줌마와 자꾸 내 눈치를 보시는 아저씨를 이
해할 수 없었다. 난 답답한 마음에 처음으로 두 분께 목소리를 올리
며 말했다.

"이해가 안가요. 아줌마는 7년 전에 받은 그 편지를 왜 저한테 보
여주세요? 어머니가 진짜로 저를 버렸다고 말씀하고 싶은 거예요?"

답답한 마음에 손에 힘까지 주며 말했다. 그러자 아저씨가 수저를
내려놓으며 말했다.

"밥 다 먹고 다시 올라가서 자세히 봐봐, 우리가 보여주려고 한 걸

아직 못 본 거 같구나."

그 말에 난 더 이 상황이 어려워졌다. 이 답답한 순간을 한시라도 빨리 해결하고 싶은 마음에 밥을 먹던 도중 나는 다시 옥탑방으로 뛰어 올라갔다. 방에 들어가자마자 종이를 다시 읽기 시작했다. 한 장, 두 장, 세 장을 넘기다가 작은 편지봉투 하나가 내 발 밑으로 떨어졌다. 내가 읽지 못했던 편지였다. 봉투 상단에는 자그마한 글씨로 이렇게 적혀 있었다.

"어른이 된 우리 아들에게."

놀란 마음에 난 편지를 얼른 열어봤다.

[-의젓하게 자랐을 우리 아들에게

지금쯤이면 아저씨 아줌마 덕분에 의젓한 어른이 되어 있겠네. 엄마 품속에 꼭 들어오던 어린 아이가 이제는 엄마가 너의 품속에 들어갈 그런 나이가 되어 있겠다. 교복 한 벌 사주지도 못하고 학교생활은 어떻게 보냈을지 궁금하다. 그런데 엄마는 너에게 그동안 잘 지냈냐고 묻지 못하겠어. 그저 상처만 남겨주고 떠난 거 같아서. 잘 다치지도 않아 엄마가 걱정시킬 일도 만들어주지 않았던 어린 아이에게 평생의 상처를 남겨버린 거 같아서 마음이 아프다. 다시 꼭 우리 아들한테 돌아가고 싶었어. 수천 번이고 아니 그 보다도 더 많은 시간 동안 너를 보고 싶어 했단다. 그런데 있잖아 엄마는 다시 돌아갈 자신이 없어. 못난 엄마였기에 그저 힘없는 엄마였기에 지금 이렇게 벌 받고 있나 보다. 또 언제 숨이 턱 막

혀올지 모르는 불안한 상태인 지금 이 순간에도 엄마는 이 아픔이 아프지가 않아. 우리 아들에게 준 상처에 비하면 너무나도 작은 고통일 거야. 엄마한테 아픈 병이 생겼다는 말은 절대 하고 싶지 않았어. 무능한 엄마는 더 이상 약한 모습을 보이고 싶지 않았어. 병실에 누워 있는 지금도 엄마는 우리 아들이 너무나도 보고 싶다. 밥은 잘 먹고 있는지 춥게 다니지는 않는지. 이제는 우리 아들을 멀리서 아주 멀리서만 지켜봐야 되네. 그런데 그렇게라도 정말 잠시라도 너를 볼 수만 있으면 엄마는 그거면 됐다. 우리 아들은 약하고 못난 엄마를 원망하고 미워하겠지? 당연하다고 생각해. 그 또한 엄마가 짊어지고 떠나야 할 벌이라고 생각해. 그래도 정말 가끔은 엄마가 생각나면 잠깐 동안 하늘에 보고 엄마를 불러줘. 엄마가 활짝 웃으면서 지켜볼게. 엄마가 많이 사랑하는 거 잊지 말아줘. 보고 싶다 우리 아들.

못난 엄마가-]

편지를 읽자마자 눈물이 흘러내렸다. 미운 마음은 눈물과 함께 닦아지며 읽지 못했던 편지와 이제야 알게 된 그동안의 어머니의 소식을 편지를 통하여 보았다. 한 손에 편지를 든 채로 다시 계단을 내려왔다. 천천히 아주 천천히. 다리에 힘이 풀렸다. 넋이 나간 상태로 아랫집 문을 열고 들어갔다. 식탁에 앉아계시던 아저씨와 아줌마가 나에게 걸어왔다. 그리고 나를 말없이 껴안았다. 밥이 다 식어가는 줄도 모르고 난 두 분의 어깨에 기대어 울고 울었다. 7년 전 어머니와 헤어지던 그날의 어린아이가 된 것마냥 울었다.

편지를 읽고 난 며칠 간 아무것도 할 수 없었다. 밥을 먹어야지 라는 생각이 들지 않아 생수만으로 이틀을 뜬 눈으로 보낸 것 같다. 문을 절대 열지 않았다. 창문조차 열 생각이 들지 않았다. 아저씨와 아줌마는 매일매일 계단을 오르락내리락거리며 날 챙겼다.

"지금만 잘 이겨내줘. 아줌마 부탁이야."

자고 있는 줄 알고 내 옆에 앉아서 아줌마가 손을 꼭 잡으며 했던 말이다. 아줌마의 손결을 거칠었다. 어릴 적 느꼈던 어머니와 다르게. 그러나 따뜻했다. 어머니처럼.

아침이 밝았고 어젯밤 아줌마의 말이 계속 생각났다. 나는 어머니의 길고 짙게 남겨진 정성과 사랑을 다시 곱씹으며 생각해 보았다. 오랜 시간 동안 나의 답장을 기다렸을 어머니를 위해 나는 옥탑방에 홀로 앉아 짧은 편지를 써 내려 가기 시작했다.

[어머니께.

7년이란 시간이 흘렀습니다. 어머니는 그동안 어떻게 지내셨나요. 저를 그리워하기만 하셨나요. 저는 그 7년이란 시간 동안 어머니를 계속 미워하기만 했습니다. 원망이라는 감정으로 어리석은 마음에 어머니를 자꾸만 잊으려고 했습니다. 저를 용서해 주세요. 무조건적인 사랑으로 키워주셨던 어머니는 저의 어릴 적 기억에 따뜻한 사람이었습니다. 어머니와 다시 만나서 하고 싶은 말이 너무 많습니다. 제가 자라오며 어머니에게 들려드리지 못한 이 이야기들을 얘기할 생각에 벌써부터 기대가 돼요. 찾아뵙는데 오래 걸리지 않을 겁니다. 조만간 7년 만의 어머니와의 새로운 만남을 기약해 볼게요.

아줌마와 아저씨, 어머니가 선물해 주신 좋은 두 분과 어머니에게 함께 가겠습니다. 어머니의 아들이 된 것을 후회하지 않습니다. 만약 다음 생이 있다면, 다시 어머니의 아들이 되고 싶습니다. 어머니와 헤어져 있는 동안 가졌던 이 어리석은 감정을 지울 수 있는 날이 오면 좋겠습니다. 사랑했었고 지금도, 앞으로도, 영원토록 사랑할 어머니. 그곳은 편안하신가요. 만약 그러시다면 다행입니다. 어머니의 평안을 기원하며 이 글을 마칩니다. 사랑합니다, 어머니. 어머니가 많이 보고 싶습니다.

-어머니의 영원한 아들 올림-]

나는 그렇게 어머니가 좋아하시던 꽃다발과 함께 7년 만에 어머니를 찾았다. 작은 유리관 속 어머니를 마주했다. 그리고 그 안엔 어머니와 함께 옛날에 살던 파란 지붕에 낡은 대문의 집 앞에서 찍은 단출한 사진 한 장이 놓여 있었다. 꽤 오랜 시간 동안 어머니와 나는 대화를 나누었다. 7년간의 아프고 슬펐던 얘기로 가득 찼다.

인간은 해를 거듭해가며 인내와 고찰 그리고 자신에게서 퍼져가는 상처들을 숨기고 다음 날이 오길 기다리며 살아가는 그런 슬픔과 아름다움이 공존하는 존재다. 나 또한 마찬가지다. 세 작품에 존재하는 인물들 뒤에 숨어 어둡고 아픈 과거에 꽃이 피어나길 기다렸다. 힘 없이 홀로 선 한 송이의 꽃일지라도 희망찬 나날들이 피어날 나의 꽃밭과 정원을 만들어낼 하나의 초석이라 믿는다. 이 글을 읽은 당신에게도 그런 찬란한 꽃이 피어나길 바란다.

엇갈린
두 영웅

김승원

이 소설은 역사적 배경을 이해하면 더욱 흥미롭게 즐기실 수 있습니다.
이 글 뒤에 지도가 수록되어 있으니, 필요하실 때 참고하시면 도움이 될 것입니다.

뚝뚝뚝뚝… 빗소리가 자욱했다.

한 선비가 외딴 산에 있는 초려에서 생각에 잠겼다.

내일 두 일행이 그를 찾아오기로 하였기 때문이다. 두 일행은 이전에도 그를 찾아온 적이 있었고, 그들은 각기 다른 제안을 했다.

한쪽은 '조조'라는 사람이 보낸 사신으로, 그를 직접 만나지 못해 편지를 남겼다.

'어차피 조조 님을 제외한 다른 사람들은 이 땅을 통일할 자격이 없소. 결국 조조 님께 세상이 돌아갈 것인데 굳이 다른 사람을 찾아 고생할 이유가 뭐가 있겠소? 나중에 후회하지 말고 조조 님께 오시오.'

편지에서 그의 오만함이 느껴졌다. 그는 생각에 잠겼다.

'조조는 뛰어난 군사적 능력을 갖췄지만, 죄가 없는 사람들을 수천 명 이상 죽였다. 그가 나라를 통일한다면, 진정한 평화가 찾아올 수 있겠는가?'

지금 나라는 매우 혼란스러웠다. 대대로 이어진 부정부패와 반란, 그리고 이에 저항한 농민 봉기까지 겹치며 국가는 멸망의 위기에 처했다. 무능한 지배층의 실책이 이를 더욱 악화시켰다. 이러한 상황에서 조조는 유일한 구원자로 여겨졌다. 그는 적은 수의 군사로도 승리를 거두었으며, 유능한 사람들을 등용해 수많은 인재를 자신의 곁에 모았다. 그러나 조조는 황제를 자신의 뜻대로 조종하려 했고, 나아가 황제의 자리를 노리는 야심마저 드러냈다. 선비들은 그의 행위가 유교적 관념에서 중요한 덕목인 '충'에 어긋난다며 경멸했다. 황제를 폐위하고 자신이 황제가 되겠다는 발상은 '충'에 대한 배반이라 여겼다.

그럼에도 불구하고, 사람들은 조조의 기세가 하늘을 찌를 만큼 강력하다고 입을 모아 말하곤 했다. 최근 그의 친구마저

"똑똑한 새는 훌륭한 나무에 앉고, 똑똑한 사람은 좋은 자리를 찾는 법이라네. 어차피 조조에게 갈 거라면 미리 가는 게 낫지 않겠나?"라고 말했다.

그러나 그의 마음은 쉽게 조조에게로 기울지 않았다.

"부귀영화를 목표로 했다면 조조를 따르는 것이 맞겠지만, 내가 그런 것을 바랐다면 애초에 그에게 갔을 것이네!"

그는 친구에게 단호하게 말했지만, 속으로는 끊임없이 고민이 쌓여가고 있었다. 현실적으로는 조조를 따르는 것이 옳아 보였다. 더군다나, 조조가 자신에게 충성을 다하고 능력을 인정받은 선비들에게 부귀영화를 보장해 준다는 소문이 세간에 자자했으므로 이러한 이야기는 선비의 마음을 다시 흔들리게 만들었다.

다른 한 일행은 '유비'와 그의 의형제라는 두 사람이었다. 유비에 대한 첫인상은 '부처님'이었다. 그의 온화한 성품뿐만 아니라 그의 부처님을 닮은 두툼한 귀는 인상적이었다. 유비는 뛰어난 인품으로 많은 사람들을 감화시켰지만, 그에게도 문제는 있었다. 그는 '의리'와 '대의명분'을 너무 중요시하였다. 의리가 삶을 살면서 중요하다고는

하지만, 유비라는 남자는 너무 의리만 추구해 자신의 안위뿐만 아니라 자신을 따르는 사람들마저 곤경에 처하게 하는 것이었다.

선비는 고민스러운 얼굴로 중얼거렸다.

"비현실적으로 의리를 중시하다가는 자기 목숨조차 구하기 어려울 텐데, 그는 그것을 모르는 걸까? 게다가 유비는 조조보다 세력이 약하면서도 그런 태도를 고수하다니, 정말 의리의 화신인지 아니면 주제 파악 못 하는 바보인지 모르겠구나."

그럼에도 불구하고, 선비는 끝까지 자기 사람들을 버리지 않는 유비의 인간적인 모습에 끌렸다. 무엇보다, 유비는 조조와 달리, 직접 자신을 찾아왔다.

'아직 이름조차 널리 알려지지 않은 나를 직접 찾아오다니… 진정한 군주란 이런 모습이 아닐까?'

그는 이런 생각을 떨칠 수 없었다. 유비의 행동은 그의 마음을 다시금 흔들리게 만들었다.

선비는 갈등했다. 조조와 유비는 전혀 다른 지도자의 면모를 보여주는 사람들이었다. 머릿속이 복잡해진 그는, 잠시 산책하러 나가기로 하였다.

그의 집 앞에는 작은 꽃밭이 있는데, 꽃들이 꽃밭의 중앙을 기준으로 왼쪽은 붉은 꽃, 오른쪽은 하얀 꽃들만 있었다.

선비는 꽃밭을 보며 탄식했다.

"꽃들도 나라가 지금 둘로 사실상 나뉘었다는 것을 아는지, 어찌 저리 칼로 베어낸 듯 절반씩 나뉠 수 있는가?"

이어서 꽃밭 옆에 있는 연못을 둘러보았다. 그 연못에는 관상용 물고기가 여러 마리 있었는데, 연못에도 이상한 일이 일어나고 있었다. 물고기가 두 무리로 나뉘어 서로를 물어뜯고 있었다.

"아니! 물고기들이 무슨 일로 서로 싸우는가? 어쩌면 인간도 저러하구나. 같은 조상을 두고도 서로를 미워하고, 증오하며, 물고 뜯고 있으니 말이다."

그는 한숨을 내쉬며 안타까운 눈빛으로 물고기들을 바라보았다.

'내 결정이 지금은 큰 영향을 미치지 않을 수 있겠지만, 만약 이 결정이 커다란 파장을 불러온다면… 나는 과연 어느 쪽을 섬겨야 하는가?'

그는 답을 찾지 못한 채 무거운 마음으로 집으로 돌아왔다. 그러나 집에 돌아와서도 마음의 소란은 줄지 않았다. 두 남자의 얼굴이 마치 무거운 추처럼 그의 머리를 짓누르는 것 같았다.

선비는 자신의 어린 시절을 되돌아보았다. 그는 부족하지 않은 가문에서 태어났다. 그는 어렸을 때부터 나라의 안정을 위해 헌신했던 선조들을 보면서, 그도 마음속 깊이 충성심이 남아 있었다. 부패한 관리를 탄핵하는 와중 도리어 죄를 뒤집어쓰고 쫓겨난 선조들을 생각하면서, 유비같이 나라를 재건하기 위해, 황제에게 충성하는 모습을 보며 그에게 마음이 기울었다. 또한 그는 조조를 생각하였다. 조조는 나라를 안정하고 부유하게 만드는 방법을 잘 알고 있는 사람이었다. 이런 점을 생각하면 조조에게 마음이 기울었다.

이때 책장에서 오래된 책 한 권이 먼지를 날리며 바닥으로 떨어졌다.

그 책은 사마천의 『사기』 - 「악의, 전단 열전」이었다.

'스승님께서 나에게 선물하신 책 아닌가…'

그는 책을 집어 들고 천천히 읽어가기 시작했다.

책 속의 내용은 이러하다.

'악의'는 중국 조나라의 사람이다. 조나라는 고대 중국 춘추전국시대 후반에 존재했던 고대 왕국이다. 조나라가 왕위 다툼으로 혼란스러웠던 시기에 악의는 이웃 나라인 위나라에 살고 있었다. 위나라 또한 간신배로 인해 나라가 약해져 있었다. 이때, 악의는 자기의 포부를 펼칠 만한 나라를 찾고 있었다. 악의는 그 당시 중국의 일곱 개의 나라(한나라, 위나라, 조나라, 초나라, 제나라, 연나라, 진나라) 중 가장 약한 연나라에 주목하였다.

마침, 연나라 새로운 왕인 소왕이 간신배를 죽이고 왕위를 되찾게 되었다는 소식이 전해졌다. 소왕은 지난 수십 년간 연나라가 위태로웠던 이유가 간신배들과 외세의 침입이라 생각했다. 그중에 제나라의 침략이 가장 심했다. 소왕은 복수를 위한 칼을 갈고 있었다. 소왕은 우선 나라의 힘을 기르기 위해 경제 발전을 목표로 하였다. 하지만 그는 의지만 있었을 뿐, 좋은 생각을 떠올리지는 못하였다. 그는 평민으로 변장한 채, 연나라를 돌아보기로 하였다. 그가 시장을 둘러보던 중, 이웃 나라인 '제나라'와 '조나라'의 사람들이 연나라의 동물 가죽과 목재를 대규모로 구매하는 장면을 보았다. 그는 가죽과 목재를 파는 상인을 찾아가서 그 이유에 관해 물었다.

책을 읽던 선비는 점점 이야기 속으로 빠져들었다. 자신의 상황이 악의의 이야기와 묘하게 닮아 있다는 생각을 하며 계속해서 책을 읽어 나갔다.

상인이 대답했다.

"이웃 나라의 상인들이 우리 연나라의 가죽과 목재를 대규모로 사는 이유는 한 가지입니다. 바로 우리 연나라에서 나는 나무와 야생 동물들이 매우 훌륭하기 때문이지요.”

소왕은 좋은 생각이 났다.

‘국가가 직접 가죽과 목재를 관리하여 비싼 가격에 판매한다면, 연나라는 큰돈을 벌 수 있었을 것이다’

그는 상인들을 모아 놓고 그들에게 말했다.

“지금부터 나라에서 가죽과 목재 판매를 관리해서 많은 수익을 낼 것이니, 이에 협조를 바랍니다.”

상인들은 소왕의 뜻에 따라 연나라가 직접 가죽과 목재 판매를 하도록 도왔다. 그의 생각은 들어맞았다. 처음에는 구매를 거부하던 이웃 나라의 상인들이 나중에는 도로 판매를 부탁하게 되었다. 연나라는 날이 가면 갈수록 부유하게 되었지만, 여전히 고민이 있었다. 그 고민은 군대를 기르고 지휘할 지휘관이 없었다는 점이다. 연나라는 수십 년간 혼란 속에서 많은 장군들이 죽거나 도망갔었다. 그는 훌륭한 인재를 얻을 방법에 대해서 고민하고 있었다.

“나는 아직 연나라를 강하게 만들었다고 할 수 없다. 왜냐하면 바로 군사가 강력하지 않기 때문에, 나라를 지킬 힘도, 더 나아가 아버지의 복수를 할 수도 없기 때문이다.”

이 말을 듣고 한참을 고민하던 곁에 있던 내시가 말했다.

“전하, 한번 전하의 스승님을 한번 만나보시는 게 어떻겠습니까?”

소왕은 그 말에 동의해 그의 스승을 만나기로 마음먹었다. 그는 은퇴한 스승인 ‘곽외’라는 사람을 찾았다.

곽외는 소왕의 물음에 이렇게 답했다.

“저에게 큰 상을 내리시면 됩니다.”

소왕은 그 대답에 실망하여 궁으로 돌아가려 했으나, 곽외의 다음 말은 소왕을 감탄하게 하였다.

"옛날 초나라 왕은 훌륭한 말을 구하기 위해 꾀를 내었습니다. 초왕은 매우 비실비실한 말을 최고의 가격으로 샀습니다. 그러자 전국의 말을 파는 상인들이 말을 이끌고 그에게 찾아왔습니다. 왜일까요? 그 이유는 바로 형편없는 말이 매우 높은 값을 받았으니 훌륭한 자신들의 말은 더 높은 값을 받을 거란 생각 때문이지요. 이런 이유로 은퇴한 저에게 상을 내리시면 천하의 인재들이 대왕께 올 것입니다."

소왕은 곽외에게 큰 상을 내리고 이를 나라 곳곳에 알렸다. 곽외의 말은 정확했다. 이후 모든 나라의 유능한 사람들이 연나라로 몰려갔다.

어떤 노인이 연나라에 갈 준비를 하는 선비를 붙들고 물었다.

"모든 나라들이 훌륭한 사람을 원하는데, 굳이 가장 약한 연나라로 가는 이유는 무엇이오?"

선비가 대답했다.

"곽외 같은 사람도 상을 받았는데 나라고 못 받을 이유는 없습니다."

하지만 악의는 그 소문을 듣고도 연나라로 갈 생각이 들지 않았다. 연나라는 그런 점을 고려하더라도 너무 약했기 때문이다. 그는 우선 '위나라'를 떠나기로 하였다. 그는 집을 떠나고 산을 넘던 도중에, 어떤 노인이 호랑이에게 공격당하는 장면을 보았다. 악의가 가진 것이라고는 맨손밖에 없었지만, 최선을 다해서 호랑이와 싸웠고, 마침내 호랑이는 도망갔다. 그는 노인을 일으켜 세우면서 말했다.

"이제는 안심하세요. 호랑이가 갔습니다."

노인이 물었다.

"청년은 무슨 일로 이런 산을 넘으시는 것이오?"

"저는 일곱 개 나라 중 어느 나라로 갈지 고민하던 중, 일단 떠나보자고 생각해서 집을 나왔습니다."

"아까 보니 무술 실력이 뛰어나더군요"

"과분한 칭찬입니다."

대화가 오고 가던 중에, 노인은 이 악의라는 남자가 마음에 들었다. 그래서 노인은

"저는 사실 연나라 왕의 스승인 '곽외'라고 합니다. 연나라 왕이 훌륭한 인재를 구하길래, 저도 조그마한 도움이라도 주기 위해서 몰래 변장을 해서 이렇게 돌아다니던 와중에, 그대를 만났습니다. 이때까지는 누구를 추천할지 고민이었는데, 그대를 보니까 답을 정하게 된 것 같습니다."

이 말을 들은 악의는 놀라면서 고민이 되었다. 악의가 고민에 빠진 것을 보고 곽외는

"우리 연나라는 왕이 어질며 백성들도 순해서 나라가 안전하며, 또한 아직 훌륭한 인재들이 많이 없어 높은 관직에 올라가기도 쉬울 거라고 장담합니다. 우리 연나라에 올지는 그대의 선택이지만, 저는 연나라를 추천합니다."

곽외는 자신의 말이 너무 비굴하게 들리진 않았을까 걱정스러운 마음에 자리를 뜨려 했다.

그러나 그 순간, 악의가 결심한 듯한 목소리로 외쳤다.

"저도 따라가겠습니다!"

둘은 함께 연나라로 갔다.

연나라에 도착한 악의는 당장 장군이 되고 싶었지만, 그는 자신의 경쟁자들과는 다르게 별다른 경력도, 명성도 없어서 '집극랑'이라는 관직을 받았는데, 뭔가 있어 보이는 이름과 다르게 임금이 머무는 대궐 근처에서 창을 들고 호위하거나 가끔은 왕의 잡다한 심부름을 하는 낮은 직책이었다. 그러나 그에게도 한 가지 기회가 생겼다. 그 당시 소왕은 칼싸움을 구경하는 것이 취미였는데, 그 탓에 죽는 무사들이 많았다. 이때 소왕의 아들 중 막내 왕자는 심성이 착하기로 유명했다. 그는 악의를 불렀다.

　"왕께서 칼싸움을 좋아하셔서 칼싸움을 벌이면 하루에 수십 명의 무사들이 죽거나 다친다. 그러다가 나라에 무사들이 모두 죽을 수도 있을 거 같아서 걱정이다. 그대가 왕을 설득할 수 있겠는가?"

　악의는 대답했다.

　"제가 한번 해보겠습니다. 왕을 설득할 방안이 있습니다"
라고 말하며 소왕을 보러 나갔다.

　왕은 악의를 보고 그에게 칼싸움을 같이 보자고 말했다. 그러나 악의는 이런 작은 싸움을 보지 말고 큰 싸움을 보자고 말했다.

　"큰 싸움은 무엇인가?"라고 소왕은 물었다.

　"이렇게 몇백 명이 싸우는 것이 아니라, 온 대륙이 싸우는 것입니다. 왕께서는 지금 당장의 작은 칼싸움으로 소소한 기쁨을 누리고 계실 뿐입니다. 하지만 왕께서 칼싸움을 멈추시고 무사들을 칼싸움이 아니라 전쟁에 투입하면 선대왕의 복수를 할 수 있는 큰 싸움으로 큰 기쁨을 얻으실 수 있을 것입니다. 선대왕께서는 평화 협상을 하자는 제나리에 속으셔서 제나라로 가셨다가 갇히셔서 돌아가셨습니다. 지금 제나라의 민왕은 제위 초반에는 훌륭한 통치로 온 대륙의 존경을 받았지만, 나이가 든 지금은 정반대입니다. 오만해지고 의미 없는 싸움을 벌여 국내에서 민심이 멀어지고, 다른 나라 사신들을 모욕을 주는 것을 즐겨 외국에서도 그를 도울 사람은 없습니다. 오직 '왕촉' 같은 충신 몇이 남아 그를 말리고 있지만 얼마 전 왕촉이 왕에 의해서 국경으로 발령이 나 지금 중앙에는 연나라가 공격하면 제대로 막을 사람이 없습니다. 지금 무사들로 큰 싸움을 벌일 때지, 작은 싸움을 벌일 때는 아닙니다."

악의가 대답했다.

악의의 말을 듣고 정신을 차린 소왕은 악의에게 큰 상을 내리고 그에게 가장 높은 장군의 직위인 '대장군'이라는 관직을 내렸다.

악의는 10만 대군으로 제나라를 향해 쳐들어갔다. 제나라의 첫 번째 성의 지휘관은 왕촉이었다. 악의는 그에게 말했다.

"그대는 제나라의 충신이지만, 제나라 왕은 그대의 충성심을 제대로 알아보지 못하는 것 같습니다. 만약 항복한다면, 그대를 진심으로 알아보고 중용할 왕이 있을 것입니다. 항복하신다면 훌륭한 대우를 보장하겠습니다."

하지만 왕촉은 단호하게 대답했다.

"제왕이 멍청하지만, 제나라는 멍청하지 않다!"

악의는 성을 공격해 함락시켰다. 절망한 왕촉은 자결했다.

악의의 군대는 계속해서 진격해 두 번째 성, 동아라는 큰 고을에 이르렀다. 이곳은 제나라의 주요 요새로, 책임자는 화무상이라는 뛰어난 장군이었다. 화무상은 20만 대군을 거느리고 있었으며, 그의 직위는 군대에서 최고의 직위인 대장군 바로 아래인 '거기장군'이었다.

화무상은 "우리는 20만 대군을 보유하고 있는데 성에만 머무르는 것은 아깝다."라고 말하면서, 자신이 신뢰하는 부하에게 "성을 둘러싸고 있는 산에 숨어서 연나라군이 허술한 틈을 타 기습하라."라고 명령했다.

그는 연나라 군대가 제나라 군대의 대부분이 있는 성을 집중적으로 공격할 것이라 예상했다. 그러나 악의는 화무상의 의도를 꿰뚫어 보았다.

악의는 자신의 부하를 불러 이렇게 말했다.

"화무상은 분명히 우리 연나라 군이 허술할 때까지 성벽에 버티다가 우리가 허술해지면 그때 기습을 할 것이다. 너는 새벽에 화무상의 부하가 있는 산을 기습해 산을 차지하라. 나는 성을 포위하겠다."

다음날, 악의의 부하는 미리 화무상 부하의 위치를 파악했다가, 오히려 반대로 제나라 군이 방심하는 틈을 타서 화무상의 부하를 기습하고 그 부하를 죽였다. 화무상은 당황했다.

하지만 그는 "아직 우리의 군대 수가 더 많으니, 성을 포위 중인 연나라 군을 몰래 성 밖으로 나가 기습할 것이다."라고 말했다.

마침 성 근처에 있는 숲은 제나라 군이 몸을 숨기기에 적합한 장소였다. 이틀 후, 그는 몰래 숲에 숨긴 군사들과 함께 성 밖에 있는 연나라 군대를 향해 돌격했다. 화무상의 전략은 치밀해 보였지만, 악의는 이미 그 의도를 간파하고 있었다. 그는 제나라군이 숲속에 숨을 것을 예상하고, 미리 기름을 준비해 제나라군이 돌격할 때 기름을 바른 통나무에 불을 붙여 제나라군에 굴렸다. 곧 숲속에 불이 붙었고 숲속에 있던 제나라군은 "불이다!!"라고 비명을 지르며 혼란에 빠졌다. 결국 제나라 군은 전멸했고 화무상도 이때 죽었다.

그 후 악의는 제나라의 영토를 차지하기 시작했다. 제나라의 72개의 성은 추풍낙엽처럼 함락당했다. 제나라 민왕은 부랴부랴 회의를 열었다.

민왕은 탄식하며 말했다.

"내가 연나라를 모욕하고, 연나라의 복수에 대비하지 않은 까닭으로 지금 우리 제나라가 위험에 처했다. 악의를 막을 대책이 있는가?"

그러나 아무도 대답할 수 없었다. 제나라의 운명은 기울어가고 있었다.

민왕은 나라를 지키기 위해 끝까지 싸우기는커녕, 자포자기하여 도망 다니기 시작했다. 하지만 그의 도망길은 그리 길지 못했다. 그는 수도인 '임치'의 성벽을 나오고 근처에 있는 강으로 갔는데, 그 강에서 배를 타고 강을 건너던 중에 물에 빠져서 죽었다.

제나라 백성들은 왕이 자신들을 버렸다고 생각하고, 악의가 연나라 군대를 이끌고 임치로 왔을 때 화살 한 번 쏘지 않고 그에게 항복하였다.

이제 그의 앞에는 제나라의 마지막 남은 두 성, '즉묵'과 '거'만이 남아 있었다.

이러한 위기 상황에서 두 번째 주인공인 '전단'이 등장했다.

전단은 어떤 가문 출신인지는 알려지지 않았지만, 성씨가 제나라 왕족의 성인 '전' 씨라는 점에서 왕족일 가능성이 높다고 여겨진다. 그는 어린 시절부터 신동으로 소문난 인물이었다. 전단이 유명해진 계기는 마을 촌장이 내놓은 난제를 해결하면서였다.

문제는 이러했다.

"소라고둥의 입구에서 반대쪽 끝까지 실을 꿰면 금 한 자루를 주겠다."

전단은 꿀을 반대편에 발라 놓고, 개미에 실을 묶은 후 입구에 놓아 개미가 실을 꿰도록 했다. 그의 기발한 해결책은 모두를 놀라게 했고, 그 사건 이후 전단은 신동으로 소문이 났다. 악의가 제나라를 칠 때, 전단은 '즉묵'을 수비하고 있었다.

한편, 악의는 두 성을 직접 공략하지 않고 포위만 하고 있었다.

악의의 부하가 물었다.

"왜 바로 공격하지 않으십니까? 병사들의 사기가 충천한 지금이라면 즉묵과 거를 하루 만에 함락할 수 있을 것입니다."

악의가 대답했다.

"두 성은 공격하기 어렵지만, 외부와의 접촉도 어려워 가만히 포위하면 언제가 물자가 다 떨어질 것이다. 그러면 제나라 사람들은 식량이 떨어져서 배고파서 우리한테 항복할 것이다. 설령 항복하지 않더라도 제나라 군사들은 힘이 없어서 우리한테 쉽게 질 것이다."

계속해서 성을 포위하면 언젠가는 성안의 식량이 다 떨어질 것이니 그때까지 기다리면 된다는 것이었다. 그렇지만 악의는 계책은 성안에 있는 전단의 존재와 그 기지를 고려하지 못한 것이었다.

그즈음 연나라에서는 소왕이 세상을 떠나고 그의 첫째 아들 혜왕이 즉위하였다. 혜왕은 악의가 마음에 들지 않았지만, 제나라 정벌이라는 중요한 사안이 진행 중인 만큼 그를 당장 파면할 수는 없었다. 혜왕이 악의를 싫어하게 된 이유는 그의 어린 시절로 거슬러 올라간다. 혜왕이 아직 왕자 시절, 그가 하루는 수업을 미루고 궁녀들과 놀러 갔다. 악의는 그 사실을 듣고는 소왕에게 이 사실을 보고하였고, 소왕은 분노하며 혜왕을 꾸짖었다.

"왕이 될 놈이 궁녀들과 놀러나 가다니, 한 번만 이러한 일이 있으면 너에게 왕위를 물려주지 않겠다!!"

이 일로 혜왕은 크게 혼난 뒤, 악의에 대한 앙금을 마음 깊이 품게 되었다.

전단은 이 사실을 이미 알고 있었다. 바로 누군가가 그에게 이 사실을 알려주었기 때문이다. 그는 바로 옛날, 소왕이 살아 있었을 시절, 검사들의 칼싸움을 주체하던 사람이었다. 그러나 소왕이 칼싸움을 금지한 이후, 그는 '왕을 저급한 유희로 물들였다'는 죄목으로 역적으로 몰려 연나라를 떠나야 했다. 결국 그는 제나라로 망명해 전단의 부하로 들어가 있었다.

그는 악의에 대한 원한을 품고 있었기에 전단에게 말했다.

"저는 연나라에서 왔기 때문에 악의와 지금 연나라 왕과의 관계를 잘 알고 있습니다. 새로운 연나라 왕은 겉으로는 악의를 존중하지만, 속으로는 태자 시절의 일로 악의를 몰아낼 생각만 하고 있습니다. 이 점을 이용하신다면 악의를 이기거나, 최소한 악의를 다른 사람으로 교체하기에는 부족함이 없을 것입니다."

이 말을 들은 전단은 고개를 끄덕이며 생각했다.

'악의만 없으면 연나라 군대를 몰아낼 수 있을 것이다. 악의를 없앨 수 있는 사람은 연나라 왕뿐이니 이를 이용해야겠다. 지금의 왕이 악의를 싫어할 뿐만 아니라 판단력도 떨어지니 악의를 없애는 것이 불가능한 일은 아니다'

전단은 곧 음모를 꾸미기 시작했다. 그는 제나라에 사람을 보내 다음과 같은 소문을 연나라 전역에 퍼뜨리게 했다.

"악의가 제나라를 점령한 후 제나라 왕이 되고, 이어서 연나라도 치려고 한다."

이 소문은 순식간에 연나라 전역으로 퍼져 나갔고, 혜왕의 귀에도 들어갔다. 혜왕은 이 소문을 듣자 즉시 악의를 불러 그의 직위를 박탈했다. 악의는 크게 실망하며 연나라를 떠나 고국인 조나라로 돌아 갔다.

혜왕은 악의의 후임으로 '기겁'이라는 사람을 뽑아 총사령관으로 삼 았다.

전단은 계속해서 다음 계획을 실행에 옮겼다.

그는 사신을 통해 기겁에게

"제나라는 왕도 돌아가셨고 태자도 행방불명입니다. 남은 영토는 두 성 밖에 없으니, 더 이상 희망이 없습니다. 곧 항복할 것이니 기 다려 주십시오."라고 전했다.

기겁은 아무런 의심 없이 항복을 곧이곧대로 믿었다.

기겁의 부하 중 하나가

"전단은 속임수가 많고 쉽게 항복할 사람이 아니니 만약의 상황을 대비해야 합니다."

라고 말했지만, 기겁은 대수롭지 않게 여기며 말했다.

"그의 말대로 제나라에 희망이 없는데 설마 속이겠느냐? 그것은 의 미 없는 걱정이다."

그러나 부하의 예상이 정확히 맞아떨어졌다. 그날 밤 전단은 황소 여러 마리를 준비해 요괴처럼 꾸미고 소의 꼬리에 불을 붙여 제나라 군 방향으로 돌진하도록 하였다.

연나라 군은 깜짝 놀라 "귀신이 내려온다!!"라고 외치며 도망치다 가 절반은 불 때문에, 나머지 절반은 이때를 틈타 반격을 한 제나라 군에 의해 죽었다.

이 소식을 고국 조나라에서 들은 악의는 크게 한탄하며 말했다.

"어리석은 왕 때문에 내 꿈이 수포로 돌아갔구나!"

그는 이 충격으로 화병이 나 얼마 후 죽었다.

이후, 전단은 농부로 숨어서 살고 있던 세자를 찾아 왕위에 올렸고, 새로운 왕은 전단에게 큰 상을 내렸다.

선비는 책을 덮었다.
'사람들은 악의가 멍청하다고 여기지만, 그의 전략은 본받을 만하다. 내가 악의와 관중(악의보다 수백 년 전, 제나라를 번영시킨 제나라의 명재상)을 본받는다면 내가 모실 사람에게 큰 도움이 될 것이다. 물론 최후는 다르겠지만….'

선비는 책을 덮고 잠이 들었다.
이후 시간이 얼마나 지났을까….

주변이 소란스러워졌다.
"아니 우리 형님을 이렇게 세워두다니!"
"장비야 조용히 하라 했다."
"와룡(누운 용이라는 뜻)이라더니, 진짜 처자고 지랄이냐?"
선비는 잠에서 깨어나 문을 열고 나갔다.
문밖을 보니 귀가 큰 남자가 서 있었다. 선비는 그를 방 안으로 들어오게 했다.
남자가 자신을 소개했다.
"저는 황실의 후손인 유비입니다. 황제를 핍박하는 역적 조조를 무너뜨리고 나라를 바로 세우기 위해 동분서주하고 있지만, 제대로 된 책사가 없어 번번이 실패하고 있습니다. 조조를 무찌르고 다시 황실의 질서를 바로 세우기 위해서는 선생님의 도움이 절실합니다."
그 말을 듣고 선비는 감탄하며 속으로 생각했다.

'스무 살이나 어린 나를 이렇게 공손히 대하다니… 그는 진정으로 이 시대를 이끌 진정한 임금이다'

선비는 고개를 숙이며 말했다.

"저의 미천한 재주가 나라를 위해 쓰일 수 있다면 저도 유비 장군님을 보좌하겠습니다."

유비가 말했나.

"저는 선생이 스스로 악의에 비유한다고 들었습니다. 이는 최고의 명장이라는 뜻이 아닙니까?"

선비는 공손히 대답했다.

"아직은 그에 미치지 못했습니다."

유비는 다시 말했다.

"제 소개를 정식으로 하겠습니다. 저는 성은 유, 이름은 비, 자는 현덕으로 아까 말했듯이 역적 조조를 죽이고 황실을 회복하려고 합니다. 제 두 아우를 소개해 드리겠습니다. 모두 뛰어난 장수들입니다."

대춧빛 얼굴의 청룡언월도를 든 장수가 말했다.

"저는 성은 관, 이름은 우, 자는 운장입니다. 만나서 반갑습니다."

덩치가 크고 수염이 복슬복슬한 사람이 말했다.

"저는 성이 장, 이름은 비, 자는 익덕입니다. 아까 실례한 것을 사과드리고, 앞으로 잘 부탁드립니다."

선비도 자기소개를 했다.

"저는 성이 제갈이고, 이름은 량, 자는 공명입니다. 다들 저를 제갈공명이라 부릅니다."

그렇게 훈훈한 분위기가 이어지던 중, 조조의 사신이 제갈공명의 집에 도착했다.

그는 "자, 답하시오. 우리 조조 님을 따를 겁니까? 아니면 저기 유비라는 놈을 따라서 생고생을 하실 겁니까?"라고 은근히 유비를 무시하면서 제갈공명에게 물었다.

제갈공명은 "그 부하를 보면 그 대장을 알 수 있다고 한다. 너같이 무례한 놈이 조조를 따르니 조조의 인성도 알 수 있겠구나."라고 말했다.

사신은 무안한 표정을 지으며 자리를 떠났다.

유비 일행과 제갈공명은 새로이 길을 떠났다.

이후 제갈공명은 적벽대전에서 조조를 물리쳤으며, 유비가 세상을 떠난 뒤에도 그의 유언을 받들어 그의 아들 유선을 위해 헌신했다.

제갈공명은 유비를 따르면서 이렇게 생각했을 것이다.

'사람들은 악의를 본받는 나를 비웃겠지만, 나는 그가 본받을 만한 인물이라고 생각한다. 그는 임금에게 버림받았지만, 끝까지 충성했다. 임금이 나를 버리더라도, 나는 임금을 버리지 않겠다'

이런 말은 유비의 명대사인

"백성이 나를 버리더라도, 나는 백성을 버리지 않겠다!"라는 말과 서로 비슷한 면이 있는 것 같다.

우리가 아는 제갈공명은 이런 각오로 한평생을 유비와 그의 아들 유선을 위해 바쳤다. 그는 충신의 상징이 되었으며, 앞으로도 우리에게 깊은 깨달음과 영감을 주는 인물로 기억될 것이다.

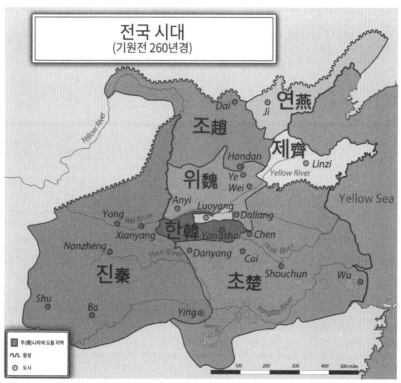

출처 : 위키백과, https://images.app.goo.gl/aypE5w1PkV7viGF27

저는 늘 남들에게 들려주고 싶었던 역사적 이야기와 그 속에서 얻은 교훈을 마음속에 간직하고 있었습니다. 그러던 중, 그 이야기들을 글로 옮기고 싶다는 생각이 들어 이 소설을 적게 되었습니다. 제 이야기가 세상에 나올 수 있도록 도와주신 모든 분께 감사드립니다.

떠오르다

신혁주

'나는 지금 꿈을 꾸고 있다'

그러한 생각이 들 때면 언제나 꿈에서 깨어난다. 오늘도 마찬가지였다. 깨어나서는 한동안 무슨 꿈을 꾸었는지 생각해 본다. 그러나 하나도 기억나지 않는다. 그저 '나는 어제 꿈을 꾸었다'라는 사실만이 머릿속에 남아 있을 뿐이다. 그때 엄마가 부르는 소리가 들렸다.

"정우야, 빨리 씻고 나와서 밥 먹어."

그 소리는 언제나 나를 확실하게 꿈으로부터 현실로 되돌려 준다.

"네."

나는 대답을 하고 서둘러 학교 갈 준비를 했다.

책을 챙기려고 서랍을 열자 안에 있던 것들이 쏟아져 나왔다. 거기에는 너덜너덜해진 교과서, 오래된 사진첩, 어릴 때 자주 읽었던 동화책들, 연필로 동물 같은 것들을 그려놓은 그림이 있었다. 나는 서둘러 그것들을 다시 서랍에 세워놓고 욕실로 향했다.

얼마 뒤, 나는 아침을 먹으러 부엌으로 나왔다.

"오늘은 야자 하고 집에 오니?"

엄마가 물었다.

"네."

나의 대답에 엄마는 말했다.

"열심히 해, 우리 아들. 필요한 거 있으면 말하고."

"네."

나는 서둘러 아침밥을 먹어 치운 뒤 빠르게 집을 나섰다.

매일 아침의 등굣길은 마치 녹화해 놓은 드라마를 반복 재생해 놓은 것 같다. 매일 똑같은 거리를, 똑같은 사람들이, 똑같은 차들이 오간다. 그런 반복되는 일상은 언제나 지루하고 텅 비어 있었다. 그러나 오늘은 좀 달랐다. 분명 늦가을의 추위가 저번 주부터 덮쳤음에도 불구하고 오늘은 꽤 따뜻했다. 따뜻해진 날씨 때문인지 포근함을 느끼며 나는 학교에 도착했다.

학교 수업은 등굣길보다는 매일 달라지는 것이 있기에 덜 지루했다. 대신 등굣길은 뇌를 비우고 걸어도 되지만 수업에선 정신을 차리고 있어야 했으므로 버티기 힘든 건 마찬가지였다. 점심시간이 되면 아이들은 밖에 나가서 축구하거나 친한 친구끼리 모여 신작 게임 이야기라던가 해외 축구나 야구 이야기를 한다. 나는 언제나 내 자리에서 책을 읽는다. 나는 어렸을 때부터 혼자서 책을 읽는 것이 습관이 돼버렸다. 그날도 책을 읽었다. 그렇게 책에 빠져 점심을 못 먹고 오후 수업이 시작되어 버렸다.

그리고 정말 오랜만에 나는 수업 시간에 자버렸다. 잠이 온다는 것을 인지하기도 전에 이미 나는 잠을 자고 있었다. 신기하게도 그 짧은 시간 동안 꿈을 꾸었다. 꿈속의 나는 날고 있었다. 친절한 마법사의 도움을 받아 그의 성 위를 자유롭게 날아다녔다. 살을 스치는 바람과 속도감이 그 꿈이 정말 현실처럼 느껴지게 했다. 그러나 몇 분 지나지 않아 선생님께서 나를 흔들어 깨우셨다.

"얘야, 일어나자. 잠은 쉬는 시간에 자."

나는 고개를 끄덕이며 대답하였다. 그러나 속으로는 여전히 내가 꾼 현실 같았던 꿈과 여전히 내가 그것을 기억한다는 충격에 휩싸였다. 그리고 얼마 지나지 않아 수업 시간이 끝났다.

나는 오후 자습을 하는 교실로 가방을 옮기고 있었다. 그때 나는 내 가방에 붙어 있는 신기한 생물체 하나를 보았다. 처음 그것을 보았을 때 반딧불이인 줄 알았다. 그러나 밤이 아닌데도 주황빛의 환한 빛을 내뿜는다는 사실을 발견했다. 자세히 살펴보니 그것은 오히려 나비에 가까웠다. 아니 생긴 건 그냥 나비였다. 나는 조심히 그 나비를 떼어내기 위해 손을 휘저었다. 나비는 가볍게 날아올라 내 눈앞에서 팔랑팔랑 날다가 벽 쪽으로 날아갔다. 그리고 천천히 날아서 벽을 통과했다. 나비를 지켜보고 있던 나는 그 모습을 보고 당황하여 "어?" 하고 소리를 냈다. 나는 눈앞에서 벌어진 믿을 수 없는 광경에 놀란 가슴을 부여잡고 한동안 가만히 서 있었다. 나는 서둘러 복도를 확인했다. 이미 다른 아이들은 자습실로 가버렸는지 복도엔 나 혼자 덩그러니 놓여 있었다. 나는 두근두근거리는 심장 소리를 느끼며 벽 위에 천천히 손을 올려놓았다. 그 순간, 벽이 마치 살아 있는 것처럼 나의 팔을 잡아당겼다. 순식간에 벽은 나를 집어삼켜 버렸다.

얼마 뒤, 나는 정신을 차렸다. 벽에 삼켜지면서 머리를 박았는지 아니면 지금 이 상황을 이해하지 못해서인지 머리가 아팠다.

"으윽, 머리야, 뭐였지 방금?"

머리를 움켜쥐고 상체를 일으켜 앉으며 말했다.

그때 나는 바닥이 학교의 나무 바닥이 아니란 걸 알게 되었다. 바닥을 짚은 내 손에 잔디가 느껴졌다. 그리고 눈을 뜬 순간 나는 눈 앞에 펼쳐진 광경에 숨이 턱 막혔다. 눈앞에는 동화에서 나올 법한 성이 하나 있었다. 그 성은 회색빛의 성벽을 가졌으며 높은 첨탑이 있었고 성 주변을 두꺼운 해자가 둘러싸고 있었으며 고급스러운 다리가 성과 육지를 연결하고 있었다. 그 성은 정말 웅장하고 거대하였으나 성벽의 색깔이 약간 이상했다. 어떤 곳은 진한 회색이었지만 또 어떤 곳은 약간 연한 회색이었다. 그 차이가 주는 교묘한 허술함 말고도 그 성에 가까이 다가가니 이상한 점이 한 가지 더 보였다. 바로 문이 하얀색 가정집 문이었다. 그 작고 멀끔한 문은 40대 아저씨의 머리에 난 흰머리와 같이 괴상하면서도 자연스러웠다. 마치 그곳이 자기가 있을 곳이라고 말하는 것 같았다. 다가가서 손잡이를 잡고 돌려보았다. 그러나 '턱' 하고 중간에 걸렸다.

"계세요? 누구 없어요?
문을 쾅쾅 두드리며 크게 소리쳐보았다.
그러자 누군가 말하는 소리가 들렸다.
"그 성의 주인은 지금 안에 없어요."
나는 화들짝 놀라 뒤를 돌아보았다. 뒤에는 키가 내 배까지 밖에 오지 않는 남자아이가 서 있었다.
"안녕하세요?"
그 아이가 인사하였다. 나도 답했다.
"어, 안녕, 혹시 여긴 어디니?"
"여기 사는 모두가 이곳을 잃어버린 곳이라고 불러요."
나는 왠지 모르게 오싹한 이름에 의아해하며 다시 한번 물어보았다.
"잃어버린 곳? 그나저나 여기엔 누가 사는데?"

"강에는 수달이 살아요, 숲에는 토끼가 살고, 언덕에는 어린 양들이 살죠."

이곳에도 동물이 살고 있다는 사실에 놀라며 이곳도 원래 세상과 크게 다르지 않을지도 모른다고 생각했다. 그리고 그 기대는 몇 분 뒤 처참하게 박살났다.

아이에게 이름을 물어보려던 순간 갑자기 주변이 어둠에 물들었다. 마치 방의 불을 꺼버린 듯 어두워졌고 하늘을 올려다본 순간 하늘엔 형용할 수 없을 정도로 커다란 무언가, 가히 압도적이라 부를 수 있을 정도로 거대한 크기의 무언가가 그것의 날갯짓으로 파괴적인 돌풍을 일으키며 날아가고 있었다. 나는 서둘러 바람에 휘청거리는 아이를 한 손으로 붙잡은 뒤 성과 육지를 잇는 다리 밑에 같이 몸을 숨겼다.

그 새가 완전히 사라지고 나서 나는 내가 숨을 참고 있었다는 것을 깨달으며 거칠게 숨을 내쉬었다. 그러면서 아이에게 물었다.

"도대체 저게 뭐야?"

아이는 약간 우울해진 목소리로 말했다.

"까마귀예요."

나는 도저히 그 대답을 받아들일 수 없었기에 아이를 붙잡고 질문했다. 아이의 말에 따르면 저 까마귀는 북쪽에 사는 동물로 성의 주인이 키우던 동물이었으나 성의 주인이 사라진 뒤 갑자기 난폭하게 변하여 이곳의 동물들에게 피해를 주고 있다고 한다.

아이의 말을 들은 뒤 나도 나의 이야기를 했다. 내 이야기를 다 듣고 난 뒤 아이는 말했다.

"저도 왜 형이 여기 오게 됐는지 모르겠어요. 그런데 그 나비는 아마 성 안의 정원에 사는 친구일 거예요. 이곳에 꽃은 거기밖에 없거든요."

"그럼, 그 나비를 다시 만나기 위해선 성 안으로 들어가야겠네."

"네, 열쇠는 아까 본 그 까마귀가 가지고 있어요."

조금 전 본 광경을 생각하니 아직도 다리가 후들거렸지만 돌아가야 하기에 그 아이에게 길을 안내해달라고 했고 아이는 고맙게도 흔쾌히 수락해 주었다.

아이와 같이 걸으면서 알게 된 점은 아이가 생각보다 말이 많고 명랑한 성격이었다는 거다.

"형, 혹시 형은 마법사의 아들이에요? 그러지 않으면 어떻게 사람이 벽을 통해서 다른 세계로 이동할 수 있어요?"

라던가

"형 좀 전에 봤던 성 말이에요, 안에 엄청 큰 방이 있거든요? 거기에 이 세계의 모든 동물을 초대해서 파티를 열 수 있어요!"

라던가

"형이 살던 세계에서는 심심하면 뭐 하면서 놀아요?"

와 같은 실없는 소리를 내게 했다. 그 모습이 마치 오랜만에 만난 친구에게 그간 있었던 일들을 쏟아내는 중학생 같았다. 솔직히 좀 귀찮았기에 적당히 대꾸하고 넘어갔다. 그렇게 나는 아이의 질문에 일방적으로 대답해 주며 강 옆을 지나가고 있던 참이었다.

그때 아이가 외쳤다.

"어! 수달이다!"

그렇게 외치며 강 쪽으로 달려갔다. 나도 쫓아갔다. 쫓아가서 보니 아이는 수달과 대화를 하고 있었다. 그렇다! 수달과 대화를 하고 있었다.

나는 순간 말하는 수달을 보자 몸이 굳어버렸다. 그리고 자세히 보니 수달도 아니었다. 그것은 좀 더 쥐같이 생긴 무언가였다. 나는 기억을 헤집은 끝에 그것이 카피바라와 똑같이 생겼다는 것을 기억해 냈다. 그러나 입 밖으로는 내뱉지 않았다. 먼저 이곳의 수달은 내 세계의 수달과 다를 수 있기 때문이었고 설령 같다 한들 그걸 말해서 저 아이의 동심을 깨뜨릴 생각은 없기 때문이었다. 카피바라를 닮은 수달이 말했다.

"오랜만이네. 뒤에 계신 분은 혹시 누구야?"

"다른 세계에서 온 마법사의 아들이에요. 마법의 힘으로 벽을 뛰어 넘어 이 세계에 왔죠. 형이 살던 세계에선 사람들이 하늘을 날고 멀리 떨어져 있는 사람끼리 대화도 한대요!"

"그래? 정말 대단하신 분이신 거 같네. 안녕, 나는 이곳에 사는 수달이야. 잘 부탁해."

"안녕, 난 김정우야."

"어? 방금 마법사의 아들이라고 하지 않았어?"

난 그 말을 듣고 당황했다. 내가 마법사의 아들이란 말을 진짜 믿어주는 일이 두 번이나 일어날 줄은 상상도 못 했기 때문이다.

"어, 난 마법사의 아들이 맞아."

나는 그들의 동심을 위해 선의의 거짓말을 했다.

"하지만 그럼 김정우라는 것은 뭐야?"

"그건 내 이름인데."

"이름? 이름이 뭔데?"

그 순간 나는 머리를 한 대 맞은 기분이 들었다. 너무나도 당연한 것이 당연하지 않은 것이 되자 머리가 쉽게 받아들이지 못했다. 나는 도화지마냥 새하얘진 머리를 붙잡고 그들에게

"이름은 그러니까, 누군가를 부를 때 쓰는 거야."

같은 설명을 계속하였다.

그러나 얼마 지나지 않아, 그의 입에서

"아하, 이름은 상대방이 말하게 만드는 마법 주문이구나!"

라는 말이 나오자 결국 포기하였다.

우리는 이왕 수달을 만난 김에 앉아서 좀 쉬기로 하였다. 아이는 수달과 계속 수다를 떨고 있었다.

나는 강 옆에 누워서 곰곰이 생각해 보았다. 사실 이곳에 왔을 때부터 느꼈던 건데 어딘가 익숙하다는 생각이 자꾸만 들었다. 처음에는 어렸을 때 읽었던 동화 중에 이런 내용의 동화가 있어서 왠지 모르게 익숙한 것으로 생각했다. 그러나 나는 어렸을 때 기억이 거의 남았지 않았다. 남아 있는 기억들도 그리 좋은 기억은 아니었기에 평소에는 잊고 살았다. 그래서 그런지, 이 세계는 분명히 나의 수많은 기억의 파편들 사이를 맴돌고 있었으나 확실하게 떠오르는 건 없었다.

결국에 기억나는 게 없으면 물어보면 그만이다. 나는 일어서서 수달과 아이가 떠들고 있는 물가 쪽으로 다가갔다. 그 순간 나는 저 멀리 강 상류에서 이상한 소리가 들리고 있다는 걸 알게 되었다. 그 소리는 목욕을 마친 뒤 물을 내려보낼 때 나는 소리와 비슷했다. 그러나 그 소리는 왠지 모를 불길함을 품고 있었다. 나는 속으로 '주변에 급류가 흐르나?'라고 생각하였으나 딱히 이상하게 여기진 않았다. 아이와 수달에게 가까이 다가가서 보니 그들은 열심히 따뜻한 물이 더 맛있는지 찬물이 더 맛있는지 토론을 벌이고 있었다. 모든 음식은 구워서 먹어야 더 맛있으니, 물도 데워서 따뜻하게 마셔야 더 맛있다는 의견이 나올 때쯤 나는 대화에 끼어들어서 물었다.

"그런데 그 성의 주인이라는 사람은"

　그러나 내 말은 갑자기 흔들리기 시작한 땅에 의해 끊기게 되었다. 고개를 들어서 강의 상류를 보았을 때 나는 경악하였다. 마치 여름철 폭우가 온 뒤의 강처럼 물이 상류에서부터 범람하여 쏟아져 내려오고 있었다. 나는 꼼짝도 못 하고 그대로 물에 쓸려버렸다. 나는 물에 쓸려 내려가며 정신이 아득해지는 것을 느꼈다.

　나는 어릴 적 기억을 떠올릴 때면 항상 우울해졌었다. 좋은 기억보단 나쁜 기억이 먼저 떠올랐기 때문이다. 사실 우리 부모님은 사이가 별로 좋지 않으셨다. 그 때문에 나는 좋은 일보단 슬픈 일이 더 많았고 소중한 추억보단 잊고 싶은 사건이 많았다. 그래서 언젠가부터 과거를 들여다보는 일은 잘 안 하게 되었고 내 어릴 적의 기억은 내 머릿속에서 거의 지워졌다.

　누군가가 나를 흔들고 있는 게 느껴졌다. 눈을 떠보니 익숙한 동물이 반겨주고 있었다. 나는 입에서 반사적으로 카피바라라는 말이 나오는 걸 막고 말했다.
　"수달? 방금 도대체 무슨 일이 일어났던 거야?"
　수달은 축 처진 표정으로 말하였다.
　"성의 주인이 사라진 뒤 가끔 강이 폭주해버려. 방금도 강이 제멋대로 폭주한 거야."
　나는 마치 강에 자아라도 있다는 듯이 말하는 수달의 말을 제대로 이해하지 못했지만, 곧바로 더 심각한 점을 인식하여 말하였다.
　"아이는 어디 갔어?"

그 말에 수달은 고개를 휘휘 저으며 말했다.

"모르겠어. 주변을 찾아봤는데 아무 데도 보이지 않아."

나는 순간 철렁하고 가슴이 내려앉는 기분을 느꼈다.

'안 보인다니? 방금 분명히 같이 휩쓸렸잖아? 걔만 사라졌다는 거야, 그럼? 어디로 가야 그 아이를 찾을 수 있지?'

하고 싶은 말이 수없이 많이 떠올랐지만 도저히 입이 떨어지지 않았다. 주변을 둘러보자 아무 일도 없었다는 듯 강은 잠잠하게 흘러가고 있었다.

수달은 아무 말도 못하고 가만히 서 있는 나를 위로해 주기 위해 입을 열었다.

"운이 나빠서 강의 하류까지 쓸려갔다면 그대로 바다로 빠져나갔을 텐데 중간에 육지로 튕겨 나와서 정말 다행이네!"

그 말은 우리가 처한 상황이 최악이 아니라고 위로해 주는 듯했다. 그러나 나는 그 말을 듣고 아이가 하류까지 쓸려갔을지도 모른다는 생각에 오히려 더 마음이 무거워졌다. 나는 아이에 대해 떠올리려고 하였다. 그러나 떠오르는 게 배까지 밖에 오지 않는 키 말곤 없다는 사실에 경악했다. 그 애의 얼굴이 떠오르지 않았다. 애초에 얼굴을 제대로 보지도 않은 것 같다. 마치 화질 낮은 동영상처럼 머릿속에 흐릿하게 모습이 떠올랐다. 그러나 그마저도 점점 흐릿해져 간다는 사실에 다시 한번 소름이 돋았다. 내 몸이 덜덜 떨리기 시작했다. 그것이 스며드는 추위 때문인지 방금까지 같이 있던 아이의 모습조차 떠올리지 못하는 무신경한 나 자신에 대한 분노 때문인지는 알 수 없었다.

그때 수달이 다시 한번 말했다.

"일단 지금은 아이를 찾으러 갈 수 있는 상태가 아닌 것 같으니 좀 쉬자."

내 머리와 마음은 한시라도 빨리 아이를 찾아 나서려 했다. 그러나 몸은 그렇지 못했다. 나는 괜찮다고 말하면서 억지로 일어섰지만, 곧 균형을 잃고 넘어져 등이 땅에 부딪혔다. 날카로운 통증이 등을 타고 흘렀다. 그러나 순간 시야가 어두워지며 허리의 통증도 희미해져 갔다.

나는 또 다시 꿈을 꾸었다.

꿈속에서 나는 마법사였다. 멋진 성에서 살았으며 친구에게 곤란한 일이 생겼다면 언제나 발 벗고 도와주려 나섰다. 그래서 항상 친구가 많았고 매일 밤 친구들을 불러 파티를 열었다. 맛있는 음식을 먹으며 친구들과 밤새 수다를 떨었다.

그러나 어느 순간, 나는 내가 꿈에서 깨어났음을 깨달았다. 진흙이 굳어 잠들기 전까지만 해도 질퍽했던 땅이 딱딱하게 굳어 있었다. 나는 강에서 몸에 묻은 흙을 씻어냈다. 그러나 진흙은 여전히 자국이 되어 남아 있었다. 그 자국은 내가 겪은 일을 다시 한번 상기시켜 주었다. 다 씻고 돌아가 보니 수달이 일어나 있었다.

수달이 물었다.

"이제 어떻게 할 거야?"

"아이를 찾아야지. 일단 강을 따라 다시 상류로 올라가 볼 거야."

"그럼, 나도 함께 갈게."

그렇게 한참을 걸으며 우린 서로 이야기를 나누었다. 수달은 성의 주인이 사라지고 나서부터 이 세계에 자꾸 이상한 일들이 일어난다고 말하였다.

나는 수달에게 물었다.

"성의 주인은 어떤 사람이었어?"

"기억이 잘 나지 않아. 사실 여기 사는 동물들 모두 성의 주인이 사라진 뒤로 기억을 잃기 시작했어. 그렇지만 성의 주인이 이 세계와 우리를 만들 사람이라는 것 정도는 기억이 나."

그 말을 듣자, 성의 주인이라는 존재의 정체가 더욱 미궁 속으로 빠져드는 기분이었다. 그럼에도 나는 그의 성안에 원래 세계로 돌아가는 방법이 있을 거라는 확신이 강해졌다.

어느새 우린 처음에 만났던 곳까지 다시 걸어왔다. 그러나 거슬러 올라오는 길에 남아 있던 건 부서진 나무 파편이나 흙탕물밖에 없었다. 나는 굉장히 낙담하였다. 그러나 곧 마음을 다잡고 수달에게 까마귀에게 가는 길을 물어보았다. 수달은 놀란 듯한 표정을 지으며 물었다.

"까마귀한테 간다고?"

나는 고개를 끄덕이며 말했다.

"응. 성에 들어갈 열쇠를 찾아야 하거든, 그리고 그 아이는…."

내가 말을 잇지 못하자 수달이 부드러운 목소리로 말했다.

"그 애는 내가 찾아볼게. 걱정하지 말고 어서 가봐."

수달이 말했다.

"강을 계속 따라가다 보면 두 갈래 길이 나올 거야. 하나는 산 쪽으로 향하고, 다른 하나는 언덕 쪽이야. 언덕 쪽으로 쭉 걸어가서 언덕을 넘으면 까마귀의 둥지가 보일 거야."

나는 고개를 끄덕이며 대답했다.

"알겠어."

그리고 다시 강을 따라 걸음을 옮기기 시작했다.

나는 '나는 어서 돌아가야 하니까, 언제까지고 아이를 찾는 데 시간을 쓸 순 없어'라고 합리화하였지만, 끝까지 찾기 위해 노력하지 않은 것에 대한 죄책감을 씻을 순 없었다. 아이의 빈자리는 혼자 남겨지자 더욱 크게 느껴졌다. 조금 귀찮을지언정 옆에서 재잘재잘 떠들어주던 아이가 없는 지금 나는 너무 외롭고 공허한 기분이 들었다.

그래서 혼자서 떠들었다. 그 아이가 옆에 있다고 생각하고 그 아이가 했던 것처럼 쉬지도 않고 재잘재잘 떠들었다.

"마법사는 보통 마법을 쓰기 전에 주문을 외잖아. 그럼 입을 테이프로 막으면 주문을 못 쓰나?"

"마법은 최대 몇 미터까지 날아갈까?"

"나중에 마법이 개발되어 쓸 수 있게 되면 그건 산업혁명 때처럼 마법 혁명이라고 불릴까?"

전부 쓸데없는 말들이었다. 바보 같다고 생각했다. 잡생각은 집어치우라고 속으로 중얼거렸다.

그때 부드러운 온기가 피부를 통해 느껴졌다. 마치 봄바람처럼 포근하고 산뜻하여 부모님이 안아주는 느낌이었다. 그 온기는 나에게 '아무 걱정하지 마'라고 속삭이는 듯했다. 나는 크게 심호흡을 했다. 그리고 계속해서 혼자 상상하고 말하며 걸어갔다. 이제는 아까처럼 바보 같다는 생각이 들지 않았다. 왜냐하면 더 이상 혼자라는 느낌이 들지 않기 때문이다.

그렇게 계속 떠들면서 걸으니, 목이 굉장히 말랐다. 그래서 강 쪽으로 다가가서 물을 마시기 위해 손을 모았다. 그때 강에서 무언가 솟아올라 나의 얼굴을 강타하였다. 나는 갑작스러운 상황에 깜짝 놀라 얼굴에 묻은 물을 손으로 닦으며 뒷걸음질쳤다. 그때 나는 보았다. 강에서 물줄기가 솟아올라 내 쪽으로 향했다. 그렇다. 강이 나에게 물을 쏘고 있던 것이다. 그제야 나는 강이 폭주한다는 것이 굉장히 적절한 표현이었음을 알게 되었다. 강 자체가 하나의 의식과 성질을 가졌다. 처음 그 생각을 하게 되었을 땐 말도 안 된다며 상식이 강하게 거부하였지만, 물이 솟아올라 나와 비슷한 인간의 형체가 되어 내 눈앞에 서자 인정할 수밖에 없었다. 나는 원래 친구가 많은 편은 아니었다. 그러나 무생물 친구는 단 한 번도 사귀어 본 적이 없었기 때문에 어찌할 줄 몰라 어색하게 손을 흔들었다. 나의 인사를 본 강은 나에게 가까이 오라고 손짓했다. 그 손짓을 본 나는 서서히 경계하면서 강 쪽으로 다가갔다. 손을 뻗으면 닿을 거리쯤에 왔을 때 강은 내게 손을 내밀었다. 나는 악수하자는 뜻으로 받아들이고 손을 잡기 위해 손을 뻗으려 했다. 그러나 그 자식의 손에서 뻗어 나온 물줄기가 다시 한번 내 얼굴을 강타했다. 눈을 다시 떴을 때 강은 배를 부여잡고 뒹굴고 있었다. 그것이 무슨 행동인지 이해한 나는 강을 잡기 위해 달려들었다. 그러나 내 팔은 강을 통과하여 허공을 휘저었다. 정신을 차렸을 땐 이미 강은 저 멀리서 팔짝팔짝 뛰며 나를 놀리고 있었다. 나는 계속해서 그를 쫓았지만 그는 내 손에 잡히지 않았다. 나는 오랜만에 화가 머리끝까지 났다. 그는 나와 추격전을 벌이다 이젠 그것마저 귀찮은지 수심이 깊은 부분에서 나를 향해 물줄기를 쏘고 놀려댔다. 나는 결국 그를 무시하고 가려고 다시 육지로 돌아가고 있었다. 그러나 그때 갑자기 끔찍한 고통이 종아리에서 느껴졌다. 나는 속으로 비명을 지르며 쥐 난 왼쪽 종아리를 양손으로 붙잡았다. 문제는 그 자세로 흐르는 강물에서 균형을 잡는 것은 불가능했다. 나는 뒤로 넘어지며 상체까지 물에 빠지게 되었다. 이러지도 저러지도 못하며 허우적거리고 있을 때 나는 누군가가 나를 밀어주는 게 느껴졌다. 강물은 허우적거리고 있던 나를 육지로 다시 끌어올려 주었다. 갑작스러운 상황에 심히 당황했지만, 나는 황급히 감사 인사를 건넸다.

"고마워."

강이 우쭐거리고 있다는 게 그의 몸짓에서 느껴졌다. 확실히 징닌꾸러기 같은 모습이 있긴 하지만 본성이 나쁘다는 생각이 들지는 않았다. 그래서 나는 다시 물어보았다.

"강이 범람했던 일도 네가 일으킨 일이야?"

강은 고개를 좌우로 흔들었다. 그리고 나에게 몸짓으로 설명하기 시작했다. 강은 생각보다 표현력이 좋아서 이해가 쏙쏙 되었다. 강에 따르면 강을 따라 쭉 올라가면 산 중턱에 거대한 호수가 있는데, 까마귀가 둥지를 짓기 위해 그 산에서 나무를 뿌리째 뽑아가면 산의 지반이 약해져 산사태가 발생한다고 했다. 그 산사태로 인해 흙더미가 호수로 쏟아지며, 결국 호수와 강이 범람하게 되는 것이라고 설명해 주었다.

나는 끄덕이며 마지막으로 다시 한번 질문하였다.

"혹시 한참 전에 나랑 같이 있던 아이가 어디로 갔는지 알아?"

강은 별다른 몸짓 없이 내 왼쪽 주머니를 가리켰다.

나는 서둘러 내 주머니에 손을 집어넣었다. 그러자 손에는 무언가 따뜻하면서도 약한 것이 만져졌다. 나는 그것을 주머니에서 뺐다. 그것은 나비였다. 처음에 세계를 넘어오게 해준 그 나비였다. 나는 뜻밖의 등장에 깜짝 놀랐다. 나비는 팔랑거리며 가볍게 공기 중을 날아다녔다. 나는 곧바로 아이가 어디 갔는지를 이 나비가 알려줄 줄 알고 팔랑팔랑 날아가는 그것을 뛰어서 쫓아갔다.

나비는 가벼운 날갯짓을 하면서 날았지만, 생각보다 속도가 빨랐다. 나는 최선을 다해서 나비를 쫓았지만, 거리는 쉽게 좁혀지지 않았다. 계속해서 전속력으로 달리자, 목과 폐가 아프고 다리는 깨져버릴 것만 같았다. 그러나 점점 경사가 완만해지며 속도가 붙자 나비를 따라잡았고 양손으로 아주 살살 잡았다. 그러나 감싼 두 손 안에서 나비가 빠르게 날갯짓하는 것이 느껴져 나도 모르게 반사적으로 손을 풀었다. 나비는 자유를 되찾자 날아가는 대신 다시 한번 내 눈앞에서 빙글빙글 돌았다. 그것은 마치 자기를 쫓아오라고 말하는 것 같았다. 나는 나비를 따라 걸어갔다. 그러자 내 눈앞에는 무시무시한 절벽이 펼쳐졌다. 그 경치가 굉장히 아찔하여 나도 모르게 오금이 저렸다. 그리고 고개를 조금 들어 시선을 절벽에서 올리면 거대한 까마귀 둥지가 평원에 떡하니 자리 잡고 있었다. 나무를 뿌리째로 뽑아서 만든 둥지는 가히 살벌한 비주얼이었다.

그때 누군가가 나를 부르는 듯한 소리가 들렸다.

"저기요! 거기 남자분 저 좀 도와주세요!"

그 소리가 바로 아래쪽에서 들렸기에 나는 내가 서 있는 절벽의 벽면을 바라보았다. 거기엔 염소 한 마리가 절벽을 타고 있었다.

"제발 한 번만 도와주세요."

염소가 말했다.

내 몸은 멈춰버린 두뇌와는 다르게 빠르게 염소의 몸통을 잡고 끌어 올렸다. 다행히도 아직 새끼인지 엄청 가벼웠다.

나는 염소에게 격양된 목소리로 물어보았다.

"도대체 왜 저 밑에 있었던 거야?"

염소는 떨리는 목소리로 말하였다.

"그야 절벽을 타는 것은 아주 재밌는 모험이잖아요. 그런데 발을 잘못 디뎌서 이도 저도 못 하는 상황이었는데 정말 감사합니다. 저는 양이고요, 이 주변 언덕에서 살아요."

나는 그 말을 듣자, 아이가 내게 언덕에는 어린 양이 산다고 말했던 게 생각이 났다. 카피바라를 보며 수달이라고 하고 염소보고 양이라고 하고 아마 숲에 사는 토끼노 사실 다람쥐이시 않을까 생각했다. 나는 양에게 물어보았다.

"저 둥지로 갈려면 어떻게 하면 돼?"

"저랑 같이 절벽을 타고 내려가는 모험을 하면 돼요, 어때요? 재미있을 거 같지 않나요?"

그 말을 들은 나는 당장이라도 왔던 길을 되돌아 내려가고 싶었다. 그러나 이미 돌아가기엔 너무 많을 길을 와버렸단 것을 지각한 나는 어쩔 수 없이 절벽을 타고 내려가기 위해 팔과 바지의 소매를 걷어 움직이기 쉽게 만들었다. 그 뒤엔 마음의 준비를 잠깐 하였다. 양은 나와 반대로 신난 모양이었다. 나는 저렇게나 신난 양을 보고선 생각보단 별거 아닐지도 모른다고 생각하였다. 하지만 절벽에 한 발짝 내딛자 그런 생각은 머리에서 싹 지워졌다. 팔다리가 후들거리고 심장이 쿵쾅대는 소리가 귀에 울렸다. 도저히 못 내려가겠다는 생각이 들 때쯤 나비가 날아와서 내 어깨에 앉았다. 나비의 온기가 내 몸 곳곳에 퍼져나가는 것을 느끼며 나는 다시 한번 마음을 잡고 한 발짝씩 발을 딛기 시작했다. 양은 생각보다 굉장히 도움이 되었다. 불안해 보이는 바위가 있으면 먼저 가주었으며 어떤 자세로 무슨 발을 먼저 디뎌야 하는지까지 하나하나 자세히 가르쳐 주었다. 그렇게 설반 정도 내려왔을 때 갑자기 등을 따뜻하게 비춰주던 햇빛이 느껴지지 않았다. 뒤를 돌아 하늘을 바라보았다. 까마귀라고는 도저히 믿기지 않는 크기의 새가 하늘을 날고 있었다.

결국엔 그립고 그리웠던 땅에 도착했다.

땅에 다다른 순간 다리에 힘이 풀려 자리에 주저앉았다. 정말 위험했다. 특히나 새가 둥지에 돌아왔을 때 공포감에 절벽을 타고 내려가고 있다는 사실조차 망각하여 팔에 힘을 놓았다. 뒤로 넘어가는 순간 갑자기 등 쪽에 강한 바람이 불어 상체를 절벽 쪽으로 세워주었다. 마법 같은 일에 당황하였지만 그래도 다음부턴 정신을 바짝 차리고 내려갔다. 땅에 도착하자 나는 어린 양에게 감사 인사를 하고 둥지를 향해 걸어갔다. 걸어가는 길에 나는 나비에게 말을 걸었다.

"너는 어떻게 내 세상으로 넘어왔던 거야?"

나비는 아무런 대답도 없었다. 강처럼 몸짓으로 대답하려고 하지도 않았다. 마치 스스로 알아내라는 것처럼 가만히 내 어깨에 앉아만 있었다.

그러자 나는 또 다른 질문을 하였다.

"넌 아이가 어디로 갔는지 알아?"

역시나 반응이 없었다.

그러자 나도 마지막으로 물어보았다.

"넌 누구야?"

마지막 질문에도 나비는 계속해서 침묵하였다. 그 이상은 나도 묻지 않았다.

둥지에 거의 다 다다르자, 나비는 내 어깨에서 날아오른 뒤 팔랑팔랑 날아갔다. 나는 그 뒤를 따라갔다. 둥지를 보니 까마귀는 뿌리째 뽑아온 나무들로 둥지를 보강하고 있었다. 나비는 그런 까마귀의 뒤

쪽으로 돌아서 가까이 다가갔다. 나도 최대한 살금살금 걸으며 나비를 따라갔다.

가까이 가니 오른쪽 다리에 묶인 열쇠가 보였다. 리본 방식으로 묶여 있어서 줄 두 개를 잡고 잡아당긴다면 줄은 손쉽게 풀릴 것 같았다. 문제는 줄을 잡아당길 수 있을 만큼 가까이 가는 것이었다. 그건 절대로 불가능해 보였다. 그러나 나비는 점점 다리에 가까이 다가갔다. 나도 어쩔 수 없이 나비를 따라 천천히 다리에 다가갔다. 까마귀는 조금씩 움직였지만 뒤돌아보지는 않았다. 그렇게 까마귀의 숨소리가 들릴 정도로 가까이 갔을 때 내 왼발이 튀어나와 있는 나뭇가지에 걸려 나는 앞으로 넘어졌다.

다시 몸을 일으켰을 때는 칠흑 같은 눈동자 두 개가 나를 바라보고 있었다. 눈이 마주친 순간 온몸이 굳었다. 마치 메두사와 눈이 마주친 기분이었다. 공포감이나 두려움보다 압도적인 무력감이 온몸을 감싸 힘이 들어가지 않았다. 얼음물을 마신 듯이 뱃속이 급격하게 차가워지며 위장이 뒤틀리는 느낌이 들었다. 까마귀는 나에게 머리를 가까이 대기 시작했다. 나는 그 자리에 굳어서 가만히 지켜만 보고 있었다.

'달려! 어서 일어나서 뒤돌아보지 말고 도망쳐'

그렇게 생각했지만, 몸이 말을 듣지 않았다.

그 순간 주마등이 스쳐 지나갔다.

거기엔 최근의 기억도 있었지만, 오랫동안 잊고 살았던 어린 시절의 기억들이 많았다. 여름방학에 갔던 여행지에서 엄마와 아빠가 싸우고 집에 일찍 들어왔던 일부터 엄마와 아빠가 새벽까지 서로 소리 지르며 싸웠던 일, 크리스마스에 집에서 혼자 있었던 일, 그리고 이혼까지.

나에게 과거를 회상하는 것은 상처에 소금을 뿌리는 일이라는 말로는 부족했다. 살인마에게 이미 칼에 찔린 부위를 두 번 세 번 다시 찔리는 고통이었다. 너무나도 괴로웠다. 그래서 나는 과거를 잊었다. 과거가 아니라 오로지 현재만을 바라보고 살자고 다짐했다. 들춰봤자 아프기만한 과거는 고이 접어 한쪽으로 미뤄놓고 인생을 현재로 채우자고 다짐했다. 그러나 지금 이 주마등은 나를 나의 과거로 가득 차 있는 바다로 밀어 떨어뜨렸다. 그 바다가 너무나도 차가워 난 두 눈을 감았다.

  그러나 그 순간 따뜻함이 느껴졌다. 처음엔 이곳이 바다 깊은 곳이라는 걸 알았기에 나는 여전히 눈을 감고 있었다. 그 따뜻함이 내 심장에서부터 시작해서 혈관을 타고 온몸으로 퍼지는 것이 느껴지자 난 두 눈을 떴다. 그러자 행복했던 기억들이 하나둘 떠오르기 시작했다. 생일 선물로 갖고 싶었던 변신 로봇을 받은 일, 엄마, 아빠와 함께 맛있는 걸 먹으러 외식 간 일, 사촌 형에게서 책을 엄청 많이 선물 받은 일. 하나하나 소중한 기억들이었다. 행복했던 기억들이 떠오름에 따라 나도 바다 깊은 곳에서 떠올랐다. 수면 위로 올라와 주변을 보았다. 익숙한 풍경이었다. 눈앞에는 동화에서 나올 법한 성이 하나 있었다. 그 성은 회색빛의 성벽을 가졌으며 높은 첨탑이 있었고 성 주변을 두꺼운 해자가 둘러싸고 있었으며 고급스러운 다리가 성과 육지를 연결하고 있었다. 그 성안에는 마법사가 산다. 마법사는 친구에게 곤란한 일이 생겼다면 언제나 발 벗고 도와주려 나섰다. 그래서 항상 친구가 많았고 매일 밤 친구들을 불러 파티를 열었다. 친구들은 모두 마법사를 닮았다. 수달은 말하는 걸 좋아하고, 긍정적이다. 강은 천진난만하고 장난기 많지만 상냥하다. 양은 용감하고 모험을 좋아한다. 그리고 까마귀는 외로움을 잘 타고 혼자가 되는 걸 싫어한다. 그렇지만 씩씩해서 힘든 일이 있어도 참고 결국에는 언제나 이겨낸다. 전부 내 친구들이었다. 이 세계는 혼자였던 어린 나의 외로움과 공허로 가득 찬 현실로부터의 도피처였다. 나는 외로울 때면 언제나 이 세계에서 나의 친구들과 놀았다.

나는 길고 길어서 마치 꿈 같았던 주마등에서 깨어났다. 내 눈앞에는 여전히 질흑 같은 두 눈이 나를 바라보고 있었다. 그러니 전혀 무섭지 않았다. 그는 내 어릴 적 친구니까. 나는 손을 뻗어 그에게 가져다 댔다. 그리고 천천히 그의 부리를 쓰다듬어 주었다.

그때 뒤에서 남자아이의 목소리가 들려왔다.
"안녕? 전부 기억났어?"
나는 천천히 고개를 끄덕였다.
"다행이네. 네가 기억해 내지 못하면 전부 끝이었어, 이 세계도."
내가 이해하지 못했다는 표정을 짓자, 그 남자아이는 웃으며 말했다.
"걱정하지 마. 가면서 다 설명해 줄게."
그렇게 말하곤 까마귀의 등에 올라타 나에게 손을 뻗었다.
까마귀를 타고 돌아가며 그는 내게 설명해 주었다. 내가 과거를 잊음에 따라 이 세계도 점점 불안정해져갔다. 모두의 기억이 사라져만 갔다. 마법사이자 이 세계를 만든 그의 기억은 사라지지 않았다. 하지만 그에게도 변화가 있었다. 점점 힘이 사라지고 있는 것이었다. 그래서 그는 마지막으로 남은 힘을 쏟아부어 현실과 이 세계를 연결하여 내가 직접 이곳으로 넘어오도록 하였다. 나는 묻고 싶은 것이 많았지만 가장 궁금한 것을 물어보았다.
"처음부터 진실을 알려주지 않은 이유가 뭐야?"
그는 이 질문을 할 줄 알았는지 바로 답해 주었다.

"처음 이 세계의 동물들의 기억이 사라졌을 때 그들에게 그들이 잊은 것들, 예를 들어 이름과 같은 것들을 기억하게 만들려고 시도했었어. 그러나 그들 중 그 누구도 자신의 이름은 고사하고 이름이 무엇인지조차 떠올리지 못했어. 그래서 너도 마찬가지로 내가 가르쳐 주는 게 아니라 네가 직접 이 세계에 대한 기억을 떠올리는 것이 중요하다고 생각했기 때문이야."

그가 대답해 주었다.

서로 대화하다 보니 어느새 내가 처음 이곳에 떨어진 곳인 성 앞 공터에 도착하게 되었다. 우리 둘은 까마귀에서 내린 뒤 성을 향해 걸어갔다. 우린 다리를 건너서 성문 앞에 도착했다. 다시 한번 성문을 바라보았다. 그 문은 내가 초등학생 때 살던 집의 문과 똑같았다. 성문이 어떻게 생겼는지 몰라서 우리 집 문이랑 똑같이 그렸던 기억이 난다. 열쇠로 문을 열고 들어간다. 들어가자마자 아름다운 꽃들이 가득 피어 있는 정원이 있었다. 내 방은 이 성의 가장 높은 첨탑에 있는 방이다. 정원의 꽃들을 한 번씩 다 둘러본 뒤 어린 나는 나의 손을 잡고 날아올랐다. 우스꽝스럽게도 내 방으로 들어가는 방법은 바로 창문을 통해 들어가는 것뿐이다. 마법사라면 방에 들어가는 방법도 특이해야 한다고 생각해서 그렇게 만들었다. 창문을 통해 들어가자 익숙한 공간이 나왔다. 방의 내부는 초등학교 때의 방과 똑같았다. 어질러진 장난감들과는 대비되는 가지런히 정리된 책, 연필로 정성들여 그린 그림들이 있었다. 그림들 중에는 회색으로 온통 칠해진 커다란 성도 있었고 카피바라를 닮은 수달도, 힘차게 흐르는 강도, 용기 넘치는 양도, 나무 통째로 둥지를 지어 사는 까마귀도 있었다. 직접 친구들의 모습을 그린 그림들을 보고 있으니 나도 모르게 마음이 따뜻해졌다.

어린 내가 말했다.

"이제 슬슬 가야 하지 않아?"

나는 고개를 끄덕였다.

그러자 어린 내가 벽에 대고 마법을 썼다. 그러자 그 벽이 마치 살아 있는 듯이 일렁이기 시작했다.

우린 헤어지기 전 마지막 대화를 나누었다.

"그쪽 세계에서는 부모님이랑 잘 지내?"

"어, 그럭저럭. 엄마랑 같이 사는데 중학교 때는 말 진짜 안 들었는데 요즘은 잘 들어. 그리고 가끔 아빠랑 만나서 놀기도 해."

"잘 지내는 거 같네. 다행이야."

"그럼 이제 가볼게. 잘 지내."

"너도 잘 가."

난 집으로 돌아가기 위해 벽에 몸을 넣으려던 순간 중요한 질문이 떠올라 멈추었다.

"만약 내가 크면서 이 세계를 다시 잊어버리면 어떻게 돼?"

"우린 다시 한번 위험에 처하겠지."

"절대 잊지 않을게."

나는 절대 잊어버리지 않겠다고 굳게 다짐하며 말하였다.

그러나 그의 대답은 생각보다 김새는 것이었다.

"그렇게까지 애쓰지 않아도 돼."

"뭐?"

"네가 이곳을 잊으면 내가 다시 한번 너를 찾아갈게."

사진 속에서나 보던 어린 시절의 내가 천진난만한 얼굴을 하고 웃고 있었다. 그래서 나도 똑같이 웃었다.

사람들은 누구나 아픈 기억들을 가지고 살아갑니다. 이 소설의 주인공 정우도 과거 부모님의 이혼으로 외롭고 쓸쓸한 유년 시절을 보냈습니다. 그래서 정우는 아픈 과거를 머릿속에서 지우고 현재에 집중하여 살기로 다짐하지만 정우의 현재는 여전히 외롭고 공허합니다. 그런 정우가 어릴 적 자신이 상상하면서 만들었던 세계에 직접 들어가면서 자신의 과거를 다시 한번 마주하고 극복하게 됩니다.

    앞에서 말했던 것처럼 누구나 아픈 기억이나 흑역사처럼 잊고 싶은 일들이 있을 겁니다. 그러나 그런 기억들을 잊으려 애쓰는 것보다 과거를 '그런 일도 있었지'라고 생각하며 태연하게 받아들이고 사는 건 어떨까요?

    이 소설을 읽는 여러분들도 잊고 싶은 과거에 얽매이지 않고 즐겁게 현재를 살았으면 좋겠습니다.

세계를 창조한다는 것

'세계'를 창조하는 것. 거창한 일일까요? 살면서 우리는 늘 예측하거나 상상합니다. 어떤 회사의 주식을 살 때도, 좋아하는 연인과 데이트할 때도, 신문을 볼 때도 일어날 일을 생각하는 작업을 합니다. 그것은 상상이라고 해도 좋고, 예상이라고 해도 좋습니다. 심지어 치과 의자에 누워서 드릴이 입속에 들어오기 전에도 상상하지요. '아프지 않을까?' 전부 가상의 세계를 만드는 일입니다. 그러나 그것은 이미 주어진 데이터, 또는 경험을 바탕으로 상상하는 것뿐입니다.

여기, 일곱 학생이 창조한 세계가 있습니다. 이 친구들은 데이터나 경험 없이 스스로 지닌 상상력만으로 이렇게 크고 멋진 이야기를 만들어냈습니다. 저는 직업상 중, 고등학생들이 지은 단편 소설을 접할 기회가 있는데 그때마다 인간은 진화한다는 느낌을 새삼 강하게 받습니다. 아이들은 스스럼없이 상상하고 확장합니다. 그 내용이 무궁무진하고 너무도 깊은 것들이어서 깊은 밤에 혼자 입을 틀어막고 놀라곤 합니다.

　오성고등학교 일곱 친구의 작품을 읽었을 때도 그랬습니다. 아무리 생각해도 젊은이는 늙은이의 스승이 분명합니다. 여기 실린 일곱 작품을 즐기시길 바랍니다. 작품들이 서툴고 맥락이 다소 끊긴다고 해서 함의와 상상력까지 그러한 것은 아닙니다. 옷이 투박하다고 해서 그 옷을 입은 사람이 형편없는 게 아니듯이, 이 책에 실린 작품들도 그러합니다. 그 지점을 느껴 보시면 기성 작품들을 읽는 것 못지않게 재미와 의미를 찾을 수 있을 것입니다.

　아울러 저를 믿고 의지해 준 오성고등학교 일곱 학생과 그 학생들을 지도하신 하다정 선생님께 사랑과 응원을 보냅니다. 애들아, 멋진 작가가 되어서 실무에서 만나자!

　　　2025. 1월. 눈 내린 경복궁 처마가 보이는 카페에서.

　　　　　　　　　　　　　　　　　　　　　　소설가 차무진